别说你爱我

你说爱我

黄丹丹 著

古吴轩出版社

图书在版编目（CIP）数据

别说你爱我 / 黄丹丹著 . -- 苏州 : 古吴轩出版社，
2021.10

（鸿儒文库 / 文轩主编 . 小说卷）

ISBN 978-7-5546-1734-2

Ⅰ . ①别… Ⅱ . ①黄… Ⅲ . ①短篇小说－小说集－中国－当代 Ⅳ . ① I247.7

中国版本图书馆 CIP 数据核字 (2021) 第 070634 号

责任编辑：俞　都
见习编辑：万海娟
策　　划：崔付建　秦国娟
装帧设计：鸿儒文轩

书　　名：**别说你爱我**
著　　者：黄丹丹
出版发行：古吴轩出版社
地址：苏州市八达街 118 号苏州新闻大厦 30F　　　　邮编：215123
电话：0512-65233679　　　　　　　　　　　　传真：0512-65220750
出 版 人：尹剑峰
印　　刷：阳谷毕升印务有限公司
开　　本：880×1230　1/32
印　　张：9.5
字　　数：206 千字
版　　次：2021 年 10 月第 1 版　第 1 次印刷
书　　号：ISBN 978-7-5546-1734-2
定　　价：55.00 元

如有印装质量问题，请与印刷厂联系。0635-6173567

目 录
Contents

立　春

一

“在你感到痛苦与无助的时候，深呼吸。跟着我，深深地，吸……对！再，呼……长长地呼出你体内的废气，以及晦气。”

在装修清爽的瑜伽私教馆里，长发高绾的瑜伽教练打着莲花坐，闭着眼睛，用梦幻的嗓音说。

刘春也盘坐在自己的瑜伽垫上，不像莲花，像一棵狗尾草，不停地抖动着。她睁着眼，望着对面年轻貌美的瑜伽教练，看着她有意裸露出来的小腹，它显得紧实又柔韧。在她的一呼一吸间，那小麦色的肌肤的律动，让刘春想到沙漠，夕阳照耀之下连绵起伏的沙丘——美得真像画呀！

"怎么样？"瑜伽教练苗苗张开了她那双电眼，笑着问刘春。

刘春连忙收回神思，匆匆地激起一丝笑意说："嗯，不错。"

"那，下节课再见。"教练轻盈地起身离去。

刘春缓慢地起身，走近镜子，腰身还是有的，眉眼也还清晰，但不知道什么地方有了败笔，落下了即将坍塌的破败之感。毕竟，人到中年了。即便昂贵的化妆品可以涂去岁月之笔的划痕，但精神上的衰败却破土而出，不知不觉间就如立春后遇雨的野草般疯长起来。

翻日历看，再过两天就立春了。立春之后是雨水，雨水过了是惊蛰，惊蛰过了春分，春分过了就是清明了。刘春边换衣服边在心里念叨，磊磊和李山走了之后，她的日子都是这么数着过的。起初，是数着秒过，渐渐数着天过，现在，三年都快给数过去了。

刘春挎好包，关上灯，带上门，穿好长靴，下楼。

楼下的灯影里，红色的宝马 MINI 孤零零地泊在偌大的停车场里。新城区的商业广场因为开发商的原因，开业三年了也没能如期繁华起来。不过也好，人少是非也就少。刘春怕跟人打交道。一人则寡，两人则从，三人成众，众口可铄金，众口亦难调。还是一个人清静。

刘春刚上车，手机就响了，她看了一眼，旋即把手机反扣在副驾驶座上，猛地一脚油门，车子轰然而去。

两小时后，刘春抱着保温桶从老城区的一栋旧楼走了出来。车子在街角苍茫的夜色中像只忠诚的狗在等着她。车子又是"轰"的一声，朝新城区驶去。虽说已到立春节气，但江淮之间寒意甚浓，老城区被一圈宋朝古城墙围着，城里人口密集，显得还暖和些。到了新城区的医院大楼前，刘春一下车，就被寒风给蜇了一个激灵。她裹紧了红色的大衣，像一团火，蹿进了大楼。

"欣欣，快吃点莲子羹，上夜班不吃点东西垫垫最伤胃了。这莲子养心，吃了又不会胖，快，趁热吃！"刘春说着，已经从保温桶里把莲子羹给倒出来，放在外科护士站的护士台上了。她满脸宠溺地望着坐在护士台里面无表情地书写病历的圆脸护士。

叫欣欣的护士终于抬了抬眼皮，不过眼光却没有扫向刘春。她皱着眉，瞄了瞄台子上粉红色的冒着袅袅热气的保温桶，说："不是说好不要来了吗？"

"欣欣，赶紧吃，别放凉了。你吃完，我就走，好孩子。"刘春往前走了两步，有点急切地说。

"怎么又来了？"

一声惊雷似的呵斥从背后传来。刘春扭头看，一个穿黑色皮夹克的高个子男孩拎着一只保温桶大步走了过来。

刘春醒来的时候，阳光透过格子窗棂印在脸上，把她苍白的脸划成一格一格的，眼、耳、鼻、口都在各自的小格子里，像小孩子开蒙用的画册子上的画。她躺在阳光里，不想动弹，她宁愿自己不要醒来。

几个捧着病历的医生簇拥着主任推门而入，走到床边，主任问："刘春，感觉怎么样？"

"嗯，还好。"刘春忙掀开被子，坐起身。

"检查的结果都是好的，快过年了，没什么就可以出院了啊！平时注意休息，有空练练瑜伽，修身修心，没什么大碍的。"主任是个薄施粉黛的端庄美女，她微微一笑，转身而去，笑容就像这病房里的阳光似的，令人感觉暖洋洋的。

刘春扭身下床，感觉脚踝有点疼。前晚看见欣欣老公后，她不知怎么就又晕倒了。自从三年前从ICU（重症监护治疗病房）出来，被告知磊磊和李山的死讯后，她就常常不分场合地突然晕厥。北京、上海、南京的大医院都看遍了，也没能查出到底是个什么病。倒是县医院神经内科的这位美女主任告诉她，可能是因为情绪激动或紧张导致的一种短暂性脑缺血，要尽量避免激动，尽量避免独自开车远行。

现在想来，前天晕倒并不算蹊跷。欣欣老公指着她的鼻子骂，让她以后少去纠缠朱欣欣，还说如果因为她惹得欣欣动了胎气，他非活剥了她不可。

"动了胎气"这四个字就像四根矛，直戳到了刘春心头上，她来不及说半个字，就倒下了。

刘春坐在床沿上，轻轻地揉着脚踝。从窗口往外望，一棵香樟树的树冠出现在视野里，绿叶子上铺满了光，被风吹动的叶子，亮闪闪地摇摆着。病房里暖气很足，采光又好，阳光暖烘烘地落到身上，人就懒洋洋的，身子不想动，像怀孕害喜似的慵懒。想到怀孕，刘春的心又刺痛了一阵——朱欣欣居然狠心打掉磊磊的骨血，怀了别人的孩子！

二

刘春办好出院手续，下楼，走出中央空调营造下的温暖氛围，外面虽然阳光普照，但还是春寒料峭。两栋高楼夹墙下的停车场，野烈烈的风，刮得踩着七寸高的高跟鞋的刘春有些走不稳了。她的车被夹在许多辆车中间，像个无辜的孩子。刘春顾不上脚踝的疼痛快步走过去，坐进车里，打开音响，戴上墨镜。开车！

还有两天就过年了，刘春决定先去报恩寺。她在那寺里为李山、磊磊和被朱欣欣打掉的孩子各自点了盏长明灯。每逢初一、十五就到庙里吃斋饭、做法事。过去，她是不信佛的，在上海，李山有次请了尊佛像回家供着，她还笑他。但三年前，她突然就信了。

三年前，清明节的前一天，磊磊开车，一家四口，不，加上朱欣欣肚子里怀的那个，应该是五口，回老家祭祖。磊磊和欣欣的婚期从十一提前到五一了，回去跟老家的亲戚们知会一声。婚期提前的原因是，欣欣有了！这个消息令刘春既兴奋又错愕。兴奋的是，她要做奶奶了；错愕的是，她觉得自己还像个小姑娘。晚上去广场跳舞，她扎着一根烫了辫梢的马尾辫，穿着一套黑色的丝绒运动服，有几次，和她跳舞的李山都被人揶揄，问她是不是李山从微信上摇到的小姑娘。李山也不解释，笑眯眯地听任人家调笑。结婚二十多年了，他还把她当成那个偷偷从家里跑出来跟他私奔的小姑娘。他那时候多穷呀，高中还没毕业，父亲在北山上炸石头时给石头砸死了。母亲紧跟着因为跟家门妯娌吵架想不开，喝农药自杀了。他还念啥书呢？回村，跟着村子里的包工头当瓦匠。这家房子盖好到那村，那村房子起好再跑一村。刘春是他干瓦匠活一年之后，刚当上大工时认识的。她家盖新房，他在砌高的墙垛子上往她家老院子无意间一瞅，看见她正坐在院子里的一棵桃树下看书，三月桃花艳，她的脸却比那桃花还艳。

> 我在这儿等着你回来
> 等着你回来
> 看那桃花开

也许是车里放着的这首《桃花朵朵开》，从刘春心底勾出了二十年多前的往事。那天是春分，父亲请了外乡的瓦匠来给家里盖新房子，她在一群粗鲁的瓦工中看见了修竹一般的李山。她在初中复读两年了，还没有考上高中，听说这个瘦削的小瓦工居然是个辍学的高中生，她不由对他另眼相看。但他却只顾干活，一直不曾注意到她。她给他们送水、盛饭，他还是不看她。直到那天，桃花开了，她故意坐在树底下装着看书，实际上是为了看他。他终于看见了她。他们的目光在桃花上相遇，他们从此长成了彼此的桃花。

报恩寺坐落在小城的东北隅，是这个喧闹小城里难得的一处静僻地。近年来，小城旅游业兴起，不少外地的游客因这座始建于唐贞观年间的古寺之名，前来拜佛参禅看风景。寺庙烟火旺了，游人与香客络绎不绝，但一进寺庙，就能感觉到那里有别于他处的静来。刘春把车停在游客中心，越过高大的照壁，迈进大门。院内高大的苍松翠柏掩映着飞阁流丹的大雄宝殿。庭院深深，梵音袅袅。

刘春径直进了大殿，投了香火，跪拜。

"女施主，我见你面带桃花，似有桃花劫。"收下刘春的香油钱的师傅说。刘春不语，默默地离开寺庙。

过了这个年，刘春就四十五岁了。如果不是三年前遇到那辆大货车吞下了她的磊磊和李山，如果不是朱欣欣一声不响、无情无义地做掉了磊磊的骨肉，她刘春都该是抱孙子的人了。刘春叹了一口气，如果她不在一瞬间同时失去儿子和老公，她哪里还会遇到什么烂桃花呢？

三

但，这也许就是命。

夏天，她参加美容院的抽奖活动，中了去鄂尔多斯旅游的大奖。在草原上观看蒙古族婚礼的时候，遇到一个长得很像李山的人，她就死盯着人家看。他似乎对女人特别敏感，也飞快地投了注目礼过来，当时就加了微信好友，当晚嫌微信视频信号不稳，就约着从各自的蒙古包里出来看星星。草原上的星空璀璨，他们眼里的桃花也灿烂。

那天晚上，那个酷似李山的男人在草原的星空下告诉她，她就是他四十三年来一直在等待的女人，他相信一见钟情，相信缘分，相信爱情。她原已干枯了的心竟然立刻活了起来。刘春沦陷了。她突然又变成那个不顾一切，因为一次目光的勾连，就敢与陌生男人私奔的姑娘。那晚，她疯狂地给予与索取。她告诉那男人，如果真心喜欢她就去小城找她，她不仅可以让他享受此般极乐，更可以令他拥有荣华。

男人果真拉着一只空荡荡的行李箱来到了小城。刘春把他安顿进小城最好的酒店，晚上狂欢的时候，她大声喊着李山的名字。他不乐意地停了下来，扳过她的脸说："我叫仇远。叫我仇远！"她却闭紧了嘴，不叫。仇远不再说话。

夜夜笙歌的日子过了月余。仇远说，他不能成天待在酒店里像一个被女人包养的小白脸。他是运动员出身，想在小城里开一个跆拳道馆。

"开呗。"刘春开着她的宝马轻描淡写地说。她刚做完SPA，皮肤光亮，气息芳香。仇远坐在副驾驶上，对刘春说："宝贝，我们结婚吧。结婚之后，你投资，我给你打工。"

刘春挑了挑眉，说："没必要。不结婚我也可以给你投资。"

"不，宝贝，我们结婚，再生个儿子，你有我，有儿子，会比过去过得更幸福！"仇远扭过身子像是要伸头吻过去似的，恳切地说。

刘春猛地踩住了刹车，眼睛里燃了火似的望着他，说："我只有磊磊一个儿子。"

四

三年前，刘春一从 ICU（重症监护治疗病房）出来就急着要见李山、磊磊和欣欣。她以为自己是伤得最狠的一个，结果，却被无情地告知，李山和磊磊当场死亡，欣欣伤势最轻，有多处骨折，但已过了危险期，现在在骨科病房住着。刘春打通欣欣的电话，电话里没有一句对话，只有两个女人的号哭。

刘春才知道，原来真有眼泪流干的时候。出院后，她需要立即应对各种事务。交警队、保险公司、农合办、派出所……还有李山新开的公司，刘春第一次去，原来公司这么气派，像一个豪华的会所。那里有专业的 KTV 包厢、舞厅，有装修高雅的茶室，茶室里还有一个原木制成的书画案，上面摆满了笔墨纸砚。最里面的一间是李山的办公室，打开门，迎面就是一整面墙的书柜，不过书倒是没几本，柜子里放了几块紫金石、几个茶叶罐，还有一些杂物。书柜前面是一套老板桌椅，桌上放着台电脑。

一切都发生得猝不及防，小心翼翼陪她的公司主管把书柜往里一推，柜子像扇门似的开了，里面居然还有一个隐蔽的套间。套间里有卫生间、淋浴房，还有一间放着一张超大双人床的卧室。卧室里有衣柜，拉开衣柜，里面有男女睡衣和内衣。刘春开柜门的手竟不知该如何放了。

主管做错了事般地退出卧室。刘春其实并不怪他，她心里明白，这里的东西除了她没人敢动。过了一会儿，主管在外面说："人都没了，也不要太计较了。看看里面有没有重要的东西吧。"

刘春不记得那天是怎么离开的。但她记得，从那天之后，她就学会了享受生活。

李山在的时候，一直都跟她说，他负责赚钱养家，她负责美貌如花。李山不要她工作，生下磊磊后就专职照顾磊磊。因为没有上海户口，磊磊中考要回老家考，所以磊磊初中时，李山就带着刘春回小城买了套房，刘春在小城当陪读妈妈，直到六年后磊磊考上大学，她才回到李山身边。那六年里，她除了给磊磊做饭，就是在家看韩剧。开始还打打麻将跳跳舞，但总感觉有异性带着不轨之心来接近她，她想着李山一个人在上海辛辛苦苦给她和磊磊提供这么好的生活，可不能做半点对不起他的事，就不再跳舞、打牌，不再接触陌生人。

男人和女人真是不一样啊！她顿时感到了人生如戏。可惜她在自己的如戏人生里，连对手都没有了。她只能演自己的独角戏。不不不，她还有欣欣，欣欣肚子里还有磊磊的骨肉，那是她嫡亲的孙儿呀！如今，欣欣是她在这个世界上唯一的亲人了。

五

刘春艰难地把车从报恩寺所在的巷子里开了出来。快过年了，拥挤的小城简直就要水泄不通了。据说在这个 3.65 平方公里的老城里居住了十来万人。政府几年前就把所有的机关单位、医院以及中小学校搬迁到了新城区，但老城区里还是人满为患，车满为患。刘春还住在当年为儿子回来上学买的老城区的房子里，过了十多年，房子和人都旧了。新城区有栋别墅，是给儿子置办的婚房，装修得豪华气派。欣欣出院后，刘春本想把她接进去好好伺候的，可老朱家两口子不同意，说自己的女儿不能麻烦她。话说得明显就变了味，欣欣和磊磊很早就好上了，好上后，老朱家的见面都和她嬉笑说："你家欣欣"。说了这些年，磊磊刚没，他们就改口说自己女儿了。

刘春不管，她还像往常一样待欣欣，买吃买喝买穿。喊不来就送去，去朱家吃闭门羹，就去欣欣科室，医院的大门可没有人拦着。可是，总也见不到欣欣显怀，刘春问她，欣欣有一天终于带着厌恶的表情说："阿姨，请你以后不要再来了，孩子早就流掉了。"

刘春"扑通"一声就倒地了。从那时起，她就成了神经内科的老"客户"，每隔仨俩月就要去那里住上几天。

刘春终于找到了空位，把车停下。她看看手机，里面有十几个未接电话。有一个号打得最多，她拨过去，竟是："对不起，您所拨打的电话已关机。"

刘春想了一下，又拨了一个号。嘟嘟声响了半天，却没人接。正是中午下班时间，车流涌动，刘春却耐不下性子，狂按喇叭，把车硬往外挤。

五公里的路，足足开了四十分钟。车到了新城区，道路空旷，视野开阔。可风更紧了，刘春倒车入位后下车，心也是紧的。她仰头看了看楼上的窗子，窗户紧闭着。她裹了裹大衣，笃笃笃地跑上楼。敲门，没人应。她犹豫了一下，用钥匙打开了门。门打开的那一刻，她感到心都快要蹦出嗓子眼了……

瑜伽馆窗明几净的。

刘春伸手推向一面镜子，镜子往里一顿，像扇门似的打开了。

"啊！"里面传来一声尖叫。

"吓死我啦，刘姐！"瑜伽教练苗苗捂着胸口从飘窗上跳了下来，大眼睛里写满了惊惶，见到刘春后又迅速地涂了一层得意。"瞧，这窗花不错吧？"苗苗已蹿到刘春身边，挽住了她的手臂，指着窗户上火红的窗花问。刘春一看，冰冷冷的玻璃上被两只衔着梅枝的喜鹊一映衬，还真添了几分生气。

"姐，这叫喜上眉梢，我明天就要回老家过年啦，临走之前，把会馆清理布置一下，希望刘姐新年好运。"苗苗眨巴着眼睛，俏皮地说。

刘春转过身，拍拍苗苗的肩说："谢谢丫头！"心里却是百味杂陈。

这个会所，是李山的办公室改装的。李山去世之后，刘春就把他所有的生意都停了。能转让的转让，能折钱的折钱，她不会，也不想去做什么生意。儿子和老公同时丢下她，去了另一个世界，未见天日的孙子也被杀死在母体里。她当年私奔之后，父母就宣称她和他们无关，说她是别人遗弃的私生子，她根不正，才会做这下贱丢人的事。从此，她在这个世界再无牵绊了，她不要费神做什么生意，她就要及时享受余生。

她换车，整容，跳舞，打牌，购物。反正她最不愁的就是钱，但是花钱成了寻常事，便也就没了欣喜感。

遇到仇远之前，也有几个成天苍蝇似的绕着刘春转的男人，刘春没那份心思，也瞧不上那群粗鄙的家伙。骨子里，刘春是个对爱情有强烈渴求与唯美情结的女人。十七岁时，她敢为了爱情私奔，二十多年里，她一直满心满意地爱着李山，并且笃定他也专情于她。结果，在李山走了之后，她才发现，并不是那样。谁说的，"所有的星星都有秘密"，刘春觉得，这句话换成"所有人都有秘密"更成立。只是，除了她自己。她像一张白纸似的由着李山涂画，又如一只玻璃杯似的通透，对于李山，她完全没有秘密，她一直以为他也一样。结果，他却拥有了她永远也破解不了的秘密。

不过没关系，有了仇远之后，刘春就想，她不会再傻了。对女人而言，男人的秘密不过是关于别的女人。那么仇远呢？刘春没注意自己是什么时候开始产生疑问的，不过她相信自己一定可以及时地破解掉仇远的秘密。只是今天，突然特意赶回来的刘春却发现，也许仇远的秘密，她破译错了。

六

刘春对苗苗说："今晚的瑜伽课取消，你今天就回老家吧。"苗苗一跳三尺高，连忙跑到外面的瑜伽台上拿起手机发语音，声音柔柔媚媚的，一听就是给男朋友发的。

刘春也从大衣口袋里掏出手机，拨出一个号，依然是关机的提示。她有点怅然若失。

"刘姐，立春快乐，今晚我就不陪你吃春卷啦！对啦，你下口时一定要轻一点，拜拜！"转眼间，苗苗已经把高挽在头顶的发髻松了下来，栗色的卷发涌在肩头，漾在腰际，既活泼又妩媚。年轻女孩子一旦染上了恋爱的气息，就会立即变得生动、灵动起来。可惜，自己早已暮气霭霭了。

那个电话还是打不通。不过刘春心上紧起的那一根弦已经不那么绷着了。那天见仇远微信里有和苗苗聊天的提示，可再看时，内容已经清空了。今天本来还以为他俩一个电话关机，一个电话不接，是躲到这个小天地里做神仙了呢。结果，是自己想多了。

可是，不由得自己不想啊。

快下午一点钟了，刘春听到肚子唱起了空城计。回家。

下了楼，风呜呜地吹着，本来晴好的天变得有点混沌了，阳光也软了些，被一些被称为 PM2.5 的颗粒给消了锐气和力道。说是立春，可春天在哪里呢？天地草木都是灰扑扑的，人肯定更是，管它呢，反正也没人看。刘春钻进车里，又是"轰"的一声。

停好车，往家回的时候，刘春的心倒是不紧了，但抖得厉害，低血糖又要犯了。她赶紧走，一步两级台阶地爬上楼，打开门。

"啊……"

刘春摇摇欲坠。一双油腻的大手把她箍住了。

"你怎么没说一声就来了？我还以为进了贼呢。"十分钟后，坐在摆满食物的餐桌边，刘春捏着一只焦脆的春卷问系着她花围裙的仇远。仇远慢悠悠地摘掉那个挂在他身上就像女人肚兜似的小围裙，一把把刘春抱到膝盖上。

"我就是贼，我不仅可以进得了你家的门，还要撬开你的心。快，吃一口！"

刘春身子软了下来，依在这个阔厚的怀抱里，她看着仇远的眼睛，咬了一口春卷。

"呸……"

刘春感觉牙被什么猛地一磕，赶紧一口吐了出来。仇远弯腰拾起，用餐巾擦了擦，抓起刘春的手，迅速把一枚戒指给套上了她的无名指。

"原来你和苗苗那个鬼丫头一起算计我，我说她买戒指怎么要我帮着试呢！"

仇远哈哈笑着搂紧了她，俯下头狠狠地咬住了她的唇。

"今天，我们都咬春了。咬了春，春天就到了。"仇远说。

（2017年11月30日作，原名为《咬春》，刊于《延河》
下半月刊 2018 年第 9 期）

雨 水

雨下了一夜，朱丽躺在床上听了一整夜的雨。

　　少年听雨歌楼上，红烛昏罗帐。壮年听雨客舟中，江阔云低，断雁叫西风。

　　而今听雨僧庐下，鬓已星星也。悲欢离合总无情，一任阶前，点滴到天明。

　　又是一个不眠夜，朱丽将这首少女时代就非常喜欢的词默念了无数遍。窗外天光渐明，她起身，把床头的珊瑚绒睡衣裹上身，趿拉着拖鞋去卫生间。她摸索着挤牙膏，刷牙，洗脸，天还未大亮，且卫生间的采光不好，可她并不开灯。她不开灯，是因为怕见到镜子里被明晃晃的镜前灯照耀下的那张脸——那张黑黄不均的惨败的脸。

洗好脸，撕了张面膜敷在脸上。朱丽这才打开灯，将换衣桶里的衣服捡起来，内裤和袜子分别放到两个小盆里，将王剑的浅色衬衣捞出来放面盆里，等下手洗，其他的衣服塞进阳台的洗衣机里。

到阳台，朱丽被吓了一跳。花架上的文竹简直成妖了，一夜之间居然生出了一根长须，蜷蜷曲曲地迈过一盆兰花和一株三角梅，攀到阳台顶的晾衣竿上了。文竹疯狂的长势如此骇人。究竟还有多少类似暗中疯长的事物啊？朱丽仰头望着空中的文竹须想。

今天是大年初四，按理初四不作兴出门的。但朱丽年前就和他约好了，2月19日见面。219，爱要久嘛。这也是他说的。

朱丽把目光从文竹须上收回来，投到窗外。从二十层楼的阳台朝外望去，隔了一条马路可见纵穿寿春公园的那条河。那河原是条人工开掘的截涝渠，但与淝水一接应，水便活了。从高处看，这条曲曲折折的白亮亮的河像只水袖，让朱丽真想把它拎起来甩上一阵。

洗衣机注满水，咯吱咯吱地转了起来。朱丽从阳台回到卫生间，给王剑的衬衣打透明皂的时候，朱丽发现领口除了一圈油渍外，还有一块暗红。那暗红里隐隐有点洒金亮片，像口红，是那款她在商场里试过，但没有舍得买的豆沙色口红。她的手指在那块暗红上轻轻地划过，就像那天对着镜子，轻轻触碰自己在商场蹭涂了免费大牌口红的嘴唇。

朱丽洗好衣服，换好衣服，并化了个淡妆。此刻，她热了几个荠菜圆子，坐在餐桌旁边吃边看微信。微信里堆满了各式各样的新年祝福，还有不同商家的发送的推销链接，就是没有他的消息。朱丽把那些不相干的消息一条条删除，微信总算干净了。只有"他"独踞此方。只是，昨晚九点多，朱丽问他："明天几点见？"至此，十二个小时过去了，他还没有回复。

又胡乱翻了会儿朋友圈，再转回来看信息栏，还是没有信息。朱丽感觉有点焦虑。

初四，戳事。那天，他说 2 月 19 日见面的时候，朱丽翻了一下台历，一看是大年初四，心里就有点膈应。但她的反对意见还没出口，就被他那句"219，爱要久嘛"给堵截了。

算来，他们认识也快两年了。两个"年下"都要熬过去了。时间疯了似的撒开了脚丫子往前跑，可很多旧事，还是带不走，抛不掉。

朱丽把手机从微信界面按回主屏，屏保图是大山龇牙咧嘴扮鬼脸的照片。朱丽突然想起来，这张照片是三年前年初四拍的。初四不出门，一家三口窝在家里看看电视吃吃零食玩玩手机，无聊又欢乐。谁知，没过几个月，大山就成天嚷嚷头疼。开始还以为他偷懒不想做作业呢，但看他喊疼的时候额头会沁出一颗颗的汗珠子，她才把那疼当了真。带孩子去县医院看，说赶紧到省里吧。到了省里，没过几天又转到了上海，得到"淋巴癌晚期"五个血淋淋的字。从确诊到孩子离世，不过五个月。仅仅五个月，死神就把她十月怀胎，辛辛苦苦从个小肉球养到一米七五的十五岁帅小伙给掠走了。

朱丽回想起大山走后，她经历的那段不吃不喝不睡甚至也哭不出来的日子。那段日子犹如身在炼狱。她像被绑在一块大石上给沉了潭，就感觉身体不停地往下坠，往下坠，无法呼吸，无法呼救，既踏不到底，也见不到光。她多希望王剑能伸出手拉她一把，可王剑出现在那个寒窑似的家里时，不是烂醉如泥，就是木然无语。

"没出去？"

朱丽在开门声、脚步声之后听到王剑瓮声瓮气的发问声。她"嗯"了一声就起身，把碗筷收拾好端到厨房。"你也不出去？"见王剑从卫生间出来后竟坐到了餐桌旁，朱丽问。

"不出去了，今天我收拾收拾准备搬走。"王剑摸了摸头和脸，打着哈欠说。

朱丽心下一凛，想到刚在王剑衬衫上看见的那个口红印。刚还自己劝自己地想，也许是在哪蹭上的。哪蹭上的？女人蹭的！

大山走后不到一个月，患肺癌五六年的公公也去世了。朱丽和王剑一起把婆婆接过来。婆婆七十了，年轻时是县剧团的台柱子，现在是老年大学的戏剧老师，寿州锣鼓队的队长。老太太穿着大红的中式棉袍，拎着唱戏机进了门，把这个因为丧父失子而暗沉沉的家给激活了。原来成天窝在家里不肯出门的朱丽被婆婆拽着，"给我提溜机子，帮我拉行头箱子"——婆婆这么吩咐她。

朱丽跟着婆婆，学会了唱戏。唱戏真好，上了妆，换了行头，水袖一摆，就成了杨贵妃："人生在世如春梦……"成了杨贵妃，就能忘记自己的疼了。

"搬哪去？"朱丽端了一碗圆子放在王剑面前问。

"搬回老院子。"王剑埋头吃圆子，顺带着含糊地回答。

"老院子不是要拆了吗？"朱丽记得年前陪婆婆回去拿东西时，听巷子里的邻居说的，说是拆迁办的人已经开始入户测量了。

"不是还没拆吗？"王剑猛地抬起头，把筷子往桌上一拍。

朱丽有点按捺不住，差点脱口而出："少在我面前摔摔打打！"但她生生地咽下了那句话。她转个身，拿抹布去擦拭酒柜上那不存在的浮尘，她告诉自己，没有和他再争吵的必要和意义了。

"这下你解放了，可高兴？"王剑似乎并不觉得他们这对离婚不离家的夫妻就不能继续拌嘴，就像朱丽也不觉得继续把他伺候得跟个爷似的有什么不对。习惯了。

朱丽十九岁从省林校毕业就跟男朋友王剑到他家了。朱丽老家在阜阳农村，中考以高分考进了省林校，心想过三年就能成吃皇粮的了，再也不用像父母那样辛苦地土里刨食。可谁能想到呢，到她毕业时，中专不包分配了。她在学校参加文学社团时认识了隔壁警校的校刊主编王剑，多亏文学做媒，给她和王剑之间牵上了红线。她不想回家务农，便跟王剑去了他家所在的小县城。

王剑毕业回去没费周折就到派出所里当了片警。王家二老见儿子带回一个勤快水灵的姑娘，没二话，认下了这个儿媳妇。朱丽在小城里落下脚，在王家人的推荐下进了新成立的联通公司。过了一年，朱丽年满二十，就和王剑领了证。婚礼因为朱丽的肚子已经大了起来，就不方便办了。儿子出生在一个雨后的清晨，从县医院的病房往外看，可以清楚地看到城北的四顶山上的奶奶庙。婆婆看着新生娃娃，连声地说，四顶奶奶显灵了，显灵了！四代单传的王家，因为大山的到来充满了欢笑。

有过多少因得到而生的欢喜，就会在失去后付出多少泪水。

此刻，王剑放下碗筷，咄咄逼人地问朱丽："可高兴？"

朱丽把抹布往餐桌上一放，直视着王剑的眼睛说："你高兴就好。"

朱丽望着二十年前吸引自己目光的那两道剑眉，此刻滑稽地虚悬在王剑油腻的脸上，肿胀的眼皮与布满血丝的红眼睛显得他眼神空洞。他过得也不好。朱丽感到心头紧紧地一揪。

"我高兴？我凭什么高兴。娘老子都没了，儿子也丢了，老婆也是人家的了，我能高兴？"王剑经不住朱丽的目光，把椅子往后一靠，裂了条缝子，起身走了。

朱丽听他这么一说，心火腾地蹿了上来。她起身把椅子往边上一顶，跟进了王剑的房间。房间里烟味呛人。她咳了两声，指着正拉开衣橱找衣服的王剑说："好像天底下就你吃了亏似的，你没了娘老子，丢了儿子，你儿子不是我儿子？

你娘老子不是我天天伺候着的？我跟了你快二十年，自己爹妈走的时候连最后一面都没见着。你倒是说清楚，我还是你老婆的时候到底跟过谁呀？是你自己成天在外头厮混，倒想把脏水往我身上泼！"

朱丽没说完就连扑带撕地砸向了王剑。王剑被扑得猝不及防。他只有张开铁钳似的手臂把朱丽牢牢地箍进怀里。

这场毫无道理的男人与女人的战争莫名其妙从地上移到了床上。朱丽是被手机铃声吵醒的，醒来发现自己枕着王剑的胳膊，并且他的一条腿还像蛇一样地缠在她腰上。他们居然像许多年以前那样亲密地睡在了一起。是王剑的手机在边上响，而他丝毫没有察觉地继续大奏鼾音。

朱丽从他的怀抱里挣出来，想去拿手机。王剑醒了，翻身抓过手机，看了一眼就关了。

"谁？"朱丽问。

"搬家公司的。"王剑伸过手继续来搂她。

"那你不接？"朱丽推开他的手问。

"又来了是吧？你还记得当初我们怎么弄掰的吗？就是你成天疑神疑鬼。孩子走了，你能哭，能找人叙。我怎么办？我一个大男人，就只有出去喝酒。喝酒回来迟了你就闹。非说我跟楼下开饭店的好上了，不就因为是邻居，她家被偷，找我帮忙破了个案子吗？你说，我俩这都离了两三年了，我跟谁好了？"王剑一骨碌坐起来，与她对视着说。

朱丽埋下头，泪无声无息地涌了满脸。能怪她吗？那时婆婆一过来，就跟她说，赶紧把环子取了，再要一个。要什么呢？播种的人总是半夜才回来，上了床溜到床沿子侧着身子背对着她。他不动她，她能主动？别说她压根没这个心思，就是有，她这种好面子的传统女人，也不会那么不要脸皮地上赶着的。

不碰就不碰了，大家各睡各的，倒也安泰了一阵子。可有天夜里，朱丽被一阵嘀哩嘀哩的声音吵醒了，醒了发现王剑正拨弄手机呢。后来，朱丽屡次发现他半夜抱着手机玩。能玩什么呢？朱丽就是那个时候开始玩微信的，也就是那个时候认识"他"的，就是今天爽约的那个"他"。

想到"他"，朱丽有点委屈。一委屈，泪就更多了。

王剑下了床，趿拉着鞋走出房间。过了会儿，他拿进一包纸巾，连扯了几张，往朱丽脸上胡乱地蹭。

朱丽的心突然就被他这笨拙的举动给蜇疼了。王剑从来就是一个不懂温存的家伙，能替她揩泪，就是宠她，疼她，待她温柔到极致的表现。

女人一被宠，就想撒娇。朱丽许久没有被宠了，连撒娇的分寸都掌握不好了。她甩开王剑的手，说："你不是说要搬走吗？走啊！"

"这么盼我走？"王剑问。

"赶紧走，走了干净。今天我给你洗染了女人口红的衬衫，不知道明天我要给你洗染上什么脏东西的内裤呢！你妈在，我们是为瞒着老太太装着在一块儿，现在她走了，你爱干啥干啥吧，再也不用顾虑了。"朱丽说着，把刚才不知怎么脱掉的衣服一件件穿上身。

"什么口红？"王剑一把拉过要下床的朱丽说。

朱丽并不说口红的事儿，她说："别拽我，我今天还有约会呢！"

王剑还想再说什么，但朱丽猛地挣开他，冷笑道："再不撒手，告你强奸！是不是不是老婆的女人才特有劲啊？变态！"

朱丽说罢，冲到客厅，拿起手机。打开微信，"他"还是无音无讯。男人都是说话不做数的货！朱丽在心里愤愤地骂。

两年前，朱丽发现王剑整天半夜偷偷看手机。然后又发现他的车老停在楼下女人开的饭店门口。最可恶的是，有一天她还亲眼看见他大中午的从楼下女人那出来。她认定王剑不碰她是因为楼下那个妖冶的女人。

"离婚！"那天夜里，朱丽在他醉醺醺地回到家后，跟他摊牌。那天是他们的结婚纪念日，婆婆都记得呢。她穿上那件过去他总说比不穿还勾人的粉色睡裙，他却视她为空气。

第二天，两个人就离了。离婚之前，王剑说："离可以，但得约法三章。一是离婚不离家，老太太有心脏病，受不得刺激，离婚的事要先瞒着她；二是双方都不能带外人回家；三是不得骚扰对方。"朱丽说："行。"

大红本本换成了紫红本本，离婚就是这么一件简单的事。

离婚那天，朱丽通过微信"附近的人"加了"他"。原因很简单，"他"看上去很像大山，而且他在微信上的名字就叫"大山"。朱丽觉得，这些年，她的世界被大山给填满了，几乎还不懂事呢，就稀里糊涂地生下他，当了妈。大山上初中后，王剑就让她辞职回家带孩子了。孩子没了，她的世界也空了。空得不知道用什么去填，就指望能从王剑那得到点安抚，或者得到一颗种子，再在她肚子里种下一棵树，她不奢望能再生出一座山，就要一棵树，一朵花也是好的呀。可是，王剑不肯给她。

要不是七十多岁的婆婆整天风风火火地拉着她忙这忙那，她估计自己能把自己活活憋闷死。离婚后，朱丽白天陪婆婆东奔西跑，晚上躺在床上玩手机，在微信上和"他"说说话儿。"他"好像也很孤独。"他"说自己很苦闷，没有可以说上一句真话的人。她说她也是。

于是，他们就成了对方倾诉的对象。有时候半夜，"他"说："我喝多了。"

朱丽醒来看到信息，就回复"他"："一个人，尽量别喝醉。泡杯蜂蜜水，解解酒吧。"

第二天，"他"会回复一大堆玫瑰、拥抱和爱心。她笑眯眯地回复咖啡、礼物和拥抱。

就这么你来我往地闲聊着，一晃两年过去了。之前他们从来都没有提过见面，也没有问过彼此的情况，甚至不用语音、视频，不发照片。他们俩都从不发朋友圈。也许就因为这些，朱丽觉得"他"是一个可信的人。一个在网上对女人什么都不图的男人，难道不可信任吗？

情人节那天，婆婆组织锣鼓队给一家新开的主题餐厅做庆典，不知道是不是表演得太投入了，她在低头击鼓时，突然跌倒在地。送到医院，心电图就直了。老太太没有任何征兆地去了，这对朱丽也是一个极大的打击。处了近二十年，对于朱丽而言，婆婆早成妈了。

送婆婆走的那三天里，朱丽没有上微信。很神奇的是，送走婆婆后，朱丽回家躺在床上打开微信，发现平时几乎每天都会跟她说几句话的"他"也没有发消息过来。而就在她刚打出一个咖啡的表情后，"他"也发过来一个拥抱。

朱丽说："这几天很累，心力交瘁。"

"他"说："我也是，感觉被全世界抛弃了，成了一个可怜的弃儿。"

朱丽发过去一个拥抱，说："别难过，你还有我。"

"有你真好。""他"说。

朱丽抱着手机迷迷糊糊地睡了一觉，醒来，看见手机上堆满了一长串消息。"他"说："好想有个家，有个能和自己说说话的人。"

朱丽赶忙回："一定会有的。"

"他"问："你愿意做陪我好好说话的人吗？"

"嗯。"朱丽答。

于是，那一天，他们约定，要见面。"2月19日见吧，219，爱要久嘛。""他"说。

朱丽答应了。

可今天，2月19日，现在已经是下午3点28分了。"他"还是没有消息。难道"他"在调戏她吗？不会吧。或许，"他"要等到5点20分？520，我爱你嘛。

时间分分秒秒，磕磕绊绊地过去。朱丽心里更是疙疙瘩瘩的。她想到刚才和王剑在房里不明不白地做了一次爱，感觉心里很愧对"他"，像背叛了感情似的内疚着。而转念一想，"他"总是与她在很多细微的感受上都神同步，那么，一直没有消息的"他"是不是也和什么女人在床上缠绵呢？想到这儿，朱丽的心就像被揪起来似的。她想也不想，直接发了一个问号。

"你好。"对方很快地回复。

朱丽看出来这是"他"疏远她的口气。她顾不了那些了，第一次，毫不犹豫地按住了语音通话键。

朱丽隐约听到王剑的手机也响了起来。她挪步，走到阳台，说："喂！"

"喂……"

朱丽像扔烫手山芋似的把手机扔到了洗衣机盖上。王剑已经光着身子跑出来了。

王剑还握着手机，他们面面相觑。

雨下得很大，阳台玻璃上，挂着一层水帘。透过水帘往外看，世界一片混沌，如盘古开天辟地之初。文竹的新芽似乎长得更长了，在晾衣架上颤巍巍地往下伸展着。朱丽突然想到，今天不仅是大年初四，不仅是219，还是雨水节气呢。

"雨水后，鸿雁来，草木萌动。"台历上写着。朱丽不由自主地摸着自己的小腹，想，会不会有一颗种子，也在这里萌芽呢？

（2018年3月13日作，刊于《青春》2018年第9期）

惊 蛰

一

世界越来越小了。经历了三个小时略显颠簸的飞行后，飞机最终安全地泊在了昆明机场的停机坪上。朱静在飞机落地之前就悄悄打开了手机，可直到飞机停稳，信号满格，她也没有接到来电提醒和微信消息。

朱静穿上外套，拖着行李箱下了飞机，走出机场大厅时，感觉到外套口袋里的手机微微地震动了一下。她赶忙掏出手机，是条短信："七彩云南欢迎您。"

"七彩云南欢迎您。"马路对面的巨石上也镌刻了这七个红色的大字，字字都挤眉弄眼似的在笑。仿佛在笑话她朱静，结婚二十年，向老公索要鲜花未遂，借此愤然离家出走也未能引起他的关注。她这厢都离家两千公里了，心还挂着那厢，一路上都在巴巴地等他电话。

朱静捋了下涌到额头的碎发，把手机装进口袋。出租车来了，她拖着行李箱上车。

"去哪里？"出租车司机问。

去哪里呢？朱静头脑一片空白。她沉吟了几秒后，说："去昆明的鲜花市场吧。"

司机不作声，平稳地驾车前行。半道上，司机开了口，问她是来旅游的还是探亲的。

"旅游。"朱静侧着脸望向窗外，头也不转地问答。

"自由行，不跟团？"司机又问。

"走得急，打算到云南报当地团。"朱静说着又低头看看握在手上的手机。已经是下午两点半了。微信的"三人行"群里，儿子刚发了一个大雕疯狂喊妈的表情。这小子肯定又缺钱了。她立马回了个兔子装傻的表情过去。儿子又飞快地发了一个撒娇的表情来。按道理，这时就轮到老公胡大朋出场了。自从儿子去年九月到北京上大学后，一家三口就频繁地使用起微信群"三人行"来联络了。

"三人行"这个名字是朱静取的。"三人行必有我师焉"，朱静自己就是当老师的。

"我来之前刚送两位客人到酒店，他们也是来云南自由行的，提前在网上预定的酒店，就在鲜花市场附近。你要是还没有找到住处，等下经过时，我指给你看看。"司机黑黑瘦瘦的，普通话说得不太利索，但很真诚热情。

朱静歪头想了一下，说："好啊，谢谢。"

司机冲着后视镜里的她灿烂地笑开了，说："谢谢你的信任，换作别的客人，也许还要怀疑我是不是给酒店拉客人抽取小费呢。"

朱静笑笑，没说话。儿子又在群里发了一串表情。微信聊天软件里的这些表情包比文字更能精准地表达想法，所以聊天的人都爱顺手发一个表情。一个表情就可以代替一箩筐话需要表达的意思了，并且，发的那些表情更显得诙谐有趣。此刻，朱静望着儿子发的那一大串表情，一点也不觉得好笑，她嫌烦了。她按住语音键不耐烦地说："胡小宝，说吧，又要多少钱？"

儿子飞快地发了"1314"四个数字后，又发了一个"666"的表情。

"熊孩子！"她暗自咕哝的时候，已经用微信给儿子转了2000元过去。

收到钱的儿子，送了满屏的玫瑰花过来。朱静摇摇头，就连这不用花钱的玫瑰表情包，胡大朋也不曾送过她。

男人指望不上，就自己来。朱静上飞机前就想好了，这次出来玩一定不吝惜钱，吃好喝好玩好购好，要钱干什么？

"姐姐你看，右手边这个就是你之前的两位客人住的酒店。"司机放慢了车速，从一栋外饰装修风格现代简约的高楼旁驶过。

朱静喊停。她看见酒店门前的花坛上开满了粉色、白色的洋桔梗，那是她最爱的花。因为有这花映衬着，朱静就觉得那酒店格外顺眼，这就是儿子常说的"合眼缘"吧。

朱静拖着行李款款地走进了那酒店。要了间单人房，办理好入住手续。刷卡进房，满屋子深深浅浅的绿色给人耳目一新的感觉，这简直不像酒店的客房，倒像是一间雅致的书吧了。

朱静放下行李，从草绿色的电脑桌上拿起那本薄荷绿的册子翻看。那是一本宣传手册，上面有云南旅游的攻略及旅行社的联系方式。朱静拿出一直寂然无音的手机，拨打了折页上的电话。

二

朱静气喘吁吁地奔到了酒店门口，一辆已经发动了的旅游车旁站着一个又瘦又高的小伙子。小伙子看见她立马走过来，问明她就是刚刚报团的朱静后，便请她上车。

朱静上了旅游车，一直走到最后排才找到空位。方才电话打得正是时候，这个由散客组成的旅游团队马上就要去石林。

朱静把双肩包卸下来，把包带扣在前面的座椅靠背上，她系上安全带后便把头转向窗外。早晨出门时，家里天阴得很，江淮之间的三月天，总被料峭的春寒裹挟着。三个小时后到云南，一出机场闸口便被刺目的阳光晃花了眼睛。朱静现在已经戴上了太阳镜。窗外，大朵大朵的白云像堆得老高的棉花垛子似的在蓝天上，这边一堆，那边一堆，厚笃笃的，惹人喜欢。

"你看那白云，像不像棉花？"

软糯糯的声音轻轻地从前座传来，朱静从蓝天上收回目光，望向前座的车窗玻璃。玻璃上投映出一张侧脸，像她开会时无聊了就在笔记本上涂鸦的那些简笔画。蜷曲的长发，挺拔的鼻梁。朱静有点惊叹，这玻璃上的美人居然如此像她笔下的美人头像。

"是像哦！"前座传来一个男声，附和美人之前的发问。朱静看见玻璃上的男人头像缓缓叠在了美人头像上，画风突变，不再像她的画了。

既然不像她的画，朱静也就没兴趣看了。正好，手机振了振。胡大朋发语音了："老婆，去打牌了？我吃啥呀？"

她恨得牙痒痒，吃啥吃啥！两人每天的对话除了吃就没其他内容了。他肯定是宿醉方醒，眼一睁就跟找娘蹭奶的娃儿似的跟她要吃要喝。又不欠你的！朱静想。

压根容不得朱静多想，胡大朋又发了条语音过来了："胃难受，心慌，你也不管我，我要是死在家里，你可就成寡妇了啊！哪里有吃的？要不，你给我叫个外卖也行啊。"

朱静心里叨叨："还外卖呢，噎死你！成寡妇倒好了。"叨叨归叨叨，她手下可不那样，照平常的口气，打字跟他说："你自己解决吧，我在云南呢。"

消息这一发出去，胡大朋的电话就来了："喂，老婆，什么情况？你真在云南？"

"对。"朱静压低声音说。

"怎么想起来去云南了？事先也不跟我说一声啊。"胡大朋嘟囔着。

"来买花。好了，挂了。"朱静不由分说地挂了电话。

微信上，胡大朋发了一个大哭的表情。朱静看了一眼，把手机握在手里，又把目光投到窗外的白云上了。云一点点地变幻着，变出了一匹马，一座山，一片羊群，最后，居然变成了一张人脸。一张略有些鹰钩鼻的侧脸，男人的。朱静眨巴眨巴眼睛再仔细瞅，果然是那张脸。二十多年了，他怎么突然浮在天上，出现在眼前了呢？

三

"各位，马上就到石林了……"

导游的声音把朱静的目光和心思从云上拉了回来。

在石林，乘观光车的时候，朱静正巧和大巴车上坐她前面的两位坐成了面对面。朱静看见那个投映在车窗上宛如她的画中人的正面时，都心动了。居然有这么美的女子，是的，美，不是漂亮。虽然，她也并不年轻了，但她那张素洁的脸，纤长的睫毛，妩媚的丹凤眼与微微漾着轻笑的嘴角，怎么看怎么舒服。优雅，精致，完美无缺。她身边的男人也很好看，穿着浅色的休闲西装，儒雅而不失精干。真是一对璧人，朱静在心里感叹着。

到站了。一车人都拥着去看阿诗玛。朱静像是被"画中人"的磁力吸住了似的，就跟在他们身后了。她终于理解为什么胡大朋经常在开车时走神去看路边的美女，美女与美景一样，都是养眼的好风景。

"画中人"柔若无骨地依着男伴，轻声细语地一路说着。遇着什么好看的景儿，男人就让她站过去，他拿过她的手机给她拍照。

走到阿诗玛附近，男人又让"画中人"站在水边，他半蹲着给她拍照。"画中人"走过来，看着手机，轻笑道："阿诗玛的头没有拍全。"

朱静忙递过自己的手机给"画中人"看，说："我这个拍全了，刚看你站在那里简直太美了，我忍不住拍了一张。你要是喜欢，我们加微信，我来发给你。"

"画中人"看了看朱静的手机，赞她拍的角度好，她把自己的微信二维码找出来，亮给朱静，朱静乐颠颠地加了她，立马把照片传了过去。"画中人"微笑着道谢。朱静觉得加了微信就成熟人了，她说："大哥，要不，我给你们俩拍张合影吧，喏，就站这里。"

男人和"画中人"对望了一眼，说："好，有劳啦。"

朱静举起相机，定格的瞬间，她看见男人的脸上微微地抽搐了一下。哈，看来他还紧张呢。

拍好，传完，"画中人"说："妹妹，我也帮你拍几张吧。"

"画中人"一声"妹妹"叫得朱静心花怒放。这么说自己看上去还不老，不然，这位神仙妹妹般的美人儿怎么会管自己叫妹妹呢。

拍完照,他们仨就成一队了。"画中人"的身子很弱,走不了几步就有点喘。男人扶着她,不时问她累不累,渴不渴,脚疼不疼,要不要去洗手间。世上还有这么心细的男人,朱静羡慕"画中人"好命的同时,心里对胡大朋又生出几分怨气。

"姐,你真幸福,大哥对你真好啊!"朱静说完,又自嘲似的笑道:"咳,我喊你姐,人家看着都不像,你这模样,看上去怎么也超不过 35 岁。看来幸福的婚姻真有美容养颜的功效啊!"

"画中人"望了一眼男人,莞尔一笑,说:"我离 35 岁已经过去 15 年了。"

"啊?!朱静没有抑制住自己发自内心的惊叹,她说:"姐,你怎么看也不像,不像 50 的人啊?"

"岁月从不败美人嘛。"男人云淡风轻地笑道。说着,他揽揽"画中人"的肩,问:"冷不冷?起风了。"

"画中人"摇了摇头。

朱静怎么看都觉得这一对中年夫妻像是来度蜜月的新人。他们的表情、眼神里都写满了欣赏、爱意,是那种刚刚恋爱的男女才会有的浓情蜜意。如果"画中人"不说出自己的年龄,朱静说不定还会联想他们是露水鸳鸯呢。

一下午在石林,不知道看了些啥,朱静就只给"画中人"拍照了。不过,美人也是风景嘛。

四

从石林回酒店的路上，朱静听男人对"画中人"说："明天我们去玉石城选只镯子再走吧。""画中人"还没开口，朱静就在后面欢呼道："好啊好啊，我和你们一起去！我也正想选只镯子呢，明天是我结婚20周年纪念，正好买只玉镯当礼物！"

"画中人"喃喃自语般说道："20周年，值得纪念。"

"可惜我家那位成天在外应酬，从来不懂浪漫，不像大哥，这么细心。姐姐你真是命好，生得好看，嫁得漂亮，真是人生大赢家！"朱静的脑袋从后座挤到"画中人"与男人的靠坐之间，真诚地说着。

男人呵呵一笑，算作回答。

车子一个转弯，朱静趔趄了一下，忙坐正了。车窗外，街灯渐次亮了起来。比起家里，云南的天黑得晚。快八点了，胡大朋现在不知道又坐在哪张酒桌旁与人推杯换盏地酣战呢。

咦，这人还真不经念叨。手机又振了，朱静按捺住看到来电显示那一瞬心生的"心有灵犀"的小悸动，故作冷淡地说："喂，有事？"

"没事，就是想你了。你不在家，家里空荡荡的，我今天到现在才吃了一碗泡面。你不在家，他们找我出去打牌，我都没去。下午看电视，迷迷糊糊地睡着了，梦见你给我端了碗蛋炒饭，淌口水的香哇。结果，醒来一场空！赶紧回来吧，下回想去哪，提前说一声，我陪你。"胡大朋越说语气越软，软得都像 20 年前了。

朱静差点都要被他打动了。如果他接下来不说："你赶紧给我叫个外卖吧，就叫一碗蛋炒饭，要能再来一个卤猪蹄子就更好了，汤就随意吧，你看着点。赶紧叫啊，不然我真要饿昏了。"

朱静还以为他用 20 年前那种软口气说话，是想起结婚纪念日来了呢。结果，90 度直转，又转到吃上头了。朱静突然感到心里憋屈得难受，如果不是要吃，他也许根本不会给她打这个电话。

算了，怪自己命不好，摊上这么个没情趣、没情调的混账家伙。一天就吃一碗泡面肯定不行，他要是饿出毛病来，还是自己的事。朱静默默地挂了电话，就给他在网上点餐。蛋炒饭，卤猪蹄，西红柿蛋汤外加一个炒茼蒿。朱静在吃喝上是从来不亏胡大朋的，通往男人心的是胃，这道理她 20 年前就懂。

车到酒店，因为是临时团，不负责晚餐。下了车，朱静还是跟在"画中人"的身后，男人下了车就快步走到前面接电话了。朱静望着"画中人"瘦削的背影，想起一句诗："像一朵水莲花不胜凉风的娇羞。"难怪现在所有的女人都嚷嚷着减肥，女人一瘦就显得柔弱，柔惹人爱，弱令人疼。前面这"画中人"就像林妹妹似的，娇滴滴的，朱静作为女人看着都想爱护她，更不用说男人了。

男人的电话从停车场打到酒店大堂。到旋转门口，他才停下来，回头望着"画中人"，赶紧往回走了几步，面带宠溺的神色，说："吃西餐吧？云南菜辣，你吃不惯。"

"好。""画中人"即便简短地回话，口气里也带着一种绵绵的软。

"好。"朱静在心里模仿"画中人"的语气语调说。说完，她就真想笑，哈哈，要是她也这么跟胡大朋说话，不知他会不会被吓一大跳。

胡大朋又来了，"三人行"里，他发了一张几个一次性碗碟都被一扫而光的图片。图片下，他又发了一张小猫在澡盆里泡澡的表情。朱静没理他。儿子这会儿刚收到钱，自然也不会理他的。没人理他，他又继续发了一大串表情包。随他，自娱自乐去吧。朱静也饿了，这会儿，去吃点啥呢？

朱静见"画中人"小鸟依人地随男人往酒店的西餐厅走去，她伸头朝里望望，被里头巨型的水晶吊灯与穿着考究躬身迎客的侍者给吓退了脚步。

她索性坐在酒店大厅的沙发上就着酒店的 Wi-Fi，从网上搜附近的美食。对，就点一份过桥米线呗。

等餐的时候，她点开"画中人"的朋友圈。朋友圈里一片荒芜，没有晒自拍，没有晒美食，没有秀恩爱，没有发养生链接，没有转鸡汤美文。什么都没有。除了一张发黄的已经看不清人脸的集体照以外，她的朋友圈空无一物。朱静原本还想这么美的人，朋友圈里肯定少不了秀色可餐的照片，她正好观摩观摩她的穿衣打扮，也好取取经借鉴借鉴呢。

真是一个神秘的女人。

无法欣赏美女，朱静索性走出酒店，去欣赏门口花坛里的洋桔梗。洋桔梗在夜色里散发出淡淡的香气。这种摸不着看不见的香就像神秘的美人似的，最诱人。

在朱静绕着洋桔梗转了几圈之后，外卖送到了。她拎着外卖去房间，把外卖摆在那张草绿色的书桌上，拍了张照片发到"三人行"里。胡大朋秒回："啥？"

"过桥米线。"朱静边吃边回。

语音过来了，胡大朋说："老婆，穷家富路，不要舍不得吃，吃几根米线能填饱肚子吗？"

"吃着呢，等会说。"朱静吸溜着米线，不耐烦地挂断了。

没几秒，胡大朋的红包发过来了，一个接一个，不知道他发了多少，朱静想，这真叫应接不暇！

胡大朋这蠢物，啥都不会。微信发红包还是去年过年学会的，红包最高限额200元，他想多发点钱给朱静，居然不晓得转账这功能可以多发，他只会发红包，傻乎乎地发了几十个。

朱静一个个点过去，把手指头点得都快累抽筋了，果真应了那句话：点钱点到手抽筋，哈哈。

点到最后，是胡大朋发的一句话："老婆，我就这些私房钱，都上缴了，明天你别忘了给我点外卖啊。"

"活猪！"朱静恨恨地骂了一句。跟这种人在一起，八辈子也别想幸福，情商为负，好人好事做完了，一句话就把那些好全给毁了。

五

第二天早上，朱静被客房电话给闹醒了，顺便看了下时间，六点半。起床拉开窗帘一看，外头天还是黑的。云南的天，黑得晚，亮得迟，时间就像是比家里晚些似的。她突然心头一蜇似的疼起来，觉得自己和胡大朋不在一个时间层里，好像隔得很远很远，这种远比距离上的远更令她恐惧。今天是她和胡大朋结婚20周年的纪念日呢，也许不该赌气跑出来，20年不都这么过来的吗？

20年前的今天，也是此刻般天光未放的时候，她去婚纱店里化新娘妆。那时，小城里刚刚进驻了一家专业婚纱摄影店，兼外租婚礼服装以及化新娘妆。那天，朱静被化妆师化了一个很僵很白很傻的妆，胡大朋西装革履地到她的闺房接亲的时候，一句话没说呢，就大笑起来。他笑得手舞足蹈的，就跟被人掐住了脖子似的，乱扑腾。好不容易止住了笑，他张口就说："你这脸就像钻进面口袋似的，哈哈哈哈哈哈，演鬼片都不用另化妆了……"

他说着就又傻兮兮地笑开了，她被他笑哭了。眼泪弄花了妆，他笑得更凶了。唉，都什么事呦！

朱静摇摇头，对着镜子刷牙洗脸，涂脂抹粉。

在大厅里，朱静看见"画中人"穿着一件墨绿色的棉裙，外搭薄荷绿的长开衫，很普通的衣服，穿在她身上怎么就有一种说不出的仙气来。真美啊真美。朱静简直被这美给惊到了。

男人此刻正在导游旁边，他说请导游等下帮忙介绍一家可信的玉石柜台。

车子开了两三个小时，终于到了玉石市场，朱静在偌大的市场里转来转去，望着玉石标签上那骇人的数字，没过多久她就连看的兴趣都没有了。这么多玉石居然找不到合适的，因为看上的价格太贵，便宜的又瞧不上眼。唉！这世界，矛盾真是无处不在。

朱静已经断了买只玉镯当结婚纪念日礼物的念想，无聊地拿出水杯，去找茶水间。没走几步，她看到对面柜台边，"画中人"纤细的手腕上已经戴上了一只翠绿的镯。真好看啊！她快步走过去，距"画中人"两米远就站住了，她听到导游说："打完折，十二万八。"

男人问："喜欢吗？"

"画中人"说："太贵了。"

"喜欢就好，黄金有价玉无价嘛，买玉就是图个缘。"男人轻轻拉着"画中人"的手，笑呵呵地望着这手腕上的镯子，说，"我去买单，你自己再顺便看看啊。"

男人说完就松开"画中人"的手，在导游的带领下往收银台走去。没走两步，他突然回过头，对朱静说："小妹，麻烦你过来一下。"

朱静目光还愣怔怔地盯着"画中人"腕上的玉镯。听见男人喊她，像从梦里惊醒似的，猛地一回头，慌慌地应声，跟了过去。

男人默默地用卡买了单。朱静望着他从皮夹里掏出一支细小的签字笔，在 POS 机上吐出的对账单上飞快地签了名。

真是帅气！她想到胡大朋，哼，也就只有发几个红包的能耐。亏得自己昨天还感动呢，跟人家一比，那几个小红包算啥呀！

男人接过单据，装进皮夹，对收银小姐与导游各自道了谢。导游的脸已经成了一朵花，这么大一单，够他乐的了。

男人转过身悄悄对朱静说："小妹，你挑好了吗？"

朱静嗫嚅道："没有，不买了。东西太多，选花眼了。"

"我想麻烦你帮我挑只镯，两千块钱左右的，就按照你的尺寸挑。"男人说。

"嗯？"朱静疑惑地睁大了眼睛。

"家里头那位，也辛苦了，过两天就是她生日，我想给她买只镯子。她身材跟你差不多，你挑个能戴上的，她估计就能戴。"男人说。

"什么？我怎么听不懂？"朱静心里一惊。

"我是说想请你帮我老婆挑只镯。"男人平静地说。

"那，姐姐她……"朱静感觉心像被蜂虫蜇了似的疼。

"她是我大学同学，我们是同一届的，毕业后就各奔东西了。今年，因为筹划毕业 30 周年同学聚会，我们才再次联系上。不瞒你说，她不仅是我大学同学，还是我的初恋女友。如果不是因为我那年稀里糊涂地跟人去了趟北京，毕业后被遣回贵州老家，今天，我的老婆肯定不会是别人。"男人说完，长长地吁了一口气。

朱静立在那里，周围的嘈杂仿佛都消失了。她感觉自己脑海里一片混沌，那些混沌像云似的，变来变去，她不知道男人下面又说的一大段话是什么内容。她想到那张浮在云天上的鹰钩鼻子的侧脸。他，会不会也在某一天，告诉别人："如果不是我稀里糊涂地跟人打架，打坏了人被抓进去，今天，我的老婆肯定会是朱静，而不是别人。"

朱静摇摇头，她想，以后永远都不会参加什么同学聚会了。而且，她也不要去花市买什么鲜花了，她想赶紧回去，最好能赶上胡大朋晚上应酬回来之前到家。她要熬一锅白米粥，两个人，头对头地喝。

（2018 年 4 月 1 日作，刊于《报晓》）

春 分

拖了几个月，夏芬终于去了趟医院。

夏芬躺在硬邦邦的 B 超检查床上，任由一只冰冷滑腻的金属探头在腹部游移。过了几分钟，B 超医生甩了一张粗糙的卫生纸过来，生硬地说："起来吧。"

夏芬还没把肚子上那层滑腻腻的东西擦干净，就有人推门而入。

"夏老师！"

进来一个姑娘，陪姑娘一道的是个谢顶驼背的男人。男人杵在那儿向夏芬打了个招呼，脸上的表情比裤子还没提上的夏芬更尴尬。

夏芬飞快下床拉好衣服，生硬地挤出一丝笑容，说了声"你好"，便从床边拿过包，仓皇而去。

Ｂ超医生喊："夏芬，单子。"

夏芬折回头拿报告单。闺密柳云是妇科主任，夏芬拿了单子就去找柳云。Ｂ超室在一楼，妇科在五楼。早上是看病的高峰期，电梯还没步行快，夏芬走到安全楼梯口爬楼上去。在四楼半的拐角处，夏芬见楼梯口站着一对小年轻，女孩子低声啜泣，男孩低头抽烟。

夏芬侧身从他们身边走过，她悄悄瞥了一眼女孩，是个清秀的小美女，看上去不会超过二十岁。她心里嘀咕：年轻不懂事，不晓得爱惜自己，将来受罪后悔可就来不及了。

闲操心的当儿就走到了柳云的办公室。身穿白大褂的柳云正耐心地给患者解疑。见夏芬来，柳云扬扬眉，示意她在边上等待。

"我在微商那买了保养卵巢的药，吃了半年，结果彻底不来了。柳主任你看能不能帮我开药调理调理，我过完年才四十八……"

夏芬听到这儿，冲柳云意味深长地笑笑。柳云假装没看到，继续带着宽慰的口气向病人解释更年期于每个人的特殊性与必然性。

病人好不容易走了。夏芬一屁股坐下了，把Ｂ超单往柳云面前一推。柳云低头看了一眼，说："你这需要刮宫。"

刮宫？夏芬脑子一炸。

"别怕，你的子宫内膜增厚了，加上你的症状，需要做诊断性刮宫。放心，还是我给你做。"柳云说着拍了拍夏芬的手。

夏芬听到"刮宫"两个字，身子就软了。她太知道刮的含义了，那些年，被那些冰冷的金属钳、镊刮过。对于怀孕做人流这件事，事后许久都意难平，有着深刻的丧子之痛。时隔多年，提到刮宫，夏芬的生理上还是飞快地冒出了那种扯心扯肺般疼痛的记忆。

"你家老丁最近在家吧？趁他有空，让他陪你来做，做好再在家伺候你几天就好了。"柳云走过来揽住夏芬的肩说。

"他？他哪有时间陪我。"夏芬从柳云手里接过检查单，往包里装。装好把包往肩上一搭，立起身，强作欢颜地冲柳云说："好了，不耽误你事，我先走了，过两天安排好再来找你。拜！"

出门时，正与在楼梯口看见的那对小年轻碰个正着。夏芬听见柳云问他们："决定好做无痛了？"

无痛也有伤口啊！夏芬心里想。想想又觉得自己多事，整天尽操闲心，家里的事都顾不过来了。

出了门诊大楼才发现下雨了。虽说是毛毛雨，但这个天，骑电动车淋雨是会冻着的。夏芬正左右为难着，又看见刚在B超室遇见的那位驼背男人，他是老丁的司机，叫小谢。小谢看见夏芬，快步走过来，说："夏老师，你怎么来的？"

"骑车。"夏芬指着对面车棚里自己那辆破旧的电动车说。

"下雨了，我送你吧。去学校还是回家？"小谢问。

"那就麻烦你了，我去学校吧。"夏芬跟在小谢身后上了车。

"小谢，刚你陪着做B超的女孩是？"夏芬问罢有点后悔，显得自己很八卦似的。

"唔，是同事。"小谢蔫蔫地回答完就不作声了，直到把车开到广播电视大学（以下简称"电大"）门口才开口，说："夏老师，慢走。"

夏芬下车道谢后走进学校，上楼梯时，一绊，脚崴了。

同事看夏芬脚踝肿得老高，扭动一下，夏芬都疼得龇牙咧嘴，便让她赶紧给老公打电话。她想想便拨了老丁的手机号码，占线；再打，还是占线。

夏芬看看时间，不到九点半，按说他这会儿在开会啊，昨晚就听他嘀咕说今天上午两场会，下午三场会，一天都要在会场里泡着。

电话总占线。同事说："看来指望不上你们家老爷了，还是我送你去医院吧。"

夏芬苦笑道："今天是什么日子呀，这刚从医院回来，门都没进呢，就又要往医院去啊。"

"不去？万一骨头伤了怎么办？崴脚可不能大意。"同事说着，搀了她就走。

同事的别克车开了不少年头了，车里却还那么簇新整洁，紫红的真皮座椅套与同色调的丝圈踏脚垫让车子显得很有档次。同事也是"奔五"的人了，但一件太平鸟休闲风衣把他衬得像个时尚型男。网上说什么油腻中年，的确，现在日子都过好了，无论男人女人，一到中年就发酵了似的肿胖起来了。就连当初瘦得跟麻秸秆子似的老丁，这两年也有了啤酒肚，可同事却还是腰身挺拔，腹部平平。夏芬坐在车后座的右边位子上，从她这个角度望过去，是一张线条硬朗、眉目深邃的侧脸，比平时面对面看到的那张正脸显得更有范儿。夏芬又悄悄瞄了两眼，这家伙的侧面居然有点像陈道明呢。想到女儿每次在朋友圈发的那些照片都是侧颜照，问她怎么不拍正面，她说："你懂什么，这叫侧颜杀。"夏芬此刻终于懂了什么叫作侧颜杀了。

到了医院，夏芬打开车门要下车。同事阻止她，让她等一下。同事从后备厢取出雨伞，撑开伞后替夏芬拉开车门，搀着她走进门诊。

夏芬坐在候诊椅上，望着同事在大厅的挂号处、收款处、放射科之间跑来跑去，心里泛出一丝感动。

"得拍片子，还要排队等会儿。"同事扬了扬手里的单子，走到夏芬面前说。

"耽误你事啊。"夏芬仰着脸笑着说。

"耽误？没什么好耽误的，陪美女看病不比在电脑上看新闻强啊。"他从口袋里掏出烟，想想又放了回去，手里把玩着一个银色的 Zippo 打火机。他那样子令夏芬想到上学时喜欢拿着钢笔在手指间飞转的耍酷少年。

"仲春，你家儿子毕业后打算留在美国吗？"傻傻地看了他转打火机好一会儿，夏芬突然开口问道。

"不打算。你家丫头不回来啊？"他停了手，转过脸问夏芬。

夏芬叹了口气，说："不知道她，什么都不肯和我们说，越大越淘气了。"

"那就不要问。孩子不肯跟大人沟通，肯定是大人做得不够好，不足以令孩子信任。"他扬了扬眉说。那种成功父亲的自得感令夏芬有点不快。

他的儿子就是那种"别人家的孩子"，从小到大不用大人操心。高二提前参加高考，考取中国科学技术大学，毕业进入美国斯坦福大学，马上就要博士毕业了。夏芬想到自己女儿，与他的儿子幼儿园、小学、中学都是同学，高考考了个二本，学业平平，因为喜欢韩星便要去韩国留学。这出去快两年了，她朋友圈里不是晒自拍就是发代购广告，也不知道她到底学了什么。提到女儿，夏芬心里就觉得不踏实，现在社会竞争这么激烈，她整天不学无术的，将来可怎么好？

夏芬心里叹了口气，不提不生气，还是换个话题吧。

"仲春，你家新店什么时候开业？到时候我们组团去贺个喜。"

"新店？谁知道。那些都是她的事，我不问。"同事收起打火机，踱到放射科窗口，又走回来，说，"快了，差三个号就到你了。"

夏芬抿嘴笑笑。每个人都有自己不想提的事。她低头从包里掏出手机，拨老丁的号码，通了两声，又变成了忙音。旋即短信来："对不起，在开会，稍后给您回过去。"呵呵，这条挂断后自动回复的短信息还是她帮他设置的。老丁虽然不老，过完年刚虚岁五十，但夏芬感觉他自从三十五岁以后就成了老人。他不用微信，没有支付宝，不懂网购，不看直播，不打游戏——这不是老人是什么？老丁是三十五岁那年，当上某单位领导的。任职后，之前所有的休闲服饰都不要了，穿黑色皮鞋，深色长裤，夏天是白衬衫，春秋天罩件深色外套，冬天换成深色棉袄。夏芬刚开始觉得他把自己整得过于老气横秋，还想在他生日、结婚纪念日之类的小节日时，替他买点时兴的皮衣啊，风衣啊之类的作为礼物让他换换。但他说："行政干部，要的不是新潮，是朴素、本分、踏实。"他那身一成不变的老气装扮，到如今，却越看越觉得顺眼妥当了。

"夏芬！"

护士喊号了。夏芬由同事搀着进了放射科。

"家属在外面等。"医生隔着厚厚的口罩冷冷地吩咐，夏芬把包递给同事，自己留在了充满噪音的 X 光室。厚重的铁门关上的那一瞬，她感到寒冷、孤独和恐惧。

"家属来扶一把。"门打开了，医生喊。

同事快步过来，把夏芬搀扶出去。

"半小时后取片子。"医生在身后吩咐。

他们继续回到候诊区的长椅上坐下来。

医院里暖气充足，夏芬被折腾得有些燥热。因为一早要骑车来医院，她特意穿了件厚外套，几年前的羊绒大衣，有一圈厚厚的毛领。夏芬坐在候诊椅上，看来来往往的小姑娘都穿上很显身材的春装了，她们鲜亮的春装、窈窕的身影，比对得裹着臃肿大衣的自己像个落伍、落魄的小老太太。

夏芬边嚷嚷着"真热，真热"，边不经意似的脱了大衣，打底是一件下摆不规则的黑色长毛衣和一条羊皮紧身裤。毛衣外面，黄色的蜜蜡吊坠很惹眼地搭在胸口，与她白皙的脖子一样明晃晃地炫目。脱去大衣的夏芬像是蜕了茧的蚕，也许是女儿孝敬的保养品的功效，夏芬的皮肤一直不留痕地白皙紧致。此刻，女儿送的这件毛衣也把这几年腰上多出来的那几寸给修饰掉了。脱掉了大衣，夏芬明显自信多了，她拿起手机，把拍照功能打开，就着前置摄像头当镜子，瞅瞅镜头里的自己，头发整齐，唇色自然。就要收起手机时，镜头里挤进半边脸，是同事的侧颜，他正在边上望向照镜子的自己。

夏芬有点不好意思，讪讪地说："跟小丫头们学的，拿手机当镜子。现在这手机真是万能，离了它还真不知道该怎么办了。"

"手机是方便，要是过去就有手机，就不会有那么多误会和错过了。"同事起身转悠着说。

"呦，没发现呀仲春，你怎么跟个诗人似的这么煽情！"夏芬夸张地笑道。

片子取出来给医生看，没有伤到骨头。医生给开了些活血化瘀的药物，同事取了药，把夏芬搀上车。

"咦……"

车刚驶出停车位，夏芬看见一辆白色的POLO一闪而过。

"怎么了？"同事问。

"没事，刚才好像看见我家的车了。"夏芬说，"可能是看错了，他开会呢。"

同事不作声了。夏芬低头翻看药袋，拿手机拍了药盒，用微信发给柳云。手机瞬间唱起歌来，柳云在电话里问："怎么了？"

"崴脚了，刚拍了片子，骨头没事。"夏芬说。

"好的，回家注意休息。老丁在，我就不下去看你了啊。"柳云说罢匆匆挂了电话。

老丁在？夏芬心里嘀咕，柳云怎么会说老丁在呢，难不成刚才看到的就是家里的车？老丁来医院了？

"直接送你回家？"同事问。

"呃……"夏芬的注意力还在老丁身上没转过来。

"呃什么呢？你打电话请个假，在家休息几天吧。"同事说话间就把车开进了楚都新城。

楚都新城是十多年前小城最早开发的颇具规模的住宅区。在楚都新城没有开盘前，小城的住房都是论套买卖的，不存在什么每平方米多少钱之说。一套一百平方米的房子，不过六七万。楚都新城倒好，房子还没盖，就在丁字路口盖起了售楼部，售楼部装修得金碧辉煌，落地窗边摆上了一溜大红沙发、黑色茶几，茶几上摆着各色果盘和茶水。大厅中间放了偌大的沙盘，沙盘上过家家似的置着楼房、亭台轩榭，甚至人、车、花、树的模型。青春靓丽、妆容精致的售楼小姐笑容可掬地对你说："你家这个楼层，采风采光都很好，后阳台对着护城河，前阳台朝南，风水好……"只要你去，就有小礼物赠送，什么竹艺杯垫、陶瓷摆件、水晶钥匙扣之类。有茶有糖有礼物白拿，还有空调吹，小城里的人没事就去售楼部转转。转久了，心就动了，订一套吧。环境这么好，房子结构这么好。心一动，钱包就跟着动，后来，原本被小城人排斥的售价千元一平方米的高价房，居然被哄抢一空。

　　夏芬家这套房还是从另一个同事手里拿的。那个同事的老婆从粮站下岗后，应聘到楚都新城售楼部。她见房势渐旺，便拿下岗津贴订了两套房。一套自己留住，一套待价而沽。夏芬在办公室听到那个同事在电话里为老婆不和他商量就买房而大怒。她说："别吵别吵，我正愁想买买不到呢，正好你们匀给我们一套。"一个办公室坐着的同事这就又成了门挨门的邻居。

　　同事开车在小区里七拐八绕地停好了车。车子前面的一棵桃树花开得正旺。夏芬说："进去坐坐？你好些年没来过了吧？"

　　"十来年喽！"同事下车，看了几眼桃花，接着说："小桃树都长这么大了。"

　　"是啊，年前那场大雪压断不少树，就它没事，瞧这一树开得，真旺！"夏芬说着，示意搀她的同事等一下，她掏出手机，对着桃花连拍了好几张照片。"赶紧拍几张，不然等腿好，花都谢了。"夏芬笑嘻嘻地拿起手机说。

　　"拍这么多桃花，想走桃花运啊。"同事揶揄道。

　　"桃花运？就我这人见人不爱，花见花不开的小老太太，哪门子运都可能走，就走不了桃花运啦。"夏芬说这话的时候，感觉身下一阵潮热，坏了，又来了！

　　赶忙上楼，跳着脚爬上三楼，打开门，夏芬对同事说了声"你坐你坐"，就慌忙钻进卫生间。这三个月，月事来了五六次。每次一来就像洪水破坝似的，堵不住。坐在马桶上，夏芬感觉身下哗哗流淌着热血，丝毫没有停止的意思。同事还在客厅坐着，夏芬对自己一头扎进卫生间不出去感到有点不好意思，而血又出得令人害怕。她于是拨了柳云的电话，告诉她自己刚到家，月事就又来了，血多得吓人，就像那年小产后大出血。

柳云说："那就赶紧让老丁把你送医院来吧。"

夏芬挂了电话，又拨老丁的，还是那条短信回过来。她挣扎着起身。

同事正坐在客厅沙发上看着手机。

"见鬼了，我这老毛病犯了，还要麻烦你送我去医院。"

关门时，夏芬看了一眼墙上的挂钟，十一点了。这一个上午都反反复复地往返于医院，没想到自己的身体也开始这么折腾人了。

"我说夏芬同志啊，你这是几个月不进医院就不能过了是吧？"上了车，同事就揶揄道。

"咳！"夏芬苦笑着。这些年，真是跟医院结了缘。女儿读高中时，婆婆患阿尔茨海默病；女儿高考那年，公公又脑出血。家里两个生活不能自理的老人，不是她这不好，就是他那不适，夏芬这几年忙得焦头烂额。直到去年，公婆先后平静地走了，日子才渐渐缓下来。可没想到，安泰不了几个月，自己的身体又较上劲了。

刚到医院，同事电话响，夏芬说："仲春，你有事吧，我自己上去了。"她瘸着腿直奔柳云办公室。

有柳云亲自安排，夏芬很快就输上了止血剂。她倚在病床上，笑嘻嘻地对柳云说："喂，你差点就见到老朋友了。"

"什么？"柳云问。

"刚才是李仲春送我来的，怕你们见面尴尬，我就没让他上来。"夏芬故作神秘地压低了声音说。

"去你的吧，他不是你的老朋友啊？"柳云不经意地嗔道。接着抬腕看表，说："马上下班了，我给你打点饭过来。"

"你那会儿说老丁在？你看错了，他今一天都有会。"夏芬说着，心里也浮出一丝犹疑，会开到现在也该散了吧？两场会中间也有空闲吧？按说他看到自己打的电话，有空就会回过来的呀。

柳云走出病房，回头带门时冲夏芬眨眨眼睛说："等我回来给你爆大料！"

夏芬听着柳云高跟鞋"笃笃笃"的足音渐远，强压下自己给老丁打电话的想法，扭过头望着窗外。窗外是灰蒙蒙的天，镶在窗里，像一块绷在绣花绷架上待绣的布。二十多年前，夏芬还真绣过那么一块布，不过不是灰色的，是白色的的确良。一件白色的确良衬衫，破了，她把完好的后背裁剪成了一块正方形，绷在奶奶的绣花架子上，居然绣成功了。此刻，那幅绣着一只报春的喜鹊站在梅梢，边上绣着"俏也不争春"的绣品装了框，挂在家里小书房的墙壁上。那是夏芬绣的唯一作品，想到它，是因为前些年，大家都疯了似的绣十字绣，夏芬翻箱倒柜地找到那幅绣，拿到学校旁边装裱十字绣的小店里装了框。

那天下午，夏芬喜滋滋地把装好的绣品带到办公室，好几个女同事知道这是夏芬少女时代亲手绣的绣品，都赞不绝口。只有仲春，瞄都不瞄一眼。

"开饭喽！"柳云拎着汤汤水水进了门。她拿了一块一次性医用中单，往床头柜上一铺，再把嫩绿的茼蒿、排骨汤、米饭和一盒不知是什么的点心往柜上一摆，说："今天是春分，吃茼蒿和驴打滚。怎么样，很丰盛吧？"原来那盒点心是驴打滚，柳云说："网友寄来的。"

"网友？你真行！说吧，要爆什么大料，是不是要跟这个驴打滚见面啊？"夏芬咬了一口驴打滚说。

"去你的，今天要爆的是你的料，你和李仲春的料！"柳云翘着兰花指，拈了一个驴打滚扬起头往嘴里送。她短发蓬松，脖子修长，鼻子挺拔，那侧颜也是一个字：杀！

夏芬望着妖精似的柳云，想到春晚上与那英一起唱《岁月》的王菲，这个柳云就是王菲这样不惧岁月的美人，怎么看，这近五十的人都还像三十刚露头的样子，脱下白大褂，她周身散发的都是妖娆。跟她在一起，自己虽然看着也算不赖，但下巴松了，就坠出了老态。看看柳云，微微扬起头的侧颜，下巴和脖子构成一条优美流畅的弧线，妖媚如狐。

柳云吃完一个驴打滚，拿纸巾擦擦嘴角，双手抱在胸前，斜睨着夏芬，说："你真以为当年李仲春追的是我？"

"嗯？不追你追谁？你一来学校找我，他就跑过来，你不来，他可从来不到我办公室的。"夏芬说。

"那是障眼法好吧。我们那年头的人，谈恋爱可不都绕圈子谈吗？明明喜欢甲却非要和乙套近乎。其实，我就是你和李仲春之间的那个乙。倒霉的李仲春绕来绕去，终于鼓起勇气写了一封情真意切的情书，打算让我交给你的，却等来你的一包喜糖，你一点儿消息没透，就和老丁订婚了。那包糖估计成了李仲春的毒药。你还记得那年春天他请了半学期假吗？他恼得到医院找我讨回情书，谁知道情书被我男朋友看到，误以为是老丁写给我的，正跟我闹呢。见了他去，把他一阵好打，腿给打折了。瞧，我稀里糊涂地把这个黑锅背了几十年。连你都说他是我的老朋友……"

"你胡说什么？怎么可能呢？"夏芬放下筷子，挂着一副不可思议的表情。

夏芬虽说嘴上反驳，但脑子里却在飞速倒转，那时候，那时候……那时她刚到电大上班，柳云宿舍就在电大隔壁，她经常带着产妇家人送的喜蛋和喜糖去找夏芬。她一阵风似的，每次去，都能把仲春从隔壁办公室捎进来。学校里的老师们都喜欢开仲春和柳云的玩笑，大家都觉得他们是一对儿。

夏芬坦然地在他们之间当着雪亮的电灯泡。他们一起吃饭，看电影，爬山。只有一次，下班时，仲春说去八公山看桃花。夏芬以为又是和柳云一起呢，她不会骑车，便坐上他的自行车。车过北门，夏芬问："柳云呢？"

车头一歪，夏芬咕隆一声摔了下去，白衬衫的肩头破了。事后，夏芬庆幸自己把新西服搭在手上没穿，不然，西服摔破的损失就大多了。

那次因为摔跤而半途而废的郊游是夏芬与仲春仅有的一次私交。就凭这些怎么能相信柳云的话呢？

柳云仿佛看透了夏芬的心思，她在病房里踱起了方步，模仿夏芬上课时的姿态，说："还记得你绣的一幅喜鹊登梅图吗？那幅图就是李仲春画的。你在我书里翻到的那张卡片，说图好看。其实那卡片就是他放在没来得及给你的情书里的。情书里还有另外一张卡片，是他画的你的头像，上面写着'她在丛中笑'。可惜我当年那个瞎眼的男朋友，非说画的是我，给毁掉了。"

柳云又说："要不是上午在外科会诊时看见老丁在一个小美女床边陪着，这陈芝麻烂谷子的事，我也就不说了……"

柳云又说了些什么，夏芬完全听不进去了。如今，半生已过，日子平淡如白水，无风波无涟漪，无目标无梦想。而过去早已成为扯断了线飘远了的风筝，看不见，抓不着，无踪无影。

现在还说谁曾喜欢过自己又有什么意义呢？仿佛给濒死的人一大笔意外的财产。夏芬感觉身下又是一股热潮轰然而下。爱情早已不再是她关心的话题与在意的内容了，她只想健健康康的，等老丁退居二线，看女儿结婚生子……至于老丁，为什么在一个女孩病床边，夏芬的眼前立马浮现出早上在B超室遇到的姑娘。小谢说过的，那是他们同事。

"哟，水完了，我去给你喊护士。"柳云说着走出病房。

夏芬望着柳云袅娜的背影，她打开门，怔在那儿，夏芬越过她的背影，看见门口杵了个人影。

（2018年2月26日作，刊于《未来》2018年第4期）

清 明

方晓彤在村村通水泥路的岔路口迷路了。她的红色奥迪有些不知所措地在路口轰轰地低喘着，像个得了肺病的人，哮喘急性发作般地震颤着，叹息着。方晓彤有些难过，才几年没有回老家，就有了物是人非的感觉。这感觉令她的心刺挠挠的，像这一路上，白杨树上飘下来的杨絮落到脸上，吸进嗓子里的感觉。

唉……

方晓彤长长地叹了一口气，把车子熄了火。她看见对面来了一辆四轮车，车上堆满了码得整整齐齐的树苗。那些树苗是从前面的苗圃移出来的，要栽到什么路边还是城里的小区里呢？方晓彤望着那个开着四轮车的人，他的头被伸出来的树梢压低了，看上去就像是一朵从树底下长出来的灰蘑菇。

"突突突，突突突。"车子就那么从她身边开了过去。她熄火下车是想向四轮车手问个路的，可不知怎么，她突然就失语了。

方晓彤不知道该怎么问路。

过去，那里叫椿树圩子。可现在，早就没有了椿树圩子了。那个圩子在十几年前就消失了。

在方晓彤的记忆中，从省道往西岔出了一条曲里拐弯的石子路。骑着自行车弯弯扭扭地在那条坑坑洼洼的路上，一路往西骑去，过一个葡萄园，再过一座石桥，远远看见一个在绿树环绕下探出一点红瓦屋顶的小村子，她就会把车蹬得飞快起来。那个绿色的小村子就是椿树圩子。她的爷爷奶奶和同宗的叔叔大爷们都聚集在那个小村子里。他们远远地看见她，就会亲热地招呼她："囡囡回来啦。""大侄女回来啦。""大孙女回来啦。"

"咦，可是囡囡？囡囡回来了？"下车在路边上发呆的方晓彤没有留意，一个骑电动车的中年人从她身后骑过，又猛地刹住车，回过头朝她喊。

方晓彤望着中年男子那双微凸的眼睛，感觉似曾相识，却又想不出他到底是谁了。

男子把脚支在地上，从怀里掏出一支烟点上，慢悠悠地带着点调侃的语气说："穷窝窝里飞出的金凤凰，认不得家了是吧？"

方晓彤的眼泪不知怎么突然就掉了出来。就在那瞬间，泪水砸在了脚尖上。

男子奇怪地看了她一眼，忙说："喏，往南走，前面那楼是你富叔家的。"他说完就骑上车，往北面的岔路骑远了。方晓彤上车，从纸巾盒里抽出纸去抹眼泪，然后按照那人指的路，把车开到了路边水杉树掩映下的小洋楼前。

出来一条黑狗，朝她狂吠。方晓彤吓得不敢下车。她把车窗开了一条小缝，大声喊："富叔，富叔！"

屋里出来一个女人，穿着鲜红的毛衣，披了一头栗色的卷发，还抱着一个孩子。

"你谁呀？"女人启开涂得不甚均匀的大红唇说着带外地口音的本地话。

"我是囡囡。这里是我富叔家吧？方士富家。"方晓彤有点疑惑地问，她想不出面前这个打扮得有些乡土气息的妖冶女人是谁。

"哦，你是大侄女呀！大侄女回来啦！"女人放下怀里的孩子，用手拉着，喝住了狗，朝方晓彤车边走过来，热情地替方晓彤拉开车门，让她下来进屋喝茶。

方晓彤心里明白了，不用说，她是堂叔方士富的老婆。小时候隐隐约约听大人们说过，富叔死都不肯相亲、结婚，是因为他在等一个不可能跟他结婚的女人。那个女人是村里的寡妇，按辈分，算他婶子，虽然他们是从小学到初中的同班同学，也就是人们说的青梅竹马、两小无猜。但村里不管那些，她嫁给了方士富的家门叔叔便成了方士富的婶娘了，哪怕那叔叔死了，她能再嫁张嫁李，但就是不能嫁给方士富。可富叔是个上过高中的知识分子，他偏不听那些老规矩，成天往寡妇婶子家钻，白天招摇过市，夜晚偷偷摸摸。钻着钻着，寡妇婶子的肚子就大了。同样是寡妇的婆婆不愿意了，在一个大清早，把储备了一夜的尿盆扣到了富叔家的大门上，之后就坐在他家的院子前面的石碾上大骂了起来。四邻都劝，被劝回家的寡妇婆婆，小晌午时却在井里看见了自己的寡妇媳妇。

富叔从那事过后就离开了椿树圩子。方晓彤对于富叔的印象很模糊，按时间算，富叔也该有小五十了，可眼前这个喊她大侄女的外乡女人看上去不过二十五六岁。

方晓彤下车，客气地冲面前这个热情的外乡女人喊了声"婶子"，说把车停这里，就不进去坐了，因为想赶着去上坟。

谁知这个外乡的婶子倒是一点也不见外，像是跟方晓彤吃一锅饭长大似的亲热。她麻利地抱起孩子锁上门，对方晓彤说："走，我陪你去上坟，路不好走，你摸不上。"

外乡婶子不仅手脚麻利，也心直口快。还没走出五百米，方晓彤就知道了她的来历。方晓彤安静地听她说，她怀里的孩子伸出手，指着方晓彤挂在背包上面的毛毛熊。方晓彤忙把那只小毛毛熊挂饰取下来递给孩子。婶子喜笑颜开地替孩子接过来说："谢谢大姐姐。"

方晓彤的心里咯噔了一下，哦，她是这个陌生小人儿的大姐姐呢。可是，如果不是这趟回家来见到他，他们就是在街上擦肩而过连目光都不会交汇的陌生人，即便他们的身上流淌着源自一脉的血。

唉……

方晓彤不经意间又长长地叹了一口气。

外乡婶子诧异地望着她说："囡囡，你怎么这么喜欢叹气？你是方家最享福最有出息的，你还叹气？"

方晓彤笑了笑。她伸出手，想替已经开始喘粗气的婶子抱抱这孩子——她的小堂弟。他们已经顺着水渠走了大概有三里路了，方晓彤手里仅仅拿着刚刚在路边小店买的纸钱、鞭炮，已经感觉有些累了，所以她想帮抱着胖娃娃的婶子换换手。但孩子不要她。

"小秃子不认识大姐姐，这是大姐姐知道不？长大也要像大姐姐一样有本事知道不？"婶子气喘吁吁地边走边训着孩子，难为她竟还能腾出一只手摸摸方晓彤的长发、毛线裙，夸她俊，会打扮。

方晓彤走热了。这个清明，没有雨纷纷，天晴得像巨幅的水洗绒幕布。阳光普照，田埂上春草芬芳，一眼望不到边的麦田绿浪翻滚，水渠里的水清清地、轻轻地流淌，水流漫过绿草，一路唱着歌，陪伴着他们往田野的更深处走去。

久居闹市，整日深陷鼎沸人声的方晓彤在这寂静的田野里，有几分陶醉。她深深地嗅着这带着泥土腥气与麦子香气的新鲜空气，想着自己还是小女孩的时候，和爷爷一起赶着鹅群在这田埂上走。

见她久未发声，婶子把孩子从怀里放到田埂上，把斜背在身上的绣花腰包打开，腰包成了一根绑带，她把绑带往背上一甩，把孩子往里一兜，再在腰上系牢，孩子就稳稳地趴在她的背上了。这一番动作把方晓彤看傻了，她正准备说些什么，婶子开口了："囡囡，你老婶是不是真的赔了一百万？"

"一百万？你听谁说的？"方晓彤停住了脚步，怔怔地望着婶子。

"都说你老婶死后，人家赔了一百万，要不花家三丫头怎么会跟你老叔跑掉？可怜你老婶了，为了买套房子把命都搭上了，尸骨还未寒呢，房子就被野女人占上了，可怜你妹了……"婶子喋喋不休。

"啊！"方晓彤冷不防被一株刺木苔绊住了，她一个趔趄，手按到刺木苔上，竟被扎出了血。

"呦，囡囡，你没事吧？小心点啊，前面路更不好走，别跌水渠里了。手扎疼了吧？"婶子已经走到了前头一大截，她听见方晓彤的惊叫忙回头嘱咐道。

方晓彤摇了摇头，手倒没感到疼，心却在此刻像被刀割似的疼。她拿纸巾按住手，又扶了扶背包，走在乡间小道上，背一只硬皮包显得很不搭，但没办法，背包里装着几张照片呢，她不想在手里拿着给弄折弄脏了。老婶是去年冬天走的，走时不过四十三岁。方晓彤一直对老婶的死怀有深深的负疚之感。刚才，婶子问是不是人家赔了一百万，她知道，那是没有的事，别说一百万了，事实上，连一万都没有人赔。

方晓彤后悔自己当初向老叔老婶介绍他们公司新开发的房子。去年秋天，老婶给方晓彤打电话，让她帮忙垫几个月的房贷，说等自己从浙江结了摘橘子的工钱，回来就还她钱。方晓彤还劝说老婶不要去浙江了，因为老婶做脑血管畸形手术才不到一年。当初她极力推荐老叔老婶在省城买房，其实就是因为老婶的身体。方晓彤听做手术的医生说，老婶这个毛病，有随时发病的可能。方晓彤知道老叔是个没什么用的赌鬼，虽然做包工头也能赚点钱，但赚得再多也抵不住他赌啊！方晓彤看着老叔家十八岁的堂妹和才六岁的堂弟，就想着干脆让老叔也供套房子，一来可以让他把钱给存到房子上去，二来万一以后老婶哪天有什么不测，房子买在她身边，她也好尽长姐的责任来照顾堂弟堂妹。

没过几天，方晓彤接到一个从浙江打来的电话，没想到老婶说去就去，已经到了浙江。她打电话就是跟方晓彤报平安的。方晓彤问她条件怎样，伙食怎样，劳动强度怎样，老婶在那边爽朗地笑道："你一个小丫头怎么这么迂？放心，都不错。"方晓彤还想问她有没有签劳动合同，电话便已经挂断了。

"囡囡，你怎么还不结婚？有对象了吗？"婶子不容许她们之间陷入沉默，见方晓彤默默地走路，便停下来回头问道。

"没有合适的。"方晓彤淡淡笑道。

"女孩子是菜籽命呢，要好好挑。不过囡囡，你命好，肯定找的不会差。都说你小时候，有算命的到我们这村子里来，正赶上你抓周，算命的一看到你就对你奶奶说，你是富贵命，将来会成金凤凰飞上高枝的。"婶子说得很快，就像唱山歌似的拖着长调。

方晓彤只能笑笑。她算什么金凤凰，不过是考上个大学，大学毕业后又到国外念了两年书。回来后，父母让她像她哥哥一样考公务员，可她考了几年都差那么一点点。她只有去人才市场应聘，却又四处碰壁。最后，放低姿态，做了售楼小姐。当初能成功应聘售楼小姐还是因为楼市低迷，没人愿意干这个，她才有机会的。唉，读书时以为考个好大学难，可毕业后才知道找工作更难。一拨拨的毕业生就像沙丁鱼似的在人才市场里挤着，而用人的岗位就那么几个。

田埂弯弯绕绕的。方晓彤感觉这有点像田园迷宫。想到田园迷宫，不由想到田歌，他在彼岸还好吗？

唉……

不由自主地，方晓彤又叹了一口气。婶子伸手摘了一朵从麦地里探出黄脑袋的菜花，递给趴在她肩头正咿咿呀呀地说着"婴语"的儿子。

方晓彤掏出手机，拍下这一幕。阳光下，侧着脸的婶子、胖乎乎的小堂弟与一朵黄灿灿的菜花构成了一幅美图。婶子探过头来看照片，看一眼还不够，又拿过手机翻相册里的照片。

"啧啧，囡囡真上相！这是你家吧？真豪华！这是咖啡馆吗？真高档！这是谁？呀，囡囡，这男的是不是你男朋友？"婶子站在田埂上居然把方晓彤手机相册里的一千多张照片给翻到了顶。顶上是一张田歌的照片，在田园迷宫的薰衣草花海里奔跑。

那张照片还是六年前在普罗旺斯拍摄的，方晓彤很喜欢这张照片，六年间她换了三部手机，每次换手机都会把这张照片首先存进新手机。

婶子还在追问。

方晓彤拿回手机，淡淡地说："不是的。"

他们继续往前走。突然，茂盛的麦田间豁出了一块荒芜的田地，就像生长茂密头发的头上出现了一块斑秃。

婶子说："这是你老婶娘家的地，她死了安泰了，家里两个老的难过得一个瘫掉了，一个快傻了。"

"那这地怎么没有别人帮他们种呢？"方晓彤问。

"别人？谁家种呢？你老婶的哥嫂、侄子还有三个姐姐都在上海打工、做生意，一年到头都不回来。别的人家也都差不多，你富叔和我要不是因为要迁坟，还有你弟还小，也早出去了，在家指望几块地能种出什么花呢？"婶子说着，看了方晓彤一眼，"让你回来种田，你肯吗？"

方晓彤不作声了。她快走了几步，想早点走出这块"斑秃"。

刚才婶子说要迁坟，方晓彤问："坟为什么要迁？"

"要架高速公路。"婶子有点兴奋地对方晓彤说。

方晓彤抬头放眼环顾了一圈，东边的省道上车如甲虫；南边有片湖，湖畔建了湿地，风景树在春风中傲气地招摇着；北面有排列整齐的楼房，是新农村居民点，在那里，村里人跟城里人一样住套房，用自来水；西边路边的小楼是富叔家，再往西还有疏疏落落的几栋小楼耸在路边上，显得不成气候。方晓彤有点不甘心地继续往西望，她心里其实明白，椿树圩子是看不见了的。早些年，爷爷去世后，圩子里就没有人家居住了。

现在婶子说祖坟也要迁了，方晓彤心里很难过。祖坟的位置并不是很好，湖边上的滩地，常常会漫水到坟上。但老祖宗当年就看中了这块地，说不怕水，水是财，进水就是进财。老祖宗说的话似乎并不甚灵验，几辈子了，家里也没有出过财主。

婶子说："现在家里都巴望着迁坟呢。因为去上坟的路太远，还不通车。如果迁到通车的地方，都方便些。"

方晓彤不说话，低头默默地走。她怕眼泪又不听话地涌出来。小时候她就爱哭，和小伙伴闹矛盾哭，看到懒猴子、土狗子哭，考试没考第一哭，吃饭烫了哭，吃不完被大人训了也哭。倒是有一次，小虫子撞到了她眼睛里，爷爷让她使劲哭，让眼泪把虫子带出来就好了，她反而哭不出来了。方晓彤总是在该哭的时候哭不出来，就像在老婶还有田歌的葬礼上，她一滴泪也流不出。

七八里的乡间小道这么快就走到了尽头。水渠到头了，田埂从麦地延伸出去，成了一片滩地。滩地上是七零八落的馒头土包，这些土包前面竖着高矮样式不同的石碑。所有的石碑里，数方晓彤爷爷的碑最高大。方晓彤一眼就看见了爷爷的墓碑，就像当年一进椿树圩子一眼就看到爷爷家一样，爷爷家的房子当年在椿树圩子里也是最高大气派的。那是爷爷亲自盖的，土墙砌得很平，而今，爷爷的土包坟却如此矮小，且不平。

方晓彤把纸钱、鞭炮从塑料袋里掏出来时，婶子已经把小堂弟从背上放下来了。婶子说："把鞭炮放地上摆平，我来点火。"

方晓彤搂过小堂弟，不顾他的挣扎，用双手紧紧捂住他的耳朵。

待鞭炮声停了，婶子拉着孩子，往一个个墓碑前面放几沓纸钱，每一堆纸钱上都放一块土块压着。她用打火机点着几张纸钱，便拿着那纸钱给每一堆钱做引火。她看方晓彤愣愣地望着她，便示意让她拿引火把她爷爷奶奶的那堆纸钱给点燃。方晓彤跪在爷爷奶奶的坟头恭敬地磕了三个头。抬起头的时候，燃尽的纸钱像黑蝴蝶一般在空中飞舞。

婶子带她到了一座新坟前，坟前还没有竖碑。婶子说："囡囡，这是你老婶的坟。"

方晓彤走到那坟前，从包里掏出几张照片，照片里一栋高楼耸立在霓虹闪烁的都市里。方晓彤把那些照片丢进了纸钱堆里，照片很快燃烧了起来，发出难闻的味道。

方晓彤默默地站在老婶那方小小的馒头坟前，在心里对老婶说："老婶，新房已经交付使用了。你看看吧。老叔听说雇你们摘橘子的老板让你们超负荷不分昼夜地剥橘子，就让介绍你去的花三姑姑领他去找老板讨说法了。放心吧，我替你垫的房贷老叔都还我了，他把弟弟送到寄宿学校了。妹妹在学校也都很好，我离得近，有空就去看她。"

说完这些话，笼罩在方晓彤心头许久的阴霾渐渐散去了。这座位于湖边的坟地四周长满了各种野花野草，蒲公英的绿色叶子紧紧地趴在地上，擎出那一朵朵嫩黄的小花，在春风里悠然地摇曳；还有藤藤蔓蔓攀爬一地的野豌豆，细碎的绿叶子柔嫩嫩的，嫩叶子旁有一串串淡紫色的小碎花，喜盈盈的，像村里的女子，或者，就像身边的这位小婶子。还有伞状的绿叶子，粗壮厚实的野草，更有贴着坟头往下蔓生的巴根草。它们在春风里一寸一寸地长，又会在秋风里一寸一寸地枯，来年还是如此。年复一年的荣与枯，就像人，一辈赶一辈的，就这么生生不息着。

婶子任小堂弟在坟上爬上爬下的，这会儿，他又爬到了老婶的坟头，变戏法似的举着一片绿叶子下来了。方晓彤接过小堂弟手中的绿叶子，有着清丝丝的香。她认出这是青蒿。田歌老家在山里，每年清明，他们老家都会吃一种用青蒿做出的蒿子粑粑。

方晓彤想起第一次跟田歌回老家时的情景。那时他们读大三，恋爱了两年多，田歌说正好父母都在省城开会，便带她去见了父母。在回学校的路上，田歌说他爸妈很喜欢方晓彤，邀请她回家玩呢。正好那个清明赶上周末，田歌要回乡祭祖便领着方晓彤一同回到了山城。在山城，方晓彤吃到了美味的蒿子粑粑，也就是那次，田歌父母让他们好好学外语，毕业后送他们俩一起出国深造。方晓彤至今想起田歌的离世仍然感觉很不真实。两个人去国外读了不同的大学，平时学业紧张，他们一个月约会一次。最后一次见面是万圣节，本来那次分别时约好圣诞节一起度假的。结果，方晓彤等到的居然是田歌去世的消息。

捏着那枚青蒿叶，方晓彤像想起什么似的，从腕上取下一根红绳子，那绳子还是第一次去田歌老家祭祖时田歌给她系上的，他说红色辟邪。

方晓彤从婶子那拿过打火机，猛地一按，打火机颤抖的火苗瞬间就把一根小指般粗的红绳吞噬了。

望着地上那堆焦黑的灰烬，方晓彤仿佛看见身边有成千上万只黑色的蝴蝶在飞。

（2018 年 1 月 2 日作，刊于《湃河》）

谷 雨

　　槐花在去椿树圩子的路上，瞥见树上缀了些白。她刚拿到驾照才三个月，买车还不到一个月，所以，她不敢分神细瞧。她心里估摸着，怕是槐花开了。

　　车开到离椿树圩子还有二里路的空场上，槐花就停车熄火了。槐花下车松缓松缓胳膊和腿，背上包，拎着塑料食品袋就往朝北的岔路上走。走着走着，她突然想起什么似的，又回头朝车走，靠近车了又扭着朝后看，哦，还真是槐花开了呢。

　　她微笑着继续折回头。

　　水泥路都修到家门口了，所以，她下车前就在车上脱掉了开车的平底布鞋换上了真皮高跟鞋。高跟鞋踩在水泥路上，笃笃笃地响。路边的油菜田里，油菜花早谢了，结了一串串的荚。小麦也孕了饱鼓鼓的穗子，都累得弯了腰。

槐花哼起了调调，也不知是啥调。一个人走在这么空旷的地方，不弄出点声响，觉得怪浪费的。在城里，巴掌大的空地都会被老老少少给占上，老的跳广场舞，小的溜旱冰，年轻的谈恋爱，还有的人手里攥着个开得山响的手机遛弯。

乡里真安静。

下午两点，太阳被云彩遮着，不晒。微风吹着，正好把草木和槐花的清香搅动着送过来。走在这样的乡间小道上，心情可真好啊！槐花这才想起来，她刚才哼的是《走在乡间的小路上》。

> 走在乡间的小路上
> 暮归的老牛是我同伴
> 蓝天配朵夕阳在胸膛
> 缤纷的云彩是晚霞的衣裳
> 荷把锄头在肩上
> 牧童的歌声在荡漾
> ……

槐花认认真真、完完整整地唱了一遍，不觉间就到村口了。村口过去曾经有座由两截涵洞筒子组成的"桥"，现在没有了。过去围着村子的圩沟干了，还要桥做什么？水泥路一通到底，通到了槐花家的祖屋门口。

其实那已经不能叫祖屋了。那是槐花当包工头的叔叔多年前把爷爷亲手拓土坯垒起来的土屋翻倒，在原地用红砖、水泥搭起的两层小楼。算算，也有二十年了。叔叔在这房子里办了场婚礼就携新娘子去了上海。

"奶奶，奶奶！"

槐花远远看见奶奶佝偻着背，拿着个红水瓢给门口的什么秧苗浇水。她大声地呼唤奶奶，就像奶奶在许多年前大声地吆喝在外疯玩的她回家吃饭一样。

奶奶没有听见，她把腰弯得更低了些，从小桶里舀水，要给另一株秧苗浇水。

"谷雨前后，栽瓜种豆。"槐花还记得小时候从爷爷嘴里听到的这些农谚。不知道奶奶又种了些什么。

看见奶奶，槐花不顾踩着三寸高的尖头高跟鞋，撒开脚丫子跑了起来。塑料袋蹭在她的花裙子上，刺啦刺啦地响，她不管奶奶听不听得见，自顾自地喊："奶奶，奶奶！"

奶奶放下水瓢，手搭凉棚朝村口望，她也望见了槐花。她挪着小脚往这边赶来了！

"奶奶，奶奶，你不要走了！"

槐花大声喊着。同时，她飞快地跑。

"槐花哎，你又回来看奶奶呀！"

槐花跑到奶奶跟前，挽着了奶奶的手，奶奶仰起脸，用浑浊的眼睛看槐花，用手捏槐花的手。槐花看着奶奶的眼睛好像含着泪似的，她不敢跟奶奶长久地对视。她觉得自己担不起这么深情的目光。

"奶奶，你又栽的什么呀？"槐花对大门口伸伸下巴，努努嘴问。

"没种什么喽。一个圩子都找不到种庄稼的人了，我在给金银花浇水呢。今年热得早，花都开了。等会给你摘一袋，带回去闻香。"奶奶的嘴巴一瘪一瘪地说。

"奶奶，你没戴假牙呀？戴着不舒服吗？不舒服可以去调换。"槐花过年前才带奶奶去城里配的假牙，过年了，家人们聚会都在饭店里，饭店里有各式各样的好吃的，没有牙，什么也吃不动呀。槐花孝顺，什么都想让奶奶尝到，左哄右哄才把奶奶带到牙医那里配了假牙。

"舒服，舒服。我一个人在家，早晚吃稀饭，中午吃炖鸡蛋，戴牙没用。"奶奶还是仰着脸，她一手带大的孙女，怎么都看不够。

槐花搀着奶奶迈过门槛，进了院子。院子里，蔷薇花的藤蔓攀了一面院墙，水红色的蔷薇花一朵挨着一朵，开得鲜活乱蹦的。但是猫狗都不怎么活泼，一个趴在堂屋门口闭目养神，一个蹲在旧沙发靠背上打着呼噜。三只鸡在尼龙丝网围起的栅栏里悠闲地散步，看见槐花来，它们扭着头，侧着耳，有点像专爱探听旁人家消息的长舌村妇。

槐花故意"嘿嘿嘿"地唤鸡，鸡们一起朝她看的时候，她故意做出一副凶相说："把你们杀了吃掉！"说罢，她又"咯咯咯"地笑起来，像个淘气的小孩子。

槐花四十二岁了，只有在奶奶面前才会做出这些孩子气的举动来。

进了院子，奶奶就忙着要给槐花倒水、拿点心。点心还是清明节时槐花送来的，槐花接过来就嚷嚷："奶奶，给你买什么你都舍不得吃，你看，这定做的蛋糕都长绿毛了！"

"你知道，这么一小块就几十块钱呢，现在只能给鸡吃了。"

槐花嘟起嘴，就要把蛋糕抛进鸡笼里。

"不要糟蹋了，哎呀，绿毛掰掉还能吃呢！"奶奶嘴讲不及，槐花已经把蛋糕给扔掉了。奶奶心疼地直咂嘴说："以后不要买这些，吃不掉，白费钱！"

"你只管吃，吃了就不浪费了啊。"槐花翻看着奶奶拿给她的这包零食，发现她几乎没有动过。她有点气恼地说："都扔掉给鸡吃！"

奶奶伸手摸着她垂到腰际的卷发，笑着说："吃，吃，吃！以后把奶奶吃成你四奶奶那样的大胖子，死了都买不到装老的衣裳。"

"什么？四奶奶走了？怎么没通知我一声！"槐花眼前浮现出长着一张像发面馍馍般的白胖脸的四奶奶。四奶奶家院子里有石榴树、枣树、柿树，葡萄架子旁边还有一棵无花果树。小时候，她最喜欢去四奶奶家玩了，四奶奶家没有女孩，那四个孙子一个比一个皮，四奶奶喜欢槐花用软和的小手给她挠痒痒。槐花喜欢四奶奶家的白石榴、棒槌枣、柿子、酸葡萄和甜糯糯的无花果。四奶奶喜欢她，什么果子熟了就给她什么果子吃。

"四奶奶什么时候走的？怎么没一个人通知我呢？"槐花

还在纠结。

"十来天前。你三叔说要通知你的，但刚子他们说不用了。他们说你忙，现在都不怎么走动，就算了。再说，人都在外头，家里就不办了。圩子里的人去递的礼，他们也都给退了。等我老了，你们也这么办，到时候拉到北山一把火烧了，干净。"奶奶深深地叹了一口气说。

槐花看见奶奶眼中的泪意更浓了，她转过脸。黑狗睡醒了，正好来到她腿边，她伸出手摸摸狗头，狗把头伸向她，无比亲热与享受的样子。槐花感到鼻子有点发胀，她拍拍狗，起身，走到蔷薇花旁。

"奶奶，我给你在这里拍张照片吧。"

奶奶说："好，到时候洗出来挂上。你四奶奶到老都没有张单人相片。"

"奶奶，你怎么老说这些不吉利的话呀。不准讲了，快来拍照片！"槐花把奶奶拉倒蔷薇花墙前，给奶奶捋捋头发，抻抻衣襟，又帮她摆好手的位置，然后退后，用手机开始拍照。

咔嚓咔嚓咔嚓，槐花一连拍了很多张。她透过手机屏看奶奶，才发现，奶奶真的很老了。奶奶的脸皱成了核桃，腰弓得像虾子，嘴瘪，手抖……总之，很老很老，老得不像她心里常想着的、脑海里常浮现的奶奶的样子了。

奶奶身上的这件蓝花白底的褂子也有些年头了，准确地说，是十五年了。那时，城里还有集会。阴历三月十五，外地、本地做各种买卖的小商小贩们，都云集到小城里，把布摊子、衣服摊子、鞋摊子、首饰摊子、玩具摊子、茶叶摊子摆放在小城的四条大街上，任人挑拣。奶奶身上的这件衣服，还是槐花带婆婆赶集时买的，当时，她给婆婆买了一件紫红色的，给奶奶买了这件蓝白色的。

槐花还记得，买衣服的那天晚上，她还陪婆婆去四顶山的奶奶庙里进了香。三月十五晚上，上四顶山的奶奶庙里磕头烧香才是集会最主要的项目，大街上的那些阻碍车进出、人行走的货摊子其实是衍生出来的附属物。早几年，政府就把这阻碍交通、妨碍治安的"会"给禁了。四顶山奶奶庙的香火倒还是很旺。

槐花把手机拿给奶奶看："奶奶，你看，拍的照片可好看？"

奶奶眼里一片浑浊，但她也眯着眼睛盯着亮闪闪的手机屏幕说："好，好，好！就是老了，成妖怪了。这照片不要给大宝小宝看到了，免得吓到他们。"

"奶奶，你说什么呢？大宝可喜欢你啦！要不是她上高三了，学习紧，她清明都要跟我一起来看你的。小宝也是，我今天送他去上学，告诉他我等下要来看你，他还说让我把你接回去住几天。都是你的后人，没有你哪有他们，他们不就是不跟我姓孙嘛，你就这么见外！"槐花故意带着嗔怪的口气说。

"我可不见外，我贴心贴肝的大孙女的娃子，我能见外？管他们姓孙姓李，都是我的后人！"奶奶铿锵有力地说。

槐花"扑哧"笑了，说："当年你可不是这么说的。"

当年生大宝，月子里，奶奶偷偷对槐花说："养好身子，趁早再生一个。"

奶奶转过脸又对槐花婆婆说："大宝长得男相，槐花下一胎，肯定是男孩。"

婆婆笑了。来年，槐花生下了小宝。

生下小宝后，奶奶欢喜地说："好好好，有了小宝，你才算有后，丫头再亲，将来生下的，就是外姓人了。"

奶奶不接槐花的话茬儿。她问："快到你婆婆周年祭了吧？多勤快和善的人，说走就走了。"

奶奶为槐花婆婆意外去世唏嘘了快一年了。也难怪，至今，槐花都觉得婆婆好像还在这世上似的。硬朗的婆婆，在乡下还种了好几户人家抛下的田呢，因为大孙子在省城买了新房，接她去住几天。她在孙子家闲不住，过了两天，她张罗着给孙子做饭，结果煤气中毒，去世了。

"乡里人就不能到城里去，城里再好，也没有乡下人享的福。"奶奶叹息似的自言自语道，"也不知道你叔他们怎么样了，过年都不回来，要等我死了再回来，我也就看不到他们了呀。"

槐花摆弄着手机，她把给奶奶拍的相片美了颜，发在了家人群里。不一会儿，群里就沸腾了。

大姑家的表姐发来语音，让槐花问姥姥好。

槐花把语音点开，把手机音量调到最大放在奶奶耳边。奶奶屏住呼吸紧张兮兮地听着，听完，她笑着说："好，好，我孩也好！"

槐花咯咯笑着，说："奶奶，等一下，我按着，你再说。"

槐花还没来得及按，手机响了，叔叔发来视频通话。奶奶被眼前的大头吓了一跳，定睛一看，见是小儿子。一霎间，她手也抖了，泪也出来了。

叔叔在那边连声喊娘，奶奶却扭头走开了。

槐花望着奶奶佝偻着背一颤一颤地往前捣，心头一阵酸楚。她对叔叔说："挂了啊，发语音，发语音。"

群里的语音一条接一条。

大表哥，二表哥，小表姐，大姑妈，二姑妈，堂妹，小堂弟……

槐花顾不得听语音，她跟着奶奶进了厢房。厢房里搁着一张老木床，据说还是槐花爸妈结婚时的婚床。奶奶弯腰对着床，像是伸手往床头里侧取什么东西。

"奶奶，都要跟你说话呢。"

奶奶停顿了一下，继续在床头摸索。好一会儿，她才掏出一个布包。

奶奶转过身，把布包递给槐花说："把这个给你叔寄去。"

"是什么？"槐花边问边打开层层紧裹的布包，一层层旧棉布里，裹着的是一叠难闻的旧钞票。

"卖地的钱。"奶奶的嗓子有些沙哑。

"卖地？"槐花疑惑了。

"村里说要修大路，大路要从俺们家地里过，我不想卖的。可他们都说，大路修好了，离上海就能近些，我就卖了。

那地里还埋着你的老太太呢，你让你叔回来迁坟。"奶奶说。

槐花失神地捧着那钱，电话响了。

"孙总，向你报告一个好消息，你们这边可以准备开工啦！"

槐花颓然地挂了电话，她的心就像被刀剐似的疼。

槐花当年因为生小宝辞职后，就和老公去了上海。他们从炸油条开始，逐渐把生意做到开土菜馆、大酒店，承包单位和学校的食堂，到最后被政府招商回来做旅游开发公司，生意一路顺风顺水地做下来，槐花早已不叫槐花，而是孙雪总经理了。

改名为孙雪的槐花前年回乡后发现，过去热热闹闹的村庄都萧条了，甚至有的村子因为没有住户，都成了荒地。像椿树圩子这样，还有三两户人家给老圩子撑着人气的不多了。早先，这一片，隔两三里地就有一个带圩沟、扬炊烟的圩子，屋前屋后种着树，树上拴着牲口，飞着鸟，窜着猫狗，溜达着鸡，游着鸭和鹅，住着一辈辈的人。而今，人都去哪里了啊？

村里的年轻人去了镇上，去了县城，去了北京、上海、深圳……老人们帮儿女们带孩子，也跟着进了县里、镇上和更远的大城市。更老的人，陆续被埋进了土里。像奶奶这样，坚守在村子里，独自硬朗地活到九十岁的，已经在这里无亲无邻了。

当初，南京的大姑姑和蚌埠的小姑姑要接她去她们家，她说哪有去女儿家养老的。后来叔叔去上海，要接她一起走，她又说："我走了，槐花放假就没家回了。"槐花的父母早亡，奶奶这么说，叔叔便不好强求。临到槐花生孩子，要接她去家里，她又说："你有婆婆呢，没见哪家由娘家奶奶服侍月子的。"

奶奶就这样，守着个一天比一天冷清下去的村子，过着她冷清的日子，年复一年。

槐花在外苦了十来年后回来，第一感觉就是，村子和奶奶都老得让人快认不出了。

从小在绿色的村庄里长大，槐花不想看到村庄的凋零。她和老公商量，准备打造一个农家乐，跟农户签合同，让他们种有机蔬菜，按照老法养家禽，然后由他们高价收购，做出纯正的农家菜。

于是，槐花的农家乐开在了城郊。因为食材新鲜，口味传统，所以食客络绎不绝，生意异常火爆。槐花和老公商量，可以再开一家结合乡村旅游食宿为一体的农家乐。经过考察，他们选好了址，就在离椿树圩子不远的柳树圩子。柳树圩子早已没有人家居住了，但圩子周围绿柳成荫，而且那儿离瓦埠湖很近，可以把圩沟清理好，引水进去。有了水，圩子就鲜活了。只是，柳树圩子没有路。"村村通"只往有人住的村子里修路，柳树圩子早已人去楼空，路也就不往那里通了。

因为没有路，农家乐的计划就停滞下来了。

今天，路的问题解决了。刚才招商的人在电话里说，因为修路而征地的最后一户人家，今天上午也终于按了手印。招商的人喜滋滋地继续邀功："那个倔老太太，要不是我想点子让村子里的人骗她说，修路是通上海的，估计那地她还不会卖……"

（2018 年 4 月 22 日作，刊于《报晓》）

立 夏

一

　　林燕眼见着苏婉把一瓶赤霞珠红酒一口气喝了个底朝天。

　　"怎么没了？"苏婉瓶底朝天地把酒瓶子里最后一滴赤红的液体凎进高脚杯里，有点意犹未尽地说。

　　林燕看得出苏婉已经喝高了。她眼神已经发飘，说话开始反复，动作也不那么稳了。

　　但林燕不想阻止她，林燕知道，一年里，她也就这么一次放纵的机会。

　　"又立夏了！"苏婉晃了晃酒杯，头也跟着晃悠着说。

　　"对。立夏了，马上可以去游泳了。"林燕故意把话题往岔道上引。

"徐杰走了 12 年了。12 年，你还记得吗？"苏婉猛地一仰头，喝光了高脚杯里仅剩的那半杯酒后，把酒杯往桌上一掼，咄咄逼人地盯着林燕问。

"记得，记得。你还要吃点什么？"林燕低下头，拿过菜单，刚翻到甜点页上，苏婉"啪"地把菜单往桌上一按。

林燕不得不抬头，和苏婉对视起来。

"你们到底睡了没有？"苏婉抓着林燕的手腕问。林燕手腕上的一串南红手珠像是怕了苏婉似的，往上一跃，露出了林燕手腕上那个刺目的伤疤。

"没有。"林燕面无表情地与苏婉对视着，轻轻地抽出手，把手珠往下甩了甩，说："那天我们都喝多了。徐杰说，要我留下来陪他一起等你。他说你一定会回来的，因为那天是立夏节。你们在一起两年了，你什么节都要和他一起过的。"

"是的，我回来了，回来看见你躺在徐杰的床上。"苏婉说完，呜呜地捂着脸哭了。

"你看到的只是我一个人吧？"林燕像个耐心给学生纠错的好老师，慢声细语地对苏婉说。

"可是，我怎么知道之前发生了什么？"苏婉歇斯底里道。每一年的立夏，她都会这么歇斯底里。

林燕不作声了，她点了根摩尔烟，静静地抽。一根烟抽完，苏婉就会抹抹眼泪抬起头，从她手里再接过一根烟。每一年都这样，机械地重复着。

果然，林燕把烟蒂摁灭的时候，苏婉抬起了头。林燕递烟过去，她却没有接。

"我怀孕了。"苏婉说。

"恭喜！"林燕赶忙用手扇扇烟雾，问："几个月了？"

"刚查出来。"苏婉用纸巾揩过脸后，根本看不出哭过的痕迹。

"那你还喝酒？"林燕突然紧张道。

"没事，反正我也会去做人流。"苏婉淡然一笑，平静得像说做头发、做指甲似的。

"你也不小了，不要再折腾了。"林燕又做回了循循善诱的好老师。

"折腾？！"苏婉把爬到脸颊上的头发用双手往后一拢，然后侧过脸凑近咖啡厅的镜面墙仔细端详起自己来。

"我从来就没有折腾过，我也想像你一样，找个男人，结婚，生子，过幸福甜蜜的小日子。就算不幸福甜蜜，安稳，我只要安稳总行了吧？可我就从来没有遇见过我想要的男人！"苏婉收回自我审视的目光，幽幽地望着林燕说。

林燕的手机响了，接听之前，她对苏婉做了一个"嘘"的动作。

"铛铛乖吗？妈妈现在和小婉阿姨在一起，让爸爸给你讲小王子的故事，你先睡好吗？"林燕又变成了慈母，嗲嗲地对着电话用儿童腔哄着孩子。

"铛铛晚上习惯听我讲故事才睡。"挂了电话，林燕嘴角的慈母笑容还没有散去，她对苏婉解释道。

"好妈妈！好老婆，好朋友，好员工，好学生，好女儿……你是什么都好，从小你就什么都好，处处占先，装一辈子好，你不累吗？"苏婉双臂伏在桌上，下巴抵在手面上，翻着眼睛挑衅地望着林燕说。

林燕笑笑，起身转到苏婉身边坐下来。她伸出一只手去揽苏婉的肩，另一只手反握着手机，她望着手机屏幕，把头往苏婉的肩头上靠了靠，两个人就像双头连体人似的拍了张合影。

林燕把手机摆在桌上，说："看看吧，谁好看？谁蛇精脸、杏核眼？苏婉，你总计较什么好不好的，你能看见别人的生活吗？你以为的好就是真的好吗？我还羡慕你长得漂亮，从上初中就有人给你写情书，追你的人可以从这儿排到北门外呢。不要妄自菲薄好不好！"

"不要跟我拽文，我不懂！我就知道自从我认识你，我就一直是你的跟屁虫，我一直都活在你阴影里。"苏婉冷冷地盯着林燕说。

林燕坐回了自己原来的位子，把手机装进包里，又从包里掏出一个小东西，放在掌心上，举到苏婉面前。"喏，这是15岁那年你在我家给我编的小金鱼，我一直随身带了这么多年。"林燕的掌心里，躺着一只灰扑扑的小金鱼。

苏婉"嗤"地笑了一声，把小金鱼从林燕手里拿过来，在灯光下仔细端详着。这只用皮筋编制的小金鱼，已被磨得不成形了，有好几处露出了皮筋的断头，那些断头扎在手心里，毛刺刺的，搔出了一些潜入时光的记忆。

二

苏婉原不叫苏婉，叫苏小小。15 岁时，才不过 1.45 米的个子。林燕还记得那天，她妈妈放学回家时领进一个怯生生的黄毛小丫头，对正在房间看《简·爱》的她说："快，燕子，我给你领回一个小姐姐，赶紧把你的好吃的、好玩的拿出来招待吧。"

林燕对当老师的妈妈带个陌生孩子回家一点都不觉得意外，因为妈妈经常把班上中午不回家的学生"挟持"回家吃饭。林燕的妈妈是位中学语文老师，同时还是班主任，班上常有因背不完书、做不出题而被留校的学生。她每天放学后都会去自己班上转一圈，只要班上有滞留的学生，她就无论如何也要把他们领回家，让他们洗干净手和脸，吃上一顿热乎的饭。

林燕打量着眼前这个比自己矮了一个头的女孩，为妈妈还说她是自己的小姐姐而感到诧异。女孩扎着一根老鼠尾巴似的小细辫儿，穿着一身看不出颜色的衣裤，似乎上身原本是件白色的的确良小褂儿，但此刻已经被涂抹得像画布一样斑驳了；下身是一条黑不黑、灰不灰的灯芯绒裤子，不能说是长裤，因为它只遮到女孩的小腿肚。

过了很多年后，市面上流行七分裤、九分裤的时候，林燕还想到过第一次见到苏婉时，她穿了那么一条可算作是"七分"的裤子。真是前卫啊！

苏婉可不就是个前卫的女子嘛。她留着漂成了"奶奶灰"

的男式板寸发型，典型的蛇精脸上，涂着荧光闪闪的眼影，一双翻翘如蝶翅的长睫毛下扑闪出一泓秋水样的眼眸。苏婉今天倒是没有穿七分裤，一条低腰的阔腿牛仔裤拖到了高跟鞋外的地面上，上身穿了一件涂鸦短 T 恤，勾勒出她盈盈可握的小腰。她说自己怀孕了，可真是看不出。

"还记得，第一次去你家，也是立夏。临走，汪老师还给我带了一包茶叶蛋，她老人家做的茶叶蛋真香啊！这辈子都没再吃过那么香的茶叶蛋。"

"嗯，有空再去家里，让她给你煮。"林燕温柔地说，仿佛她是个姐姐。她看见苏婉脸上的神色渐渐变得平和起来，她清楚，当年把苏婉接到家里来调养，后来又资助苏婉上学的妈妈，仍然是苏婉的镇静剂。

林燕望着苏婉，侧了侧身，把双腿盘在软座上，露出了猫咪般慵懒的温驯模样。林燕想起第二次见到苏婉的情景。距她第一次见到苏婉才不过两个月，正值暑假，林燕到爸爸工作的省城过了一个月，回家看见自己房间里，坐着留着短发、穿碎花棉绸连衣裙的小姐姐。妈妈说："燕子，以后你和苏婉做伴吧。对了，苏婉是我替她新改的名字，小小这个名字就不用了。"

过了几年之后林燕才知道，苏婉是个弃婴，母亲生下她，就把她丢到野地里了。是她的老外婆挎着竹篮，挪着小脚，走了半天才在一个小野塘边的柳树下找到她的。她像一只小病猫一样被外婆托进了破竹篮子里给提回了家，成了光棍舅舅的女儿。舅舅患有小儿麻痹症，瘸不说，还有点傻，但他也知道这个破篮子里装的是自己的孩子,他喊她"小小,小小"。她便有了苏小小这个名字。

苏小小在淮河支流的小河滩上的一间四处漏风的茅草房子里长到十二岁,外婆殁了。又过了一年,被她喊作爸爸的亲舅舅淹死在了河里。她的亲生父母来接她,她不肯跟他们走。后来还是她住城里的大姐来接她,才把她连哄带拖地带回了家。大姐让她不要记恨父母,父母当初也是无奈,连生了五个丫头,到她,再要就是六个了,家里留着也养不好,父母想着把她放外面,也许还有个好归宿。

那时,还叫苏小小的苏婉在心里暗怼大姐道:"呸,怎么不把你丢野地里!丢野地倒成了给她找个好归宿了,没有被野猫野狗吃了是她小小自己命大!"

三

"帅哥,再来一瓶!"苏婉冲站在咖啡厅暗处的侍者摇了摇手中的酒瓶说。

一瓶酒很快被端了上来。

林燕望着苏婉,苏婉正把手里的小金鱼一点点地揉搓成一摊碎屑。赤霞珠红酒被侍者倒进了面前的高脚杯。

"还记得我第一次到你家,汪老师除了茶叶蛋还让我带了一包什么吗?"苏婉晃动着酒杯,红酒在玻璃杯里跌宕,漫溢出赤霞珠红酒那带有果香的气味。

"还带了什么?"林燕真不记得了。

"汪老师让我带了一包你的旧衣服。我到大姐家把那些衣服铺在床上，一件件地试，有大红乔其纱的蝙蝠衫，有泡泡纱的连衣裙，有绣花的白裙裤……我那时羡慕死你了，有当老师的妈妈，有自己单独的房间。记得你那时头上还扎了一个特别漂亮的蝴蝶结头花，是我看都没看过的。我觉得你就像公主一样尊贵。"苏婉说完，一仰头便喝掉了杯中酒。

林燕也端起酒杯喝了一口，说："我早就从公主变成女仆了，倒是你，一直都是女王。"

"哈，女王？我一直都觉得，如果我不是穿你那些花里胡哨的衣服，而是继续穿自己的乞丐服，也许就不会发生那些事！"苏婉说罢，又拿直愣愣的眼光瞅着林燕。

林燕低下头，她知道苏婉说的是什么事。

那年暑假，苏婉被妈妈接到家里不久，林燕就知道了。苏婉在大姐家院子里的床上睡到半夜，突然惊醒了，醒来就是一场噩梦。

天还没亮，苏婉就从大姐家跟跟跄跄地跑出来了。她不知道往哪里去，去学校，大门上了锁。她顺着巷子，无意识地走，走着走着，看见了汪老师。看见汪老师，她就大哭起来，她反穿着圆领衫和印着点点血斑的白裙裤蹒跚地朝汪老师走去，还没到汪老师身边，她就一头倒在了地上。

苏婉回忆这一段的时候，嘴角一直挂着笑。林燕起身，坐到了她身边，揽着她，眼里泪光闪闪的。

那个暑假，林燕从省城爸爸那里回来，苏婉安静地坐在她的房间里，妈妈说，以后苏婉就是家里的一员了。

　　林燕真不习惯自己的小屋里多出一个人来。虽然苏婉白天看上去安安静静的，但她晚上总是梦魇，不是哭就是喊，还有一次半夜，林燕被她一脚踢到了床下。令林燕更难过的是，苏婉不仅侵占了自己的空间，还抢走了妈妈的一部分爱。

　　苏婉在林燕家住了一年，以高分考上了重点高中。高中毕业，苏婉考入了师范大学。一切噩梦似乎都远去了，每年放假，林燕见到的都是一个一次比一次更摩登的女孩。

　　而林燕也在十八岁那年考上了理工学院。女承父业，林燕的爸爸就是个高级工程师。林燕终于如愿以偿地考上了省城的理工大学，可同时却得到父母离婚的消息。听到消息的时候，她一时无法接受，在父亲家，用一枚刀片划开了手腕。

　　林燕住院的时候，苏婉和妈妈一起从县城赶来陪护她。她躺在病床上，看苏婉和妈妈默契地为自己忙碌着，突然生出她们更像母女，而自己是外人的感觉。

　　过了三年，林燕的这种感觉越发强烈了。苏婉毕业后回到了小城工作。林燕放假回家，发现自己的房间里堆满了苏婉各种各样的小玩意。电吉他，俄罗斯套娃，各个旅游景点的纪念品……打开衣橱，里面也挂满了苏婉的衣服，牛仔裤，吊带裙，带亮片的T恤和朴素的白衬衫。

　　林燕还记得，自己洗完澡回房间，看见苏婉盘腿坐在床上，拍拍床沿，对她说："快过来坐。"林燕心里立马不爽了，觉得苏婉像个主人似的对她客套着。她不作声，走到窗前，慢慢地梳理自己的长头发。

　　"燕子，我恋爱了。明天带你去见见他！"苏婉从床上跳下来，蹲到林燕身边说。

林燕立马忘了心里的不快，忙打听对方是谁，他们是怎么认识的。

"笔友。"苏婉目光灼灼地说。

第二天，在东门口的冰屋里，林燕见到了一个满头卷发，穿着松松垮垮的吊裆牛仔裤的男孩。苏婉牢牢地挽着男孩的胳膊，花痴般地对林燕说："他叫徐杰，是省体校的老师。"

林燕吃了一碗刨冰，知趣地告辞了。

四

"说，你到底和徐杰是怎么回事儿？"苏婉已经喝得口齿不清了。

"别喝了。告诉我，你怀孕是什么情况？"林燕说着把苏婉手里的酒杯夺过来，放在桌子的角落里。

"网友的。"苏婉醉意迷蒙道。

林燕感到心被一蜇。这些年，她听到许多关于苏婉的风言风语。苏婉无所谓，在小城里，张扬得不成样子。三十岁的人了，不恋爱，不结婚，也不参与正常的社交，业余时间多消耗在网络与小酒吧里。

"你应该学会长大了，苏婉，你现在不是二十岁，你三十二岁了，三十而立，你已经长大了。就像立夏，还记得我妈教我们背过的'立，见始也；夏，假也，物至此时皆假大也'吗？万物在立夏时节皆已长大，我们到了三十而立的年纪，是不是就等于到了二十四节气的立夏呢？醒过来吧，苏婉！"

苏婉伏在桌上，发出呓语般的声响："徐杰，徐杰……"林燕的手机响了。

不过半小时，伏在汪老师床头的苏婉已经毫无醉意了。林燕克制地抽泣着，面对母亲苍白的面孔。

"汪老师病了很久了，开始不过是贫血。她一直舍不得吃，钱都省下来捐给春蕾女童了。"给林燕打电话，通知她她妈妈在医院有危险的大夫也是她妈妈的学生。大夫把林燕叫到医生值班室说："还有，汪老师上次给我一叠病历，我找省医院的专家看过了，这种情况，还是得手术。"

林燕惊诧地问："什么病历？"

"嗯？不是你的病历吗？"大夫也很意外。她说着，从办公桌里找出一个文件袋。

林燕凑过去看，从龙飞凤舞的字体中，只辨出"卵巢"与"囊肿"等字。病历上的名字，倒写的是林燕。

林燕突然就明白了，这是苏婉的病历。

从十五岁住进林燕的房间开始，苏婉就习惯了以"林燕"这个名字署名。甚至有一次，林燕还在网上接到过一条"可能认识的人"的推送信息，名字是"林燕"，头像却是苏婉的。

或许，苏婉一直希望自己就是林燕。

林燕想起十二年前的那个立夏，她和同学去省体校游泳，同学在泳池里突然腿抽筋，便大喊林燕的名字。林燕飞快地游到同学身边，有人和她一起把同学托出了泳池。道谢的时候，林燕才发现，刚才帮忙的居然是苏婉暑假带给她看的男朋友——徐杰。

徐杰问："你也叫林燕？"

林燕愕然得很。徐杰说："你姐姐今天要来找我，你到我宿舍一起等她吧，大家一起吃个饭。"

林燕带着她的疑惑随徐杰去了。那天，徐杰问了林燕很多关于苏婉的事。林燕全部如实回答，包括苏婉的弃婴身份，以及被她母亲收留的事。

徐杰默默地听她说完那些，起身说要出去迎苏婉。说了很多话的林燕，不知怎么就歪倒在徐杰的床上睡着了，她醒来的时候，看见苏婉打开门的影子。苏婉的脸因为背光而模糊不清。

从那年立夏到今天，徐杰莫名地消失了 12 年。

林燕从大夫手中接过那叠写着自己名字的病历，她想，也许该告诉苏婉，其实她也一直希望，自己是苏婉。就像此刻，伏在她母亲病床上，像个女儿的，那个苏婉。

（2018 年 11 月 30 日作，刊于《时代文学》2019 年第 1 期）

夏 至

夏至进门的时候，看见餐桌上的一碗面，面都坨了。

"怎么才回呀……"里屋传出奶奶沙哑的嗓音。

夏至喊了声"奶奶"，换了鞋，推开了奶奶的房门。奶奶被一盏小夜灯昏黄的光罩着，她半倚在床头，手里攥着一叠餐巾纸。她患有慢性支气管炎，随时要吐痰。

奶奶见夏至进来，把身子往床里挪了挪，夏至知道，那是奶奶让她坐下。她忙说："奶奶，我洗好再来，今天我可跑惨了，一身臭汗，别弄脏了你的床。"

奶奶点点头，示意她快去洗。她刚走到门口，奶奶又喊了一声说："先把长寿面热热吃了吧，明天可是你的生日呢，老规矩，提前一晚吃长寿面，寿星更长寿。"

夏至回头笑着说："奶奶，可别给我过生日啦，过一个就老一岁，我都快成老姑娘了！"

"小丫头，敢在奶奶面前说老！"奶奶嗔道。

夏至回到自己房里，从衣橱里找出睡裙。这件绿色碎花的棉绸裙子，因为洗了很多次，颜色褪了，布筋软了，但穿上身却很舒服。"旧物里藏着旧时光。"夏至记得在哪本书里读到过这句话，说得挺好，她珍惜旧物，其实就是留恋旧时光。

洗完澡，夏至端着那碗埋了两枚荷包蛋的面去奶奶房里。

奶奶把吸顶灯打开，屋里亮堂了。夏至一眼就看见奶奶床头挂着的那张全家福：穿警服的爸爸，穿碎花裙子的妈妈，笑眯眯的奶奶和扎羊角辫的她，他们在老房子的花坛前面，笑靥如花。

二十多年的光阴像一盆泼到地上的水，一晃眼就不见了。老房子和照片里的两个人，都在这世上消失了。夏至感觉嗓子有点硬，她忙转过头，把脸埋在面条碗里，挑出荷包蛋，大口地吃了起来。

"慢点，别噎着了。这么晚回来，没吃饭？"奶奶起身，递了张餐巾纸给她。

夏至接过纸，把碗放在床头柜上，说："吃了，吃了，但外面的饭没有奶奶下的面条好吃！"

奶奶的皱纹漾成了一朵菊花，她伸出两根枯枝般的手指头笑着在夏至脸上蹭了蹭说："甜嘴八哥！"

夏至今天很累。奶奶大概也看出了夏至的疲惫，没有多说什么，就催促她赶紧回屋睡去吧。

夏至回屋躺在自己靠窗的床上，熄了灯后，顺手把窗帘打开了。她房间的窗子偏东南向，二十二层楼上，拉开窗帘，晚风习习，很是凉爽。她侧着脸，望向窗外，她的窗口就像是一个显示屏，她总能在那里看见旧时光。那些旧时光里的人和事像放电影似的，在她的窗口影影绰绰，来来回回。

今天，夏至从窗口看见的却不是往事，下午所经历的那一幕在不停地回放。

夏至很难想象，一个人会被他的家人像拴牲口那样拴在一间小屋子里。那个三十岁的男人，一丝不挂地蜷在一张破木床上，脚上有一根拇指粗的铁链子连在床腿上。那间小屋子只有一扇门和一个不能叫窗的洞口，身高一米七的夏至进屋就直不起腰了。那个被拴在床上的男人，用惊恐的眼神望着她，那眼神深深刺痛了夏至的心。

夏至被一双手紧紧地扼住了脖子，她使劲地挣扎，终于挣脱了，连呼救命……她被自己的呼救声惊醒，夜风更凉了些，她裹上薄被，看了一眼手机，又是凌晨三点。

她总是在凌晨三点被同样的噩梦惊醒。这些年，她的生活已经发生了很大的改变，可是，这噩梦却总像幽灵一样缠着她。

被噩梦惊醒后，她不想睡，拿起手机翻微信朋友圈。她朋友圈里的人很少，不外乎是同事和家人。她的家只有奶奶，奶奶没有朋友圈，同事们每天忙着查房、看门诊、写病历、做手术，所以，她的朋友圈向来荒芜。

但今天却不同，她看见今天刚加好友的陈医生连发了几条朋友圈。有一条，她点开图，仔细看了很久，那双惊恐的眼睛没有变，但整个人像变了。他那野草一般的头发与胡须都剃了，穿了身白色的圆领衫和一条黑色短裤，与那个赤身裸体被锁在床上的身影相比，终于有了人形。

夏至吁了一口气。她终于发现自己做这份工作的意义了。两年前，当她从心血管内科临床医生的岗位，调整到社区从事公共卫生工作时，内心是很抗拒的。可是今天，她在对居民进行健康档案登记时，发现了其中一家的秘密。那户人家的小院里，有间矮小的偏屋。她在给那家的主人——王大妈测量血压时，似乎听到从那里传出了什么声响。她测好血压，从耳中取下听诊器的听筒，又听到一阵呜咽。她问王大妈小屋里有什么，王大妈的面色突变。她狐疑地伸手推门，一阵恶臭传来，把毫无准备的她熏得直往后退。她定睛一看，黑洞洞的小屋里，居然有一个类似人形的影子……

王大妈抹着眼泪告诉夏至，她这个小儿子，疯了十几年，被锁到这小屋子里也有十二年了。当年，他一犯病就打人，打断过邻居的胳膊，打晕过从他们家门口经过的人。家里也把他往精神病院送过，但费用太高，家里承担不起，只好把他接回来，锁在屋里，对外人谎称儿子去上海打工了。

夏至安慰王大妈不要激动，又把现在政府对精神病人免费救治的信息告诉她，并说服她把儿子送到精神病院接受正规的治疗。

王大妈哭着说："真能给治，那敢情好，不然，这样下去，我孩子迟早被糟蹋死。他死了我也不想活，疯子也是人呐，你看他现在哪像个人呀！"

王大妈哭的时候，夏至也转过头悄悄擦拭自己的眼睛。

等到精神病院的医护人员来收治病人时，夏至发现自己已经哽咽得说不出话来了。精神病院的陈医生只好先加她微信，请她方便时把如何发现病人的情况简单说明一下。

夏至又点开陈医生的朋友圈，去看那双惊恐的眼睛。

惊恐的眼神也许是精神病人的特征吧。快二十年了，夏至到现在也还记得，当年妈妈紧紧掐着她脖子时，那双张得大大的眼睛里也是惊恐的神情。

如果是现在，妈妈也许就不会走……夏至放下手机，把头转向窗口。窗外茫茫的夜色像雾气一般朝屋里扩散。夏至闭上眼，两股温热的液体从眼角缓缓滑到耳孔。"哦，妈妈！"她在心里呼唤着。

半睡半醒之间，夏至被手机的震动吵醒了。

"喂，王大妈，怎么了？"夏至耐心地听着对方夹杂在啜泣中断断续续的诉说，是那个把儿子锁了十二年的王大妈。她说梦见儿子在精神病院跳楼摔死了，不放心，要去看看。

夏至安抚她说："医院里有看护，虽然病人不会被锁住身子，但绝对保证安全，门窗都关得很严实，他不可能跳楼的。放心吧！如果真不放心，等天亮，医院上班了，我替你联系，安排你去看看他。"

说话间，夏至听到一声响动，她放下手机，迅速起身来到了奶奶房间。

果然是奶奶！她可能是要下床小解，但不知怎的居然摔倒在地。

"奶奶，奶奶！"夏至蹲下身子托起奶奶的头，翻看她的瞳孔，观察她的面容。奶奶笑着说："没事没事，奶奶死不了，就是被绊了一下，跌倒了。"

夏至怎会放心？她把奶奶扶坐在床上，手指搭在她的内腕，观察她的呼吸。一切都好，夏至这才舒了一口气。米寿之年的奶奶除了有慢性支气管炎，并没有别的慢性病，但老人摔倒，不能大意，夏至计划还是带奶奶去趟医院。

奶奶在床沿上坐了会儿，对夏至晃了晃胳膊和腿，说："丫头哎，奶奶没事，就是要解手。"

夏至忙说："奶奶，我扶你，你慢慢地起来，慢慢地走。"

奶奶虽然八十多岁了，但身板儿很硬朗，平时在家里做个饭，洗洗涮涮的都利索着呢。她快手快脚地过了一辈子，让她慢，一时半会儿怕学不会。这不，夏至刚把她扶出房门，她就挣开夏至的手，迈开步子往卫生间去。夏至眼见奶奶拉开卫生间的门，毫无征兆地竟一头扎了进去……

夏至把奶奶送到医院，头颅磁共振成像的结果显示，奶奶有脑萎缩及海马萎缩。这是夏至预料之中，却又害怕去印证的事实。身为内科医生的夏至很清楚，这个结果意味着她亲爱的奶奶，这个世界上唯一陪伴她的亲人，将渐渐把她遗忘，最终视她如陌生人。

作为医生，夏至当然知道被俗称为老年痴呆症的阿尔茨海默病是不可治愈的，但作为孙女，她又不能无动于衷地任由病症发展。夏至想，得抓紧时间，让奶奶说些过去的事，等有一天，当奶奶对这个世界的记忆越来越模糊时，她可以凭那些过去的事唤起奶奶的一点回忆。就算终有一天，再也唤不起奶奶的记忆了，她也可以作为传承者，记住奶奶乃至这个家庭的往事。

手机响了，夏至听出是精神病院陈医生那连珠炮似的声音，他说王成的母亲来医院，要把王成带回去。

接电话时，夏至刚把奶奶扶上车，准备带她回家。她听到陈医生在电话里急切地说："夏医生，要不你过来一趟，劝劝她。"

夏至没多想，就载着奶奶往精神病院去。这家精神病院是县里招商引资的项目，开办两年来，解决了县里和周边县市精神病人的就诊问题。医院在离城区四十多公里的安丰塘畔。夏至看了一眼坐在副驾驶位上的奶奶，她虽然连摔了两跤，但连一点儿皮外伤都没有。她想，奶奶难得出城，今天，就当带她去郊游吧。

"丫头，丫头，跑过喽！"奶奶望着车窗，看车子像水蛇一样从自家小区门口滑了过去，她以为是夏至不小心开过了呢。

"奶奶，车开这么快你还认得家，这么精明的老太太，想拐走还真不容易呢！"夏至嘻嘻笑道，"现在不回家，我们去乡下看塘去。"

"唉，都被拐了一辈子了。"奶奶长长地叹了口气说。

"什么？"夏至被一辆突然加塞进来的车吓了一跳，没能听清奶奶的话。

车子穿过高楼林立的新城区，从八车道的宽敞大道上驶入高速公路。路边的田地里，青青的秧苗浮动出一道一道的绿波。夏至不时扭头看看奶奶，奶奶侧着身子，几乎把脸贴在车窗上往外看呢。

"奶奶，我先到这里处理点事情，之后再去看安丰塘哦。"自从通了高速公路，下乡的路就好走了，没多大会儿，夏至已经把车开到了精神病院。她停好车，把奶奶小心地扶下车。这会儿，陈医生已经跑过来了。

夏至介绍了自己的奶奶，陈医生忙过来搀着奶奶的那只胳膊，他们一起走进了办公室。王大妈正坐在一张木沙发上揩眼泪呢。

见到夏至他们进来，王大妈忙起身，抻了抻衣襟，对夏至说："夏医生，我还是怕得很，怕他一个人在这里过不惯。十几年了，他都没见过外人，医院这么多人，他胆子小……"说到这儿，她又走近了几步，拉着夏至，耳语似的对她说："听说医生还会拿电棍打人……"

夏至摇摇头说："大妈，你多虑了。是不是有人对你说了些什么，让你不放心呀？"

王大妈嗫嚅道："都讲没有这么好的事，私人医院管看病，管吃，管穿，还不要钱……"

夏至望了一眼陈医生，陈医生说："看病的钱，都是国家出的。就像你们老年人免费体检什么的，也都是国家拿钱补

别说你爱我

贴给医院，医院肯定要收费，只是这些费用由国家替你们出了。大妈，我先带你去病区看看吧。"

夏至俯身对坐在沙发上的奶奶说了句什么，又交代办公室里端茶过来的工作人员陪会儿老人，便和陈医生一起带着王大妈往病房大楼走去。

打开好几扇戒备森严的铁门，才到了王成所在的病区。大家隔着玻璃观察窗，看见躺在床上输液的王成。王大妈脸贴着玻璃，望着儿子，眼泪泉涌似的淌了满脸。她哽咽着，旋即不可抑地痛哭出声。

夏至轻轻地拍着她的背，安抚道："他现在是不是像变了个人？一切都会慢慢好起来的，你把他带回去还要锁在床上，那不是害他吗？国家这么好的政策，就是给遇到难事的老百姓分忧的，你还顾虑什么呢？"

王大妈接过夏至递的纸巾揩了揩眼泪，嗫嚅着："好好好，这下放心了。感谢党，感谢政府，夏医生，我磕头谢谢你呀！"

夏至忙拉住要往地上跪的王大妈。陈医生说："走吧，病区要安静。今天给王成先输点营养液，他很虚弱，需要调养。过些天再来看，他肯定会大变样的！"

一行人又回到办公室。夏至见奶奶坐在沙发上安详得像尊佛像似的，心里也不由感到欣慰。家有一老，如有一宝。夏至从不敢想象有一天失去奶奶，她的生活会变成什么样子。虽然，她从十岁起就尝到了失去亲人的痛苦。

夏至突然听到"扑通"一声，扭头一看，王大妈已跪倒在地，匍匐在奶奶脚下。大家都愣住了，直到王大妈涕泪交流地操着哭腔道："老妈妈呀，我找你找得好苦哇……"

夏至拉起王大妈，站起身的王大妈偎在夏至奶奶的身边，紧紧地攥着夏奶奶的手，说刚才只想着去看傻儿子，没注意到老妈妈，她哭着问夏奶奶还认不认得她。

奶奶端详着王大妈的脸，问："大华？"

王大妈又发出一阵悲鸣似的哭声。

夏至听她们拉拉杂杂地说了半天，算是明白了。原来这王大妈，就是她爸爸在1991年抗洪抢险时从洪水里救出的灾民。夏至家藏有一张泛黄的报纸，那张地方小报，用一个整版报道了一位警察从洪水中救出一对母子后，自己被大水吞噬的英雄事迹。

"老妈妈，夏指导员的命换我们这贱命亏了啊……"王大妈还在哭，惹得奶奶也抹起了眼泪。

夏至怕奶奶情绪激动，便拉住王大妈的胳膊说："过去的事，不提了。你们现在都过得好，就值得。"

王大妈这才想起什么似的说："我说怎么看夏医生这么面善，我这猪脑子呀，怎么就没想到这层关系呢。你爸从水里救出我们，你又救了我儿子，你们一家就是我们家的大恩人啊！"

王大妈不再提要把儿子领回去的事。夏至安抚好奶奶和王大妈，向陈医生等人告别后，便捎上了王大妈，三人一同去安丰塘看水。

路上，王大妈说："当年夏指导员牺牲的时候，我就说过，这辈子，我就是老妈妈的亲闺女了。老妈妈喜欢吃我做的馍馍，我心想，那我就给老妈妈做一辈子。谁想到没两年，我家又遇到事，孩他爸在上海打工，从工地上摔下来，摔得半残，我去上海服侍了他几年。回来再去看老妈妈时，老妈妈家房子都不在了。我打听也打听不到。晕晕乎乎过了两年，王成又患了病。这些年，就事赶事地过来了。今天看到老妈妈，我难过，我亏心哪！我这闺女当的，连娘都不认了……"

王大妈说着，又抹起了眼泪。夏至从后视镜望着王大妈，劝道："苦日子都过去了，日子会越来越好。"

"这倒也是，现在国家什么都管，吃穿不愁，看病不愁，路都修好了，住得也不孬，日子比过去是好过多了。"王大妈擦了擦眼泪接过夏至的话说完，又长叹了一口气道，"就是你妈走早了。"

夏至不作声了。妈妈对她而言，是不可触及的伤痛。至今，她还常常在睡梦中看见妈妈穿着白色乔其纱的连衣裙，像蝴蝶似的从空中往下飘。

夏至的妈妈在她爸爸落水牺牲那年就患了精神分裂症，几年后坠楼身亡。当时，并没有人知道她是患了病，只当她是因为丈夫突然去世而受刺激了，慢慢就会好的。慢慢的结果是一个生命的陨落。

夏至学医后，回想母亲的种种怪癖，才恍然大悟：原来，母亲是患了精神疾病的。

　　到了安丰塘畔，夏至把车泊在孙公祠门外的停车场上，先替王大妈打开车门，再把奶奶扶下车。

　　一阵沾染了水汽的凉风自浩渺的安丰塘上吹来，令人顿觉清爽。夏至、王大妈一人一边搀着奶奶往塘上的亭子里去。有几位一看就是外地来的游客，正对着亭子里的石碑拍照。

　　这两年，小城里的游客多了起来。夏至听有人把碑文上的"芍陂"两字读成了"勺坡"，走上前礼貌地说："这应该读'quèbēi'。"然后，她像个导游似的给来人介绍道："芍陂是安丰塘的古称。是楚相孙叔敖在楚庄王十七年至二十三年，也就是公元前597年至公元前591年修建的。古时候，它被誉为'天下第一塘'，比都江堰还早三百多年呢。而且，直到今天它还发挥着灌溉与防洪的功能。"

　　"哦，难怪它被联合国列为世界灌溉工程遗产！"旅客中一位操着河南口音的男子说。

　　"孩子啊，你是从哪来的？"奶奶突然开了腔。夏至疑惑地望着奶奶，见她怔怔地望着说河南话的男子，夏至感到很诧异。

　　"俺固始的。"男子说。

　　"你往这来，有没有一条河，长得很？"奶奶眯着眼，仰头朝男子询问道。

　　男子说："有哇。俺们就是走淮河的作家，沿着淮河，从河南走到了安徽，这条河可长着哩！"

　　"你们也沿着河走？"奶奶说着，身子往前一扑，得亏王大妈和夏至搀得紧，不然非跌倒不可。

男子也被吓了一跳，忙朝她们摆手说："俺们还要赶路，再见！"

奶奶望着一行人从亭子里走出去，突然泪如泉涌。

王大妈和夏至面面相觑，不知奶奶到底怎么了。

奶奶用手巾抹了抹脸，对夏至说："走，回家。"

正午的太阳把塘面照得明晃晃的，像面巨大的镜子，风一鼓兜，那面大镜子又成了一小块一小块闪着金光的碎片。夏至喜欢这口古塘，不知什么原因，虽然水吞噬了她父亲的生命，但她却一直都爱看水，就连这晃得人眼花的塘面，在夏至看来，都是风景。

夏至把奶奶和王大妈分别安顿到车里坐好，才坐在驾驶室，戴上墨镜往回家的路上驶。

沿着安丰塘的堤坝没走多远，奶奶突然喊停。夏至把车缓缓地靠边停好，问奶奶怎么了。

奶奶说："我要回家。你调头，往河南去。"

夏至扭过头，叫了声："奶奶！"

奶奶突然说："我是坐独轮车被人沿着河推到这里的，我知道我的家在哪里了，就和那个走淮河的人是在一个地方的，他讲话，我一听就听出来和我家里人讲话是一个口音。"

王大妈说："老妈妈，你莫不是晕车，或是热昏头了吧？"

奶奶摆摆手说："我啥都记着呢。本来想这辈子快到头了，这七八十年前的事也就不提了，可我一听到那口音，心窝窝里头的事就往外漫。我还是想家，哪怕这辈子只是再往回家的路上走上一截，我死了才能闭眼！"

夏至很是吃惊，她第一次听奶奶说起自己的身世。

她安慰奶奶说："河南很远，要回家准备一下才能去。现在先回家。"路上，她请奶奶慢慢讲当年的事。

王大妈问："老妈妈是当年逃荒过来的？"

奶奶叹了口气说，她记得自己十岁那年夏天发大水，父母都被大水冲走了，家里剩下爷爷、弟弟和她。水退去后，家里什么吃的都没了。夏至那天，爷爷摸出一只烟袋，让她拿出去找人换馍馍。还没换到馍馍，她在路上看见一行推着独轮车的人，车上坐的都是小孩子。推车的大人问她，想不想去吃大米。她想如果她能跟着他们找点吃的，烟袋换的馍馍就可以留给爷爷和弟弟吃了。

坐在车后座的王大妈把头伸到驾驶位和副驾驶之间，冲着夏至的奶奶说："老妈妈，我记得俺奶奶讲过，我们家也是因为发大水才到这边的。

奶奶没接话，她像一只小船一样继续浮行在自己记忆的深海里。她说她在独轮车上坐了一天一夜，下了车被卖到了寿州双门一户廖姓地主家，做了那家小姐的使唤丫头。

三年后，她又作为陪嫁丫鬟，随小姐一起嫁到了寿州城南的一户地主家。后来，她嫁给了小姐婆家的长工。

"新中国成立后，我们分到了地主的田地。经常有宣传队向我们宣传啥是共产党，啥是社会主义。那时，我特别想回自己的家。可是，我不知道家在哪，不知道怎么回。后来，人民公社成立，村里来了工作组，工作组关心贫苦出身的人，我这个苦命的人常常在忆苦思甜的大会上讲自己的经历。就在那时候，我加入了共产党！党让我觉得我有了妈，有了娘家……"

奶奶一口气说了许多话。有那些话垫着，回家的路，显得很短很短。不知不觉间，夏至已经把车子驶进了新城区。

王大妈邀请夏至和奶奶去她家吃饭。她的家，过去在城郊，现在城郊已经成了新城区的一部分。如今，王大妈家与夏至家不过隔了一条马路。王大妈念叨："早些年，老妈妈家在老城里，两家离了有十来里路，做点馍馍送去，都要在篮子上裹上棉衣裳。哪想到老妈妈家搬到面前了呢！"

夏至轻车熟路地把车停好，这一片的居民健康档案都是由她负责的，几乎每周她都会入户，给老人们测量血糖和血压，做健康宣教。

这些年，变化是大：城扩了，路宽了，河静了。好在，人情没有变。

王大妈把夏至和奶奶请进屋，就开始忙活了。不大一会儿工夫，王大妈就端上一盘金灿灿、香喷喷的摊馍馍，她笑着说："来，老妈妈，夏医生，不对，俺大侄女，你们先吃点馍馍垫垫肚子。"

夏至用筷子分了一块馍馍递给奶奶。她坐在桌边望着小心翼翼接过馍馍的奶奶，奶奶露出了孩子般天真和郑重的神情。当年，她就是为了把馍馍省下来给爷爷和弟弟吃，才被人贩子拐到了寿州。如果她不来寿州，就没有爸爸，没有爸爸就没有自己……夏至的脑子里又在自顾自地放电影。

　　夏至在想,奶奶,还有王大妈会不会也常常在脑子里放电影呢?

　　此刻,夏至透过窗户,望着王大妈家的小院,夏天正午的阳光穿过树叶,射出许多斑驳的光影铺在地上。这场景就很像电影的画面,是平常而安稳的日子该有的背景。

　　"香,馍馍。"奶奶发出呓语般的赞叹。

　　这里没有人知道,奶奶的名字叫作香。只是,这名字,在七十多年前的夏至那日后,就再也没有被人叫过了。

　　(2019 年 7 月 25 日作,刊于《映山红》2020 年第 2 期)

白 露

"喂，你是白露吗？我是……"

季军推门进屋，看见白露裸着身子站在地上，地上淌着水，像是尿失禁者的便溺。白露的头发正滴滴答答地往下滴着水，那些水滴纷纷汇入那摊疑似便溺的水里。

电话已经挂断了，但手机还紧紧地被白露攥着。陌生女人那挑衅的话语在她的耳畔不停地回放，回放，一声比一声更尖锐地刺激着耳膜。

"老婆，你……"季军的话还没说完，白露就已经迅速地转身，抬手甩了他四个耳光。

"说，那个女人是做什么的？你什么时候勾搭上的？"白露的身子闪出一道白光，她拽住季军的手，牙齿也闪出一道白光，然后"呸"的一声吐出一块白皮，季军的手指被她啃凤爪似的噬掉一块皮，她厌恶地给吐了出来，连同她积压在胸的那口恶气。

季军被眼前这个癫狂的女人弄晕了。他有点招架不住地退到房门口，甩着这只缺了一块皮肉的手，举着另一只躲过一劫的手捂着被白露的手机砸疼的鼻梁。

白露又跳过来，季军想躲，犹豫了一下，却伸出手臂，把她紧紧地箍在了怀里。

九月，下了场雨后，天变凉了。白露的身体冰冷滑腻，像一条鲇鱼，摆动着就滑出了季军的怀抱。

她走到墙角，弯腰捡起手机。手机屏被摔得粉碎，一起粉碎的还有她设为屏保的他们一家三口的合影。

"那个女人，她居然打我的电话……"白露突然就号啕大哭起来了。她等自己哭完，接着说："她对我说，昨晚，你又去她那过夜，她才放你回来！你说，你说……"

季军从床上拿起毛巾被，想把白露裹上，白露挣开了，她扯过床头的台灯，朝季军扔去。

脑袋被砸开花的季军恨恨地望着白露，抬起手，指向她，无声地点了点她的脸，然后摔门而去。

手机响，白露迟疑了一下，望向手机，是早起的闹铃响了，她才发现自己已经在一片狼藉的卧室里坐了一夜。

不眠之夜本该很漫长，但汹涌的记忆令那比海还深的黑夜变得短暂了。

闹铃响了许久之后，哑了。没多久，闹铃又响。哑了，再响。这一次，白露没有任由它响，她费劲地划拉着手机的破碎屏幕，关掉了闹钟。

小时候，她就是个闹钟不响三遍绝对不起床的懒丫头。那时候，父亲给她从上海带回来一只大红色的闹钟，每天晚上定好时间放在她的枕边。可是，每天早上闹铃响了她都不起床，一响再响，把隔壁的父亲给吵得实在耐不住性子了，来喊她。她才慢吞吞地在父亲的呼唤声中起床。

现在，父亲自己每天都会被铃声叫醒，起床，劳动。好在，他就快回来了。

想到父亲，白露轻轻扭了扭脖子，甩了甩手臂，动了动腿脚。她挣扎着想站起来，但腿一软，反而跌到了床下。她就那么在床边上坐了一夜，腿麻了，身体僵了。

但比身体上的不适更令白露难以承受的是季军对她的背叛。

说起来，季军还算是父亲塞给她的生日礼物。

白露还记得，在她二十二岁生日那天，她中午下班回家，还没进院子呢，就听父亲在屋里大声喊："露露回来啦！"

她在院子里支好自行车，进门，看见一个陌生的小伙子。他略带羞赧地坐在他们家靠墙的木沙发上，手里握着一个玻璃杯，将杯子转来转去，像古装电视剧里的老爷，闲着没事把玩核桃似的，把杯子弄得滴溜溜地转。

白露望着那双把玩着玻璃杯的比自己的手还白嫩的男人的手，心里泛上一阵膈应。那时候，还没有"伪娘"这个词。

很多年后，她从儿子那里知道了"伪娘"的定义后，突然想起，原来那最初的膈应感，就是她对他那种"伪娘"特质的反应。

白露那天并没想到，这个给父亲当驾驶员的家伙居然会成为自己的丈夫。

白露更想不到的是，有一天，父亲会因受贿成为阶下囚。父亲进去后，原本就羸弱的母亲便一病不起。季军调到了一个偏远的地方任职。白露的生活发生了极大的改变。

虽然结婚七八年了，但白露吃喝都在父母家，他和季军的那个小家，就像个摆设，除了偶尔回去睡个觉外，他们一家三口基本都在父母家。父母家宽敞，孩子小的时候，请了保姆，房间多，人好住。后来孩子大些了，家里有院子，孩子能耍得开。这几年，新城南扩，大家都说白露的父亲有眼光，多少年前，就在城外买了块地，建了这栋三层的小楼。如今，这房子值钱喽！

只是，那套值很多钱的房子也不属于白露家了。房子被收了。白露把多病的母亲接回自己过去不常住的小家，把当初父亲从老家请来给她带孩子的远方姑姑送回老家。白露从过去那个两手不沾阳春水的娇小姐，向上有老下有小的留守女人的角色转换。

白露的角色转换得不错。她从煮面条都不知道要开水下面，到可以在一小时之内麻利地做出三菜一汤，不过用了一个月时间。

人的潜能是无穷的，所有的能力都是被逼出来的。当年那个柔弱娇贵的白露，居然成了彪悍的泼妇——她连人都会骂，架都能打了！

是时光的沙漏里粗粝的沙子让白露变糙了。十年时光的沙漏里，有多少颗磨人的沙粒，是无法计数的，但它们的成就斐然地体现在了白露身上。

枯坐一夜的白露，被闹钟赶了起来。过去这十年间，无论遇到什么事儿，她都坚持按时上下班。父亲是个守时的人，他对白露这个宝贝女儿极尽宠溺，却唯独在守时上有严格的要求。

"时间就是生命，浪费时间等于慢性自杀，时间是最公平的，时间是海绵里的水……"至今，白露的耳畔还常回响着父亲当初对她的教导。她记着父亲的话，不仅自己守时，还要求儿子惜时。她教儿子惜时的结果是，去年儿子顺利考进了 985 重点院校。

一直和时间赛跑的白露，儿子高考一结束，便立即取消了手机上的 9 个闹钟：早上 5 点的起床闹钟，那时她要蹑手蹑脚地起床，给儿子准备早餐；5 点半，准时叫醒儿子；6 点，送儿子去学校，学校在离家 6 公里外的新城区，她骑电动三轮车，送他到校需要半小时；送儿子到校后，她会顺道买菜，回家淘米煮饭，洗菜；有时，还没忙完，7 点半的闹钟又响了，她忙甩干手，换身衣服，去上班；中午 11 点半的闹钟，提醒她下班后一分钟都不磨蹭地赶回家，她需要给母亲做饭，儿子中午就在学校吃饭了；下午 1 点 50 的闹钟，是叫醒闹钟，她中午忙完，囫囵睡个午觉后便要上班；下午 5 点半的闹钟，提醒她下班后及时回家做饭，做好饭后要用保温饭盒装着，送到儿子的学校去，正长身体、用脑子的娃，营养要跟得上，所以白露不放心他一天两餐吃食堂里的大锅饭；晚上 9 点半的闹铃，是接儿子下晚自习的；最后一个闹钟是夜里 12 点半的，一般到这个点，白露忙好家务后，要去提醒儿子早点休息。

9 个闹钟提醒下的生活，是白露最安稳的日常。如果遇到母亲生病或旁的什么事，闹钟数还会有所增加。被闹钟围攻的日子，在儿子考上大学后，终于成了历史。可是，取消了闹钟的白露，却感觉自己的日子散了，空了。时间一旦不被安排，就像水泼洒在了地上，很快就被渗透、蒸发到无迹可寻。

所以，白露在这个无眠的夜里，回想儿子离家去读大学的这一年时光，竟想不起自己做过些什么。白露的生活，除了去单位上班、回家吃饭睡觉之外，就是常去巷子里的一家服装店里试试衣服，聊聊天，再无其他事。

白露走进卫生间，快速地冲了个澡。换上前两天刚从那家服装店里买的换季衣服——一条竖条纹的长袖连衣裙。服装店的老板是个三十七八岁，粉团脸的离异女人，第一次到她店里，她就很热情地招呼白露为"露露姐"。还没待白露诧异，她就自我介绍说自己叫小艳，她姐姐小梅还是白露中学的同桌呢。

白露从此就常常光顾那间小店，反正她有的是时间。母亲在儿子高考之前被从小在他们家长大的表姐接到广州享福去了。季军十天半月回家一趟，却从不在家吃饭，最早也得晚上十点多才能进门，到家后一头倒在沙发上，多数都醉得不省人事。白露倒杯水搁在茶几上，天热了不用管，天冷时给他扔床被子盖。白露有时在卧室里听到季军的鼾声、干呕声和咳嗽声，并不动容，她木然地想到，他们之间，也不过就剩下个夫妻之名了。

有次去服装店，小艳拿出一件玫红色的睡裙说："露露姐，这件睡裙很性感，你要不要？"

白露说："我可不要，我喜欢裸睡。"

"呀，你那么开放呢，姐夫真有艳福！"小艳捂着嘴笑道。

"什么呀，老夫老妻的，都不睡一张床了。"白露翻着店里新到的外衣，对着镜子比试道。

"不睡一张床可不好，那样会出事的，我离婚就是我带丫头睡，让他睡小房间。谁知他半夜不睡觉，玩微信，心被附近的人给勾走了，被摇一摇给摇变了。"小艳对着镜子，边画眉边像讲述别人家事似的说。

"我家那位出不了事的，要人没人，要钱没钱的，整天除了喝酒，什么爱好都没有，他能出啥事？再说，酒喝得把那功能都快喝没了，他还指望出什么事？"白露说这话时，想到季军最近一次向她求欢还是过年时，儿子放假回家，一家三口吃了团圆饭。那晚，季军酒没喝多，也没在沙发上睡，洗好澡进房间，掀开被子看见白露白花花的身子，就起了兴。结果，却是没有结果的。

季军懊恼地说自己不行了，白露还歪着身子劝了他几句说："不行就不行，儿子都这么大了，那事本来就多余。"

白露走出小区，从巷口买了个粢饭团，边走边吃。儿子和母亲不在家，白露对自己的吃饭问题就一直采取敷衍的态度。虽然做了十年饭，扮了十年的温良主妇，但白露的骨子里还是那个被父亲宠爱、被母亲娇惯的女孩儿。如果不是父亲出事，她还是那个四体不勤、五谷不分，在家有保姆、出门有跟班的娇小姐。都说父爱如山，可惜，白露的父亲山早早塌方了。没有了父亲的庇护，她的生活彻底发生了改变。

不过，幸好还有父亲当年为她选定的夫婿。虽然白露对季军一直没有爱的感觉，但她愿意听父亲的安排，她的人生都是父亲给安排好的。初中毕业读高中，高中毕业进电大财会班，电大毕业进单位当会计。一路无障碍行进，没有任何压力与争斗的生活，造就了白露简单直率的性格。

父亲当初就告诉白露，季军是农家孩子，转业军人出身，但为人稳重，性格温厚，这样的人，跟他成家不会受气。

后来，的确证实了父亲的眼光。父亲刚出事那会儿，过去隔三岔五就往家里跑的那些个亲戚朋友都消失了。甚至连白露那几个从小玩到大的闺密，都约好了似的，统统不再和白露联系。倒是季军，不仅回家比过去早了，而且对白露也更关心了，直到他被调到乡下。

季军被调到乡下去，白露伏在他胸前哭了一场，季军拍着她的背说："没什么，都会过去的。"

白露回想着，大概就是从那时候起，季军才抹去了一直长在她心头的那个影子，成为她真正在乎的人。

此刻，那个曾经烟雾一般升腾起来，渐渐变虚，最后消失的影子又出现了。白露吃完粢饭团，往路边的垃圾箱丢餐巾纸和食品袋的时候，蓦地看见了那个人的脸，就在路边的好人榜上，说他是个敬业奉献的好警察。

白露从好人榜前穿过，进巷子，然后再穿过一条小巷就到单位了。不骑车的时候，她总喜欢走小巷。巷子里有人气，巷子里还有几家衣服廉价的服装店，不买，看看也是好的。不过，今天小艳的店没有开门。白露想，也许她又去进新货了，换季了，她这种小服装店更新快。

出巷子时，白露没留神，被唱着歌通过的洒水车淋了一身的水。新裙子湿漉漉的，白露很是狼狈。在单位楼下，她遇到同事，同事笑她像是刚从河里被捞上来似的。她笑着回了句嘴："我要是掉进河里，估计都没人捞。"

说这话的时候，白露想到高一那年暑假，她和几个小闺密去北门外玩。也不记得是谁，看见北门外的泜水边上泊着一条小船，便要上去。结果，白露往上踏的时候，船一晃荡，把她晃进了水里。几个女孩都不会水，连声呼救，引得一个骑自行车从桥上过的男孩丢了车，跳下河把白露给拖上了岸。俗话说："三岁看老。"当年救白露的男生，现在成了在好人榜上露脸的警察。

到了单位，白露就开始忙。几千户拆迁户的租房补贴款最近下来了，她忙着审核、开票、汇款。白露一夜未眠，脑子混沌沌的，她提醒自己千万别出错，一上午精神高度紧张，令她疲惫不堪。不觉到了下班时间，白露收拾好办公桌台面，想抓紧时间回家睡个午觉。她想找出手机，设个闹钟。手机屏幕被摔得粉碎，她早上从家出门时，把它往包里一塞，塞到现在。她拿出手机，从开满花的屏幕上看到了好几个未接电话。她逐一看过去，并没有季军的。

白露走在九月正午的阳光下，感觉热得心口发闷。她在巷口的凉面店买了份凉面，拎在手里。这家凉面店有故事，老板是鳏夫，他家的面不是你想买就能买到的，他看着不顺眼的人，你拿十倍的面钱，他也不卖。白露拎起凉面走的时候，平时总板着脸的老头儿，居然开口说话了，他说："丫头，到家就拌拌吃了，怕辣就少放点辣油。"

"好。"白露答应着，回头冲老头笑笑。老头的脸却又板住了。

白露想起来，这家凉面店是季军带她来的，老头的怪脾气也是当年季军告诉她的。季军说她白活在这小城里了，小城里有这么多好吃好玩好看的，她统统不知道，整天窝在家里，就像古代被关在绣楼上的小姐似的。"俗世生活才有意思。"季军说。

白露在想，这十年自己过的不就是季军口中的俗世生活吗？可是，她并不觉得这种生活比她过去的生活更有趣。也或许，自己就是个无趣的人吧。儿子上大学以后，同事说："你学学打麻将呀，不然时间怎么打发？"

白露对麻将不感兴趣，她的时间怎么打发的呢？也许，时间压根不需要人去打发，时间就像水一样，总有它流淌的地方。

经过服装店的时候，白露看到小艳的店门还是紧闭着的。下午下班就有新衣服试了，白露想。到小艳店里试衣服也是她时间的流向之一。

进小区，上楼，打开门。虽然白露隐隐有期待，希望开门看见的是一个收拾整齐的家。然而，屋里依旧是一片狼藉。

白露走进厨房，找了个海碗把凉面拌了，打开电视，也不看，只借电视里的人声伴着，吃了那碗面。面很辣，辣得她心口疼，疼得她流了泪。她收拾好碗筷，洗了把脸，躺在沙发上，让自己入睡。

在闹钟响起的前一秒，白露醒来了，她感觉自己的身体正从高处坠落，快坠地时，她腿一软，惊醒了。旋即，铃声响起。

手机是静音的，关闭闹钟的时候，白露特意看了看来电提醒与微信，没有人联系她。

她洗脸，换衣，上班。

与上午同等的忙碌后，下班。白露揣着试新衣的期望朝巷子里的服装店走去。可那道玻璃门还是紧闭着的。

白露怏怏地往家走，在小区门口买了个馍，算作晚餐。

一天就这么过去了。手机依然在静音状态，因为白露怕手机开了声音，她就会一直期待它响。好几次，白露想拨打季军的电话，拨打那个女人的电话，但她都忍住了。她为自己昨晚的行为感到羞愧，她居然会像个泼妇似的打闹咒骂。从小，父亲就教她，坐要有坐相，站要有站相，不能大声说笑，更不准说脏话。父亲一直得意自己教女有方，"女孩子，不需要那么有出息，但要贤淑雅致"，他一直这么说。

让老爸失望了，白露想。

时间的沙漏不停地漏，时光之水不住地流，一大串日子就这样看似平淡，实际上却极不平凡地度过去了。眼看，国庆长假就要来临了。这天中午，白露躺在沙发上午睡的时候，被电话吵醒了。她的手机屏幕已经换了，她也改了睡觉时把手机调成静音的习惯。她时刻都在等待着什么。午睡之前，儿子发微信说他明晚坐火车回家，联系老爸到火车站接他，结果老爸一直没有回复他信息，打他电话，手机也关机。白露之前也接到过季军同事的电话，问季军在不在家，为什么手机一直关机。白露说："他家里人要死了。"这句话，是气话，倒也成了保护季军的话。从那以后，他们单位没有再打电话来找过季军。

而这个电话，刚把白露从睡眠中唤醒，又把她抛进了深渊。

白露浑身发抖，起身，出门，招手打车。

在北山的殡仪馆，白露看见一个警察快步迎向她。是好人榜上那张敬业奉献的好警察的脸，也是二十多年前将她从水中捞上来的男孩变沧桑了的脸，他此刻严肃地告诉她："我们在安丰塘中捞出一辆黑色的东风日产。车上有一男一女，尸体已经重度腐化了。但经过勘察汽车的发动机号，我们查出这辆车是你丈夫季军的。"

警察还说了些什么，白露已经不记得了。

又有很多个流水般的日子逝去了，清明节到了。

白露买了一束黄菊花去北山的墓地，在到季军的墓前，她经过小艳的墓，望着墓碑上那张熟悉的粉团脸，她犹豫着要不要分两朵花给她。就像现在每天上下班从服装店门前走过时，她都犹豫着要不要再进去看看，那店依然开着，只不过店主成了李小梅——她的高中同桌。白露不知道怎的想起来，当年她落进水里，其实就是李小梅站在船上晃悠的。

（2019 年 4 月 4 日作）

秋 分

一

我不喜欢过节。尤其明天这个节——中秋节。中秋节是个团圆的节，我的身子倒是团了，肚子倒是圆了，可惜，我没法过团圆节了。因为，三个月前，我把她弄丢了。

我们在一起五年了，如果能一起走到这个中秋节的话。可惜，三个月前，刚过完端午节，我们就闹掰了。

五年里，我们干了无数场架。到今年，都累了，疲了，干不动了。干不动架，也干不动旁的了。总之，我觉得这个女人于我而言，像鸡肋，食之无味，弃之可惜。不对，我甚至不觉得可惜，只是懒得去弃。我这个人，懒得改变，包括换女人。

那天，现在回想起来，也真是邪门。那天晚上，之前约好的酒局临时散了。我突然想到，很久没和她在一起单独吃饭了，便打电话给她，说请她吃饭。

她好像还有点犹豫，挂了电话，磨叽很久才下楼。我在车上等得心烦，好在在手机上赢了把斗地主，缓解了我的烦躁。她穿着一条黑裙子，没有一点笑容，把车门一开，坐进来招呼不打一声就叹了口气。整得跟个黑寡妇似的，像我欠了她八百贯一样。

看到她我就心烦。她总像个怨妇，不停地对我抱怨着什么。我听不得女人唠叨，被老娘唠叨了三十年还不够吗？难道往后还要多个女人对着我耳朵根子啰唆！

女人真是善变。五年前，我第一次在文具店里看见她，她穿着一条洗白的牛仔裙，披着长发，声音绵柔得就像珍藏了十年的老酒。害得我像个花痴似的，一直跟她到一个巷口。从那以后，我没事就在那巷口溜达，还真遇到过她几次。我想打招呼，可她走路目不斜视，我腮帮子都笑疼了也没能跟她搭上讪。

幸运的是，那年中秋节，我们单位给老干部送月饼，我被领导指派着跟去拍照，写篇通讯稿。跑到第四家后，打开门，我一惊，那屋里挂着几张大照片，有一张上面，和这老干部合影的，居然是她！

我很聪明，几句话就从老干部嘴里套出了她的底细。这丫头，是他孙女，在县一中工作，是个老师，教化学的。这么好看的姑娘，居然教化学。记得我高二期中考试时，化学老师居然问我是不是走错教室了。也难怪，我从来就没有上过化学课。中考时，我理化合卷考了 65 分，我妈找人查分，说是我化学部分才得了 5 分。可想而知，我跟化学得有多大的冤仇。

当时我就想，得想办法跟这化学老师攀上关系，把这丫头给追到手，也算能把我跟化学的冤仇做个和解，哈哈。

我这个人，虽然没读过大学，可咱在单位混得不差呀，用领导的话说，我这人做事活泛。

只是，在机关单位里如鱼得水的我，却揣摩不好女人的心思。

二

其实，也不能说我揣摩不好女人的心思。当初把她追到手，其实靠的不是实力，不是魅力，而是心机。

她一高中老师，硕士学位，出身干部家庭。对比这下，我就一土鳖。但心有多大，舞台就有多大。越是难啃的骨头，越有味。

那年中秋节，我到老干部家送月饼，得知她是老干部的孙女时，就留了个心眼儿。我说想请老干部给咱们上一堂党课。老干部欣然应允，我接着说上党课需要弄课件。老爷子问什么叫课件。我跟他说需要在电脑上弄。老爷子接着就说："我孙女是老师，她肯定知道。"我说："对哦，那就让她联系我吧。"

就这么简单，我把自己的手机号码和 QQ 号码写在了老干部家的台历上。我还记得，那一页的台历上写着：易嫁娶。吉利呀！

没两天，我电脑上的 QQ 响动起来了。呦，美人鱼终于上钩了！

我连忙加上她。

她的 QQ 头像就是一条小丑鱼。她的名字叫作"七秒钟的记忆"。

我在网上搜索了一下，说是鱼的记忆只有七秒，七秒之后它就不会记得曾发生的事情了。所以，鱼不会觉得无聊，即便是在一个小小的鱼缸里。看来，这丫头比较孤僻，日子过得挺无聊。我这么说是基于我对人性的揣摩，别问我为什么，往下看你就知道我判断的准确性了。

三

和化学老师成为 QQ 好友之后，我觉得自己整个人都向上向善了。

她的空间相册里布满了花花草草，空间日志里分享的都是旅行见闻。一个生活在小城里的孤僻的姑娘，在深深地向往着远方。这是我对她的定位。

我在 QQ 上和她说，要请她爷爷来机关讲一堂党课，需要她做一个 PPT 课件。而且，因为爷爷年岁高了，出于安全考虑，以及讲课时电脑操作需要，最好是她能陪着一起来。

到了上党课的日子，我把车开进了老干部家那条逼仄的小巷，远远就看见了穿白色毛衣、黑色鱼尾裙的她挽着穿钢青色西装的老干部在一家干洗店门口站着。

我一激动，把车头蹭到巷子里一户人家墙根底下的大石头上了。我顾不得心疼车，把脑袋伸出车窗外，请她和老干部上车。

待我颇费周折地把车从这险象环生的小巷子里开到大街上，愣是弄出了我一脊背、一额头的汗。巷子窄不说，还有巷子里的人家各自布设的路障。张家摆块石头在墙角下占着那块地儿，李家弄个腌菜缸搁在门口，还有卖早点的，修电器的，做美甲的，统统都往巷子里伸出一截，仿佛谁不占点公共空间谁就吃了大亏。

老干部上了车，一路嘴没停，从国际形势说到石油价格，从革命说到改革。我一边诺诺应和，一边从后视镜偷看她。

她一直侧脸望着车窗外，没有表情。我在猜，她到底有多大年纪。25 岁？还是 27 岁？我看不大出来。

女人的年龄不方便去问，但我会推断。趁着老干部开茶杯喝水的空子，我问："哎，俞老师，江中你熟吗？"

"嗯，他是我高中同学，我们现在带一个班。"她略微受惊似的，飞快转过脸说。

"呀，这么巧！我和江中也是同学，不过是初中同学。"我惊喜不已，看来这丫头跟我是一级的，要是我初中毕业和江中一样考进了一中，那我和她也就是同学了啊！那一刻，我第一次后悔自己当初没有好好学习。

瞧，她的年纪很容易就推算出来了。同龄人，25岁，对于女的来说，这年纪也不小了。

从老城区接上老干部到新城区的机关办公大楼有5公里，我第一次感觉这距离太近了。

我把老干部和她领进了会议室，看见会议室里也有一双眼贼亮亮地盯上了她。那令我很不愉快。

四

我不愉快得很有道理。老干部来上党课没几天，我就在她的QQ空间里看见了单位那个"老大难"的足迹。

"老大难"是外地人，几年前参加公务员招考进单位来的。记得他刚进单位那会儿还是个开朗的大男孩，没几年，他的头发也脱了，肚腩也鼓了。好几次，来办事的人没话找话地问他："小孩上几年级了？"

"人家还没对象呢。"每次人家这么问，他都操着不标准的普通话急于撇清误会似的答，然后又嬉笑着说："有合适的姑娘，你给我介绍一个。"

给"老大难"介绍对象的真不少。可是"老大难"很挑剔。作为一个外地人，他说自己要找一个家在城关且不能是独生女的公务员。恰巧有家在城关且不是独生女的公务员愿意跟他相亲，他问了一个令人很尴尬的问题后，女方恼怒地跟他划清了界限。后来，他主动降低了条件，事业编制的也行。无果。到现在，他的要求变成了：只要有工作，长得不丑就行。可是，这些年，他相了太多亲，留下了不良口碑与奇葩传闻。所以，现在已经没有人愿意替他张罗相亲的事了。

我发现他都开始在她的空间里公然发表肉麻评论了。嘿，我这暴脾气！这可不成！

我追。

我联系江中。自从初二那年江中被我的弹弓打破了脑袋，他见到我就会习惯性地捂脑门。

我在一中大门口拦住了江中的车，让他把我带进去。我很直白地告诉他："我相中俞月了。"对了，她叫俞月，这名字好听吧。她气质很像那个叫俞飞鸿的女演员，恬淡素雅，我觉得月这个名字很适合她。

俞月，俞月，俞月……有天开会，我突然发现我在笔记本上写满了她的名字。"老大难"就坐在我旁边，他好像看见了我本子上的字，因为那天散会后，他没有像以往那样说坐我的车回城里，然后请我吃碗牛肉汤。

江中听了我的话，不认识我似的上下打量了我一番。

"怎么了？"我问他。

"你不晓得？"江中很轻蔑地斜了我一眼。

"她有对象了？"我顿时感到心里一空。

"肯定的呀，她条件那么好。"江中说着把我带进了一中。这是坐落在新城区的新一中，许多年前我向往但落第的老一中已经成党校了。这几年，我每年都会去成了党校的老一中里锤炼政治思想，但新一中我至今还没有进去过。

五

新一中的校园里有亭台轩榭、小桥流水，弄得像个4A级景区。

我这个还没有来得及恋爱就有了失恋情绪的人，独自在偌大的校园里瞎逛。九月底的阳光，收敛了光芒，变得有点儿含蓄。秋高气爽的周末，悲催的高三学生们虽然成天待在这座漂亮的园子里，却不能像我这样闲逛，真是可惜了，浪费了优美的风景。

我像个观光客似的从教学区溜达到操场，又从操场溜达到宿舍区，宿舍楼下的那排水杉真是漂亮。我正仰着头看阳光怎么透过水杉树梢往下落呢，突然看见了有个学生与俞月拉拉扯扯，然后挣开她向前狂奔，没几步就被一块大石头绊倒，跌在地上，只听得他发出悲惨的号哭声。

十分钟不到，救护车呼啸而来。是我拨打的电话。

那天，我和她一起去警局录了口供。我是目击者，她是学生的授课教师。家长赶到时，不问青红皂白地扑向她，我看她像一只被野猫捉住的小鸟一般瑟瑟发抖。我替她挡住了家长的拳脚。

从那天起，我就作为她的护花使者正式上任了。我每天按时接送她上下班。作为一名高中老师，她的工作时间是白加黑，工作日是5加2模式的。早上七点到校，晚上还有晚自习。这样也好，接送她正好不耽误我上班。

护花使者当了两个月后，她正式成了我的女朋友。那天一大早，我就邀请她晚上和我一起吃饭。不等她做出回答，我就说："今天我生日，赏个脸呗。"

她赶忙说："生日快乐，生日快乐！呀，送什么礼物给你呢？"她面露难色地说："今天公开教学，还不方便出去买礼物。"

她那副着急又认真的样子可爱极了。我侧过脸对着她，努力地克制我的紧张，故作邪气地说："你就是最好的礼物啊，如果你肯把自己作为女朋友送给我的话。"

她低下头，没有说话。我知道，这事儿可算成了！

六

今晚，我坐在 30 楼房间的飘窗上，望着对面灯火通明的一中教学楼，有种浮在天上看人间的感觉，那感觉应该是迷茫，或是孤寂。

过去，我从来不知道什么叫作孤寂，我喜欢呼朋引伴地吃喝玩乐。她呢，总是一副高冷的样子，跟我不搭，跟我的圈子不搭。其实，早在第一次带她参加我的生日聚会，我就感到了她的不合群。她不会跟人寒暄，在那么闹腾的场合里，只有她不喝酒并且也不知道要敬人酒，她就那样孤零零地傻坐在那里，让我看着心烦。

那天晚上，"老大难"说的话让我很不爽，他说："兄弟，你这是捡了个漏啊。不过，得宝人得镇得住宝才行，不然，宝贝在手，你也无福消受。"

从那时起，镇住她就成了我时刻提醒自己去做的事。

就像三个月前的端午节那天，我们领导提议聚餐，要求所有人带家属，我和她虽然还没有结婚，但相处了五年，所有人都当我们是夫妻了。她自然也在受邀名单内，可当我去接她吃饭时，她却告诉我她有事，不能去吃饭了。

这边，领导调侃："今年，'老大难'的问题解决了。到时候，'老大难'这顶帽子别被你戴上了。""老大难"挑挑拣拣了好几年，今年年初突然闪婚，虽然女方不符合他之前择偶的所有条件，但婚后的"老大难"成天像只欢快的喜鹊，跟越来越蔫的我形成了鲜明的对比。

领导这么一说，我心里很恼火。我是个没有编制的退伍军人。不管我多会揣摩人心，多得领导欢心，工作能力有多强，但因为我没有公务员身份，我再怎么干也只是一个职员。

我感到所有的努力都很无望，在工作上如此，在感情上也如此。

不知不觉，我喝多了。

酒宴散场后，我去了一中。我在大门口忍不住狂吐的时候，看见她在车窗一闪而过的脸。我拨打她手机，却被告知已关机。

第二天晚上，因为有个联系好的饭局临时取消了，我想还是约她一起吃个饭吧。我们已经很久没有单独在一起吃饭了。

七

她出来了，坐上车，黑着一张脸。

我正想问她昨晚手机怎么关机了，她的手机正好响了。她磨磨唧唧地从包里翻出手机，应该是个微信电话，她却没有接。

我问："谁？"

她不答。

"给我看看。"我一个紧急刹车把车停在了路边，向她伸手。

她说："凭什么给你看？"

然后，她就下了车。

我疯狂地开车离去，没多久，她打电话过来，我狂躁地冲她怒吼："我们完了！"

此刻，我坐在这间油漆味未散的新房里，感到生无可恋。在距那个狂躁的夜晚三个月后，我才感到了揪心的疼痛。明天就是中秋节了，中秋节是团圆的节，可是我却与她成了路人。

我不知道自己是从哪天开始重新认识她的，是同学聚会时江中说的那席话吗？那天，有同学喝了酒之后吐槽现在的应试教育，吐槽老师缺乏职业道德。江中说："其实，社会是就是一张网，我们都是网里的鱼，每一条鱼的命运都是相似的。"他还说应试教育下的老师同样得承受非常大的压力。像他们学校，好几个带实验班的女老师，都已经被逼得快要抑郁了。他自己因为压力，常常在家里对老婆发脾气，这些垃圾情绪，其实都是由无法排遣的压力造成的。

"有时候，我真希望自己是一条只有七秒钟记忆的鱼。"江中最后幽幽地说。

我突然想起她的 QQ 网名——七秒钟的记忆。当初，我以为通过这个网名，我就可以推测出她的个性。现在，我才明白，也许读懂一个人并不那么容易。包括，读懂自己。

过去，我总以为自己是一个吃饱喝足就很满足的人，我认为自己没有太多的想法，也没有太多的情感。甚至，三个月前，我都认为与她分手是迟早必做的决定。

可今天，我坐在这里，望着对面的一中教学楼，却深深地期望某扇窗上能出现她的影子。

我刚刚登录上许久不用的 QQ，可联系人里已经找不到"七秒钟的记忆"了。我将联系人的头像一个一个翻过去，看见了那条熟悉的小丑鱼，可它的名字却叫作"秋分"了。

"秋分者，阴阳相半也，故昼夜均而寒暑平。"我在网上找出了这一句关于秋分的话。我无法凭着这句话来揣摩她取这个网名的意义，也许，我过去对所有人与事的揣摩都是毫无根据的臆测。

月亮渐渐地升上来了，它被一丝云遮了一角。明天就是中秋节，月亮应该很圆了。我打开窗，对着浮了这只月亮的夜空，拍了好几张照片。此刻，我很想她，我想发一组照片在 QQ 空间里，这组照片只用一个字来配：月。

打开 QQ 空间时，我惊奇地看见空间动图显示：今日秋分。

阴阳相半，昼夜均，寒暑平。我还是忍不住又揣摩了起来，揣摩这句话的含义。

（2019 年 1 月 17 日作，刊于《椰城》2020 年第 7 期）

霜　降

"嘭嘭嘭，嘭嘭嘭……"

叶子刚把包塞到背后，将一件旧羽绒服盖在胸口，就听到这急促的敲窗声。

叶子扭头，才发现并不是刘山，聚在窗口黑黝黝的脑袋有两三颗，把窗外的夜色挤得更深了些。

"开门，开门，给老子看看！"

隔着窗，叶子也能听出，这口音里夹杂着的流氓气。

"嘭嘭嘭，嘭嘭嘭"，敲窗声更猛了些。叶子捂着心口，心也"砰砰砰，砰砰砰"地跟着跳得更剧烈了。

刘山刚走还没有十分钟，他说在路上扑腾了好几天，浑身皮麻骨酸的，要去找个澡堂子泡泡。叶子不肯去澡堂，她说泡澡堂子是男人的事，她才不去呢。她带了个暖水瓶，从小吃铺里灌了热水，打算等刘山回来后，在他的掩护下凑合着用这瓶热水洗漱洗漱。

"开开，开开！"

窗外两三副烟熏火燎的嗓子此起彼伏地喊。

叶子攥着手机，却不敢动，她生怕自己发出的一丁点动静就会成为一场暴动的导火索。

不远处已经打烊的小饭馆，突然开了门。从打开的门里泄出了一地冷冷的白光，白得就像黄心乌上的霜。

"哎哟，妹子，你怎么现在才到呀？"门里蹿出一团火似的影子朝这边奔过来。叶子手忙脚乱地打开门，下了车。那个穿大红色毛衣，披着湿淋淋的卷发的女子一把拉过她的手说："妹子，我在洗澡，没听到你电话，等急了吧？"

叶子忙不迭地点头。

"老板娘，她是你妹子？"刚才隔着车窗叫嚣的那几个醉汉，现在站在车头旁换了副嗓子问道。

"是我妹子，你们几个今晚跑哪里喝到现在，这大半夜的还不回家！"穿大红色毛衣的女子，脸上带着笑，对那几个敲车窗的醉汉说。叶子听她说话的腔调就像广播里放的黄梅戏。

"走，快回家去。"红衣女子拉着叶子的手就往门口走。

叶子见那三个醉汉歪歪扭扭地走远了，忙回车上拿了两瓶豆腐乳和两袋绿豆粉皮向红衣女子道谢。

红衣女子推让着说："别客气，都是女人，我怎么能看妹子在我家门口受辱？再说了，我也不想他们酒老爷当家，做下浑事，丢了我们安庆人的脸。看车牌照，听妹子口音，不是本地的吧？"

叶子硬是把东西放进了小饭馆的餐桌上。她端起红衣女子递来的茶水，喝了两口，说："我是淮南的。"

"你开这小货车跑这样远啊？"红衣女子吃惊地问。

"我老公开的车，他去找澡堂子洗澡了。"说话间，叶子听到刘山在喊她的名字。

叶子边应边走出门，与刘山相见。

叶子对红衣女子介绍："这是我老公，刘山，刚才多亏姐……"

"莫说了，莫说了，也是缘分！"红衣女子连忙摆手。门里传来一阵响亮的鼾声，红衣女子笑着说："我家那口子，就是一头猪，倒头就睡着了。"

刘山说："也是不早了，该睡了。"

叶子忙说："姐，耽误你休息了，你也进去睡吧。"

红衣女子问："那你们？"

"我们就在车上睡一夜，明天一早还要赶路。"刘山说。

"车上不冷吗？"红衣女子问，"可惜，我家这饭店就支了一张小床，没法留你们。"

"不冷不冷，我们这四五天都在车上睡的，姐赶紧休息吧。"叶子亲昵地拉了拉红叶女子的手说。

红衣女子走进门，叶子冲她摆摆手，她也摆摆手，轻轻地关上了门。门口的那片白光不见了。

小货车在空场上像一个帐篷，叶子和刘山分别从两边钻进了"帐篷"。

刘山把车座椅放平，躺倒说："洗了个澡，舒服呀。"

叶子轻声说："你这澡，洗掉好几十块钱，而且还把我给吓得半死。"

刘山忙探起身子追问缘由。叶子把方才的一幕说给刘山听，刘山听完，反而哈哈笑了起来。

叶子捅捅他说："你笑什么？"

"这不正好吗？反正也没有事，还给你添了写作文的材料，你不正缺故事吗？"

"你还笑得出来！今天一天卖东西赚的钱还不够我送出去的呢，更别说油钱和饭钱了。"叶子有点委屈地嘟哝。

"不要算那些，赚钱不就是给人花的吗？钱不花，就是纸，还是什么用都没有的废纸，连擦屁股都硌人。"刘山说，"不要斤斤计较了，都是作家了，还这样小气，你不洗啦？"

"洗。"叶子说着，从脚下摸出小塑料盆，打开车门。

刘山跟着下了车，像山神一样守着叶子，让她在影子后头摸摸索索地洗。

"第五天了。"叶子洗好，躺在车座位上，叹息一般地说。

叶子出门三天了。为了参加一个文学团体的采风活动，她和刘山在路上已经颠簸三天了。

"山子……"叶子想说的话，被刘山的鼾声给堵住了。山里的夜，多岑寂呀！尤其是月亮从云堆里漫出来之后，把清亮的光泼在了山上、树上、屋上，于是，这山，这树，这屋就像画似的，有了光与影的明暗对比，隔着斑驳的车窗玻璃膜看过去，这月光下陌生的小镇，也有了诗意。

"诗与远方"是这次采风活动的主题。叶子还从来没有参加过什么采风活动。一开始，那个文学群里发布采风通知的时候，叶子并没有报名。她觉得群里那些写作的老师们，不仅文章写得好，身份也高贵，看他们的简历，这个出了什么什么专著，那个在文学期刊上发表了几十万、上百万字的文章，还有各级协会的会员甚至作协主席。只有她，除了在这个公众平台上发表过一些点击率不错的文章外，她从来没有在一份期刊或一张报纸上发表过一个字。她的名字从来没有变成过铅字，她也不是任何协会的会员。她只是一个农民。

但群主，那个微信公众平台的编辑私下里邀请她。他说大家都很喜欢她真实质朴的文字，很多外地的作家都希望这次采风活动能见到她呢。"你写得很棒。"群主说。

叶子意外又感动，她把群主给她私聊的内容截图发给了刘山。刘山飞快地回复："去呀老婆，我送你去！"

叶子更感动了，她发了一个爱心的表情给刘山。

结婚二十多年了，虽然日子过得并不富裕，但刘山却一直体贴地待她。早些年，村里的年轻人一个接一个去上海打工，但刘山说他不去，他就在家，守着豆腐作坊，守着老婆孩子，一家人在一起，热热乎乎的，比跑出去，一家三口岔到三处要强得多。钱是好，可人更好呀。

没想到，一晃二十多年就过去了。日子平常得就像豆腐似的，素白平淡，却滋心养胃。起初，叶子也悄悄地羡慕过村里出去打工的年轻人，他们候鸟似的来来回回，把家里低矮的瓦房换成了敞亮的洋楼，屋里也像城里人似的，置办了彩电、冰箱、洗衣机、太阳能热水器。只有他们家，两口子守在家，守着几亩地，春耕秋收，外带着磨点豆腐去城里卖。这土里刨食的收成哪能跟外出淘金的比？所以，没几年，他们家的平房就只能到一圈洋楼的肩下，显得卑微简陋了。

又过了些年，叶子心里好过了。全村的娃娃，就数他们家刘大庆最省心，大庆不仅学习成绩好，还孝顺懂事。不像张家李家的那些小子们，一个个全疯得像野孩子。爸妈都出去打工了，爷爷奶奶哪里管得了他们的学习？那些小子们，在学校调皮捣蛋，在家无法无天。隔壁和大庆一般大的孩子，十七岁那年就被抓进去了，那孩子上了中学就学会了去网吧，没钱上不成网，急红眼了居然敢去抢。

想到大庆，叶子发出了一声感叹：哎，这小子！前天，叶子和刘山还去合肥给大庆捎了厚衣服。大庆在合肥读大学呢，今年大三了。叶子望着比刘山还高出半个头的大庆，心里美美的。

大庆要领爸妈去吃午饭，叶子怕大庆带他们去馆子吃饭多花钱，便推说有文友约他们一起吃饭呢。大庆笑着说："妈妈成了作家，都有饭局了。"

叶子望着儿子走进校门，渐渐消失在秋叶纷飞的林荫道上，才恋恋不舍地离去。那天中午，叶子和刘山在离大庆学校不远的农贸市场边看见一家淮南牛肉汤店，两口子一人一碗牛肉汤。刘山照例把牛肉汤碗面上漂着的几片薄薄的牛肉夹给叶子，叶子让着，还把牛肉给让到了地上。淮南牛肉汤的老板并不是淮南人，在刘山端着碗请他再添勺汤的时候，他先抛过一个鄙夷的眼神，紧接着又操着刘山听起来很别扭的蛮腔说："汤不是白送的。"

叶子看刘山要发作，忙拽拽他的衣袖说："我吃不掉，给你。"

"看来你这淮南牛肉汤不正宗，在俺们淮南，吃牛肉汤，汤是管够的，随便添。"刘山说着，掏出二十块钱拍在桌上，说，"再上一碗。"

老板不作声，上了一碗牛肉汤，拿过钱，又找了零钱，依然不作声地搁在桌上。

叶子和刘山默默地吃完午饭，离去。

大半夜的想到牛肉汤，叶子的胃及时地唱起了空城计。这几天在路上，本想带着货边走边卖，像赶集做生意一样，结果，货卖得不好，连油钱和饭钱都不够。作为主妇，叶子不得不算计着家庭的收支，虽然，她很向往"诗与远方"。

"诗与远方"采风活动的启动仪式定于 10 月 23 日晚，在李白捞月的马鞍山采石矶举办。叶子紧了紧身上的被子，打开手机，看群消息。

午夜了，"诗与远方"的群里还热热闹闹的。有人发红包，有人发感谢与献花的表情，有人发聚会的地址定位，有人发会议通知，有人发即兴创作的诗歌，还有人发在火车、飞机上的自拍照………天南海北的人，都以采石矶为中心聚拢。

叶子在群里一直沉默着。看见这几张美丽的自拍照后，叶子几乎都想逃离了。自己在路上跑了几天，吃没吃好，睡没睡好，皮肤干燥，头发焦枯，衣服皱巴巴的，整个人看上去就像一片被秋风从树上撕扯下来的叶子，黄巴巴的，灰扑扑的，没有一点儿精神。这个样子怎么见人！

叶子一睁开眼，就看见车窗上涂了一层金色的晨光。

"今个天晴得好！"刘山已经把车座椅扳正坐起身了，他见叶子醒了，带着喜气地说："今天是我老婆的好日子，老天爷都给面子！"

"我们回家吧，我不想去了。"叶子把被子一掀，起身，把车座椅的靠垫拉直了，她睡了三晚的床瞬间变成了座椅。

"你这人，怎么像个小孩子，说变就变呀？"刘山很诧异地问，"我刚把导航设置好，你看，从这里开到马鞍山四个小时足够了。我都想好了，到了先带你去澡堂子洗个澡，买身新衣裳换上，让你漂漂亮亮地出场。"

叶子拉开车门，下车，把叠好的被子塞到塑料袋里，摆放在车后厢的梨筐上。

"不想去了。"叶子放好被子坐上车，闷闷地说。

"去吧。洗个澡，换身衣裳，保你像新娘子一样有排场！"刘山扭身拉拉叶子的手说，"呦，哭啦，你哭什么？"刘山刚拉住叶子的手，一滴温热的眼泪就砸在了他的虎口上。

叶子从刘山掌中挣出了手，扯了张纸巾擦了擦眼睛。"我一个土包子，去参加什么湿会干会的，还耽误你几天工夫，浪费家里钱，以后，我不写了。"

"傻丫头！就为这几个钱呀？真没出息，莫哭了莫哭了，咱们走喽！对了，你昨晚认的姐姐，这会儿还没开门，你赶紧把饭店门上的电话号码记下来，以后回去了再联系，今天就别打招呼了。走喽，走喽，出发喽！"刘山发动了车子，哼着小曲按照导航的指示往前去。

叶子被刘山那五音不全的嗓子给逗笑了。

"又哭又笑，鼻子冒泡！"刘山继续扯着嗓子唱。

像是为了配合刘山的哼唱似的，车子也发出了呼呼噜噜的响声。

"这破车不中用，我们不走高速公路了，慢慢在下面跑吧。遇到集市和庄子，说不定还能卖点货出去。"刘山说。

车子沐浴着晨光，像只甲虫一样爬行在无限延伸的乡村公路上。

今天霜降了！叶子望着路边被薄霜淡染的草，觉得它们像穿了铠甲的卫士，露出了一层凛凛的威武气。俗话说："人靠衣服马靠鞍。"看来，草也一样啊！这霜就是草的衣裳。虽然，这是让草穿过就枯萎的衣裳，但年复一年，草就这样，披着最威武的铠甲，体面地衰老，然后，再顶着新鲜的嫩绿，纯真地生返。草微渺吧？但微渺如草也有草的尊严与秩序，草都如此，何况人啊！

叶子默默地和自己对话。她一直都喜欢这样和自己对话，从小就是。

小时候，叶子住在山里，家里只有梨园，没多少耕田。叶子排行老幺，上面有哥哥姐姐，所以并不需要她干农活。

家里有几只羊，由她放养着。放了学，她就赶着她的羊，悠悠闲闲地满山坡跑。羊啃草的时候，她坐在山坡上，望着远处的淮河，就在想：河那边是什么？河尽头是什么？有时，她还模仿着电视里的人，用普通话和羊对话。

"喂，你好！请问你想吃点什么？""哦，你想吃草呀。""吃什么草呢？地豆子还是红花草？""哦，你要吃红花草呀。"

现在，叶子知道了，原来自己小时候就在向往诗与远方。她也知道了，地豆子叫苜蓿，红花草叫紫云英。多好听的名字呀！这些名字是她从那个微信公众平台发的文章里看到的。有位作家很喜欢植物，经常写各种各样的花草。编辑也厉害，居然认得她写的那些植物，给文章里提到的植物都配了图。所以，叶子从那里认识了很多植物。不对，那些植物其实是她一直都熟悉的，只是，她叫的是草木们的小名，文章里写的是那些植物的学名。

叶子觉得，小名与学名的关系，有点像说话与写文章的关系。小名很随意，叫起来也亲切。可是，小名有局限性，往往这个地方叫这个名字，到了别处，它又被人唤作了别的名字。说话也是一样的，农村人说锅屋，城里人就叫厨房。还有，稍微走远些，人的口音就变了。所谓方言，各地有各地的方言，相互还很难听懂。但写字就不同了，像学名一样，写出来的字，大家看了都能懂。

叶子是从关注那个微信公众平台后，开始悄悄地把自己和自己的对话在手机上敲出来的。

她将敲出来的字斗胆发到了微信群里。平台的编辑看见后，居然将它们编排成一篇文章，给发了出来。发出来后，还有很多人留言，赞赏。看见自己对自己说的话变成文章发出来，叶子既害羞又激动。

就这样，她不知不觉地写了两年多。叶子算了算，自己居然写出了 55 篇文章。

"大家都想见见你，马鞍山有很多你的粉丝。"主编说的话在叶子耳畔响了很久，叶子都不敢相信，自己居然能有粉丝。如果不是写文章，她只能炒粉丝、煮粉丝、吃粉丝。

"咦，前面怎么回事？"刘山紧急刹住了车。

叶子看见前面堵了很多车和人，他们的车过不去。

刘山停下车，和叶子一起走到堵住路的人群里，打听出了什么事。

有老人一边揩着眼泪，一边说："没良心呀！自己老娘都不管，让老人死在了外面。"

叶子果然看见路边躺着一个人。

警车和救护车的鸣笛渐渐近了。刘山忙把车往路边挪挪，人群也自然地分出了一条缝，哭声这才传了过来。有女人哭唱道："妈妈，你怎么走得这么急？"

揩泪的老人挨着叶子颤巍巍地站在那里，继续骂："畜生，装哭！老婆婆八十岁了，临到大儿子家过了，走到门口，这装哭的儿媳妇不给开门。都霜降了，夜里这么寒，活生生的一个人就给冻死在门口了呀，该千刀的活畜生呀！"

车越堵越多，警察指挥着疏散了车与人。刘山上车，叹了口气，继续赶路。

一路无话。车开了近一个小时，来到一个小镇上，刘山把车停在一个小吃铺门口，对叶子说："下来吃点儿。"

两人一人要了一碗面，默默地吃着。

刚吃完，叶子的手机响了，是微信公众平台的编辑打来的。叶子很恭敬地叫了一声"白老师"，便连声地说："好，谢谢，谢谢，好。"

刘山一直疑惑地望着她，叶子挂了电话，对他说："白老师说给我订好了房间。他们知道我们夫妻俩是一道来的，邀请你一起参加，还特意给我们订了一个单间。"

刘山忙摆手说："我就不去了，我就不去了。我这大老粗，去了别给你丢人现眼。"

"你不去，我也不去了。"叶子说。

"好好好，我们赶紧走！"刘山一路神情凝重地开着车。

叶子望着刘山的表情，想起他那年和她约好，要去她家提亲时的神情，也是这般的严肃。刘山平时是个嘻嘻哈哈的喜庆人，只有遇到令他紧张的大事时，他才会显出这样的神情。叶子的心里漾着一丝甜蜜的幸福滋味儿，她知道，虽然她是一个年过四十的农妇，但她还拥有着一份踏踏实实的爱情。她的男人死心塌地地爱着她，疼着她，把她的事儿当作正事、大事，郑重地对待着。

"一定要把这种感动写出来。"叶子想。

自从爱上写作，叶子变得更敏感了。刚刚经历的那件事，让她的心悲痛着，她联想到村里那些儿女外出打工的留守老人们。她想，回去一定要好好构思，写一写这些可怜的老人，以唤起更多人，包括他们的儿孙，对他们的关注。

"扑哧"一声响，车子一顿，停住了。

刘山熄火，下车，打开车引擎盖，伸头瞅了好一会儿，然后重重地合上引擎盖，上车，对叶子说："这祖宗，跑不动了。我给你找车，到了市里，你抓紧时间去洗澡换衣裳，然后打车去会场。"说着，他从怀里掏出一个破旧的驾驶证，从驾驶证的夹页里拽出了五张粉红色的纸币，带着一点戏谑的口气对叶子说："老婆，这是我攒了大半年的私房钱，现在上缴'国库'。你去买身衣裳吧，就当是白捡来的钱，别舍不得。"

叶子接过钱，狠狠地白了他一眼，说："你还学会攒私房钱了！"

刘山嘿嘿笑着，伸手去拦路上的车。

叶子拉住他，说："钱给我了，你修车咋办？"

刘山愣了一下，说："我想办法。"

"走吧。"叶子一拉车门，坐了进去。然后，她望着站在车外的刘山喊："上车，走呀！"

刘山挠了挠头，开门钻进了车里，"吧嗒"一打火，车子动了起来。

"你咋知道车没坏呀？"

"细节出卖了你！哼，想骗一个写文章的人，可没门儿。"叶子骄傲地说，"你不留修车的钱，说明车子没坏。你是不想开车送我到会场，被人家看到了取笑我们俩是土包子，对吧？我还不知道你心里那点小九九？"

　　"霜降"，叶子边说，边在手机的备忘录里写出了这两个字，不知这是她新文章的标题还是开头。过去种地的时候，节气对作为农民的叶子来说，是很重要的。譬如，到了霜降，菜地里种的那一畦畦黄心乌就可以摘下来卖了。每年的霜降，叶子都会做一锅黄心乌烩豆腐。俗话说："青菜豆腐保平安。"家里种的这种叫黄心乌的白菜跟家里磨的八公山豆腐一起烩出来，一辈子都吃不够。可惜，种菜的地被征了。去年，叶子还写过一篇关于家乡美食的文章，有文友留言说："好想尝尝叶子老师做的黄心乌菜。"可惜没法请他们尝了。但叶子特意回娘家拿了一筐八公山的郝圩酥梨，她写过家乡的梨子，也有人说想尝尝。郝圩的梨子皮薄肉嫩，酥脆爽口，汁多味甜。梨子搁到霜降，吃起来越发甜津津的。可惜，如今种梨子的人越来越少了。

　　车子不知不觉滑进了市区，路上开始拥堵了。

　　"种梨的人都进城了。"

　　"什么？"刘山只顾开车，没听清叶子嘀咕的这句话。

　　叶子忙说："没什么。"她知道，自己又不小心把和自己的对话说了出来。

　　她埋下头，继续写字。

　　（2019 年 3 月 5 日作，刊于《映山红》2019 年春之卷）

小 雪

她坐在红色的宝马车里哭了许久。

天终于黑了。她把自己大衣摆上和副驾驶座位上湿漉漉的纸巾团攥了一手心，打开车门，下车，又"嘭"的一声关上车门。

高跟鞋叩在东门口的青石板上，"笃笃笃""笃笃笃"，还带着回声。天上正飘洒着毛毛雨，那雨丝被风扯乱，掷向她哭花了妆的脸，仿佛老天都看不得她这副模样，想帮她把脸洗洗干净。她把手心里攥得很结实的一团纸巾丢进了一只绿色的敞口垃圾箱，腾出的手伸进大衣口袋里，掏出一包淡绿色的纸巾，抽出一张，边走边揩脸。

121步，她心里默数着步数。从垃圾桶到东门瓮城是121步。她在不说话的时候，总喜欢默默地数数。

　　这是她离开小城的第 3556 天，差三个月就整整十年了。十年把一个人的光鲜磨去，全让一座城绽放光彩了。今天到小城，她循着导航下高速公路，经过东津渡大桥，往城区方向驾驶时，被惊得车速放慢到了时速 30 千米。一辆辆车从她身边超过去，甚至连骑电动车的都从她车身旁越过去，再回头狠狠地瞪了她一眼，然后扬长而去。

　　她走的时候，这里不过是一条两车道的坑坑洼洼的老路，东津渡大桥也不过是个摇摇欲坠的破桥墩子。

　　当年，李杜取笑她说："你们那小县城真是会骗，就这个破地方还能整出什么'寿阳八景'的'东津晓月'。"她憋红了脸跟他振振有词地说："东津渡在古时候可繁华了，这里是淝水流入淮河的要津。当年这里商家云集，是一派《清明上河图》的景象……"

　　李杜"嘎嘎"地笑着打断她，说："既然小县城那么好，你干吗跑出来？"

　　她不作声了。

　　好在，东门一点儿也没变。门楼上还如十年前那般，生着一簇簇蓬勃而充满野性的野菊花，它们把根扎进墙缝里，墙缝是古人熬了糯米浆兑了石灰灌的。她仰头望着在这节气里还开得颇有生气的野菊花，抚着粗粝的墙砖，慢慢走进了城门。她的高跟鞋跟不时卡在青石板缝里，所以走得跟跟跄跄。

　　何止这一段，事实上，这一路，她都走得跟跟跄跄。

十年前，她离开小城，飞蛾扑火般地去了光怪陆离的大上海。到了上海她才知道，兜里的三千块钱只够上海女孩买身衣服。而那，却是她在小城工作一年多攒下的全部家当。

去上海之前，她在 QQ 上对岚岚说，她要去上海了。在对话框里，岚岚发了一大捧玫瑰花给她，说："欢迎欢迎。"她到了上海，给岚岚打电话，却总打不通。

岚岚和她，是在一条小巷子里长大的，从小学到中学，都同级不同班。岚岚一直上的是重点班。但重点班的岚岚和读普通班的她，最终还是殊途同归，都没考上本科。岚岚到外地的一所师范专科学校，学了幼师；她则进了小城电大，学了会计。

高考过了四年多，春节时，家在小城的高中同学们从各地回到了小城。这会儿，读本科的那帮家伙们都上了班，有了闲钱，也有了闲情。不知谁闲得无聊，建了一个 QQ 群，把城里的一帮同学都拉进了群里，说要聚聚。

聚会时间定在大年初二。她正愁聚会那天穿什么衣服时，QQ 上来了一条好友添加消息，备注显示是岚岚。

"我和岚岚，居然不是 QQ 好友？"她暗自惊叹。也难怪，虽然她们在一条巷子里住了二十多年，但接触还真不多。

岚岚家在巷口，进巷子就能看见一方有着厚重朱漆大门的院落，大门两边各卧着一只怒目圆睁的石狮子。院墙上攀着金银花、蔷薇花，还有迎春花枝、紫竹从墙头上垂到院外。

这样气派又雅致的院子，成了那条小巷的标志性建筑。

她家呢，则是从岚岚家直接往里走，走到坑洼不平的青石板路，看见正对着巷口的一扇剥脱了油漆的老式铁栅栏防盗门，那就是她家了。她家门前有口古井，有辆木板车。她那戴着比啤酒瓶底还厚的近视眼镜的妈妈在井旁洗衣洗菜时，她爸就坐在板车上和她妈闲聊。她爸坐在正对着巷口的板车上，有时看见岚岚从那扇朱门里出来，就往自家黑洞洞的堂屋吼一嗓子："丫头，上学喽，人家岚岚都走啦！"

她不吱声，默默地在屋里收拾书包，磨叽一会儿再出门。她明明算好岚岚该走远了，可刚走到巷口，就看见岚岚要么边走边踢一颗小石子儿，要么在巷口卖棉花糖的老头跟前看人家做棉花糖。她真烦岚岚那磨磨唧唧的劲儿，害得她们总免不了要碰面。碰到岚岚是件不愉快的事儿，对她而言。她不想被人比下去，但她知道，在岚岚面前，她只能甘拜下风——她在语文课上一学到这个成语，第一个就想到了岚岚。然而，她不甘心。虽然她爸妈是下岗的，岚岚爸妈是当官的；虽然岚岚上的是重点班，她上的是普通班；虽然岚岚穿得像花蝴蝶，她穿得普普照通通……但是，她比岚岚漂亮。她从小到大，听到最多的就是人们对她长相的赞美：这丫头真俊，一点不像老李家两口子；这丫头真惹人疼，瞧这对眼睛水灵的；这丫头真是美人坯子，哪家的？……

上六年级，她就收到情书了。隔壁班那个胖小子，放学后拦住她，硬是塞给她一封信。打开看了一眼，她就吓坏了。她看见了一个写得歪七扭八的"爱"字，赶紧把那封信给撕碎了，扔到了巷口的公共厕所里。

她同意了岚岚的添加好友申请，岚岚问她："你家还在巷子里吗？"

"对。"她回答。

"年初二聚会我去接你吧，顺带故地重游一下。"岚岚说。

"好。"她觉得自己的回答太简略，所以在"好"字后面加了三朵玫瑰花的表情。

岚岚紧接着发了个再见的表情，QQ 头像就黑了。

她那时坐在公司狭长的办公室里。天快黑了，她没有开灯，电脑屏幕发出的荧光把她的脸映得像明星一般美，她看不到，但被她老板看到了。他走到她面前，一把抱住她，那张嘴臭气熏天，他像拱食的猪一般在她脸上乱拱。她顺手操起鼠标，往那猪头上砸，又用高跟鞋狠狠地踢那畜生……终于逃脱了。

大年初二的下午，天晴得很。小城里弥漫着淡淡的烟火味儿，她坐在家门口晒着太阳看书。她爸的板车旁搁了张旧木椅，她坐在椅子上，翻看着《上海服饰》。

岚岚来了，她踩着细高跟短靴，穿着墨绿色的皮草大衣，大衣摆若隐若现地露出一截藕荷色的缎面旗袍。

"嗨！"岚岚很洋气地冲她打招呼。

她放下《上海服饰》，望向打扮得很有老上海风情的岚岚。

她穿着白色羽绒服，一早照镜子的时候，还暗自叫好，觉得这件羽绒服把自己衬得像白雪公主般清纯而不失俏皮。

现在，看到岚岚这身打扮，她脑海里立马浮出"甘拜下风"这个成语。小时候，她还因为自己生得比岚岚美，而在心里不承认岚岚比她强。此刻，她真的甘拜下风了。过了片刻，她又觉得不甘心，她想岚岚变美不过是因为她处在大上海那个时尚之都，被熏陶出来的。

岚岚活泼地钻进她家卧室。那间卧室里用笨重的老式衣柜隔成了两间，里面那点儿只能容得下一张一米宽的小床的空间，就是她的闺房。外面搁了一张老式双人高低床，床面前的空地上放了一堆纸箱子，这是她父母的卧室。这会儿，他们都去亲戚家打麻将了。

她不喜欢岚岚打量她家的眼神，那眼神里明显地写满了好奇与嫌弃。于是，她对岚岚说："走，一起去你家老房子那看看吧，现在这家人不喜欢花，把你家满院的花都糟蹋了。"

岚岚似乎并不像口中说的那样留恋自己易主了的旧居。岚岚一路都在抱怨老城的拥堵和这条巷子的逼仄，说自己没办法，只能把车停在北门口。"新城区比这强多了。"岚岚说。她没作声，只默默地跟在滔滔不绝的岚岚身后。

晚上同学聚会，她依旧默默地坐在角落里，看着大家众星捧月似的围着岚岚转。就是那晚，她有了主意，决定过完年就去上海。

过完年，领到工资后，她就炒了那个被她差点踢废掉的色狼小老板。正月十五过完，她对她爸妈说，要去上海。她怕爸妈阻拦，于是灵机一动，把岚岚拉出来，说过年和岚岚说好了的，去岚岚那里。

她爸妈一听她说投奔岚岚，便没多说什么。"女大不中留。"她爸只是这么嘟囔了一句。然后，她用手机登录QQ，告诉岚岚，她要去上海。岚岚说："欢迎欢迎。"第二天，她就到了上海。

她对上海几乎一无所知，只知道有一条《上海服饰》上常提的淮海路。谁知，她坐了近十个小时的大巴，终点却是距淮海路很远的奉贤南桥。下车时一派混乱，她穿着雪白的大摆羽绒服，背着一只小巧的双肩包，在那群背着大包小包的灰暗人流中特显眼。

所以，她刚下车，就有人过来，问她："小姑娘，你去哪里？"

她说："去淮海路。"

那人像电视里的外国管家似的，冲她躬身、伸手，做了个请的动作。她看见一辆黑色的大众汽车停在路边，就知道是出租车。她口袋里有那三千块钱，所以放大胆子，问了车价，觉得并不离谱，就上了车。她一坐上车，就给岚岚打电话。她刚还看到岚岚在QQ空间里发了说说，说说里的配图是她在一家精品店试衣服的照片。那间店，就在淮海路上，是《上海服饰》上曾经介绍过的。

谁知，岚岚的电话一直打不通，一路都打不通。

司机可能看出她因联系不上岚岚而表现出来的焦躁了。他问她："来上海找工作，还是旅游？应该是找工作的吧。"不待她回答，他就自己补充了一句。

"对。"她答，说话简略是她的特征。

岚岚的电话一直打不通。她有点为自己的鲁莽感到恐惧了。如果找不到岚岚，她能去哪呢？过年时，岚岚倒是主动对她说过："去上海吧，工作好找得很，大不了去我们那儿。过完年，都缺人呢。"

她后悔自己话少，至少该在去上海之前，在 QQ 上就和岚岚说清楚，她到上海是去找工作的。

司机又问："看你不像乡下出来的打工妹，你是城里人吧？"

她说："嗯。"

"城里人来上海干什么活儿，进商场卖衣服？"司机话倒多，但也亏他话多。岚岚想，那就去淮海路上的服装店去碰碰运气吧。

谢天谢地，她就这样在大上海靠碰运气找到了第一份工作：在淮海路上的一家精品服装店做导购小姐。包吃住，试用期每月基本工资 2000 元。

第二天，岚岚给她回电话，告诉她昨天自己在淮海路逛街时，手机被扒了。她则轻描淡写地告诉岚岚，自己已经在淮海路上班了。岚岚在电话那头惊呼了一声，说晚上下班就来看她。

"下雪啦！"她正在东门的门洞里仔细地抚摸一块墙砖时，听到一个女孩子欢喜的呼声。她抬眼望向瓮城，果然，雪花纷纷扬扬了。

她走到瓮城，仰着脸，雨夹着雪花落在脸上，一种很真切的冰冷感受，令她打了一个激灵。

"歪门邪道！"她想起李杜曾在这里评价东门。他自己有邪念，便把什么好的都往歪里说。本来，东门的内外两门平行错置，被称为"歪门邪道"，是具有军事防御与防汛功能的，体现出了古人的智慧。可这智慧到了李杜嘴里就变了味。

她很讨厌李杜的邪念，但又必须得忍受，对他这类无聊而刻薄的言论听之任之。

她在雪地里只站了一小会儿就退回到了东门楼里。往后退时，不小心一个趔趄，正好歪倒在那块旧石刻上。李杜曾讥笑的"东津晓月"是寿州外八景之一，这石刻是寿州内八景之一：人心不足蛇吞象。这是她从小就听的故事，说的是人若太过贪心，就会被自己的欲望所害。

现在，她歪倒在这方石刻上的时候，突然心头一颤，不由得想：难不成这有什么寓意？

她赶紧站直了身子，逃命似的离开了东门，钻进了风雪中那匹忠贞的"马"。

她发动车子，打开车灯，灯光把雪照得像一团扑灯的蠓虫。她轻踩油门，从东内环往北驶去。据说，她那个在小巷尽头的一年四季黑洞洞的家，一年前已拆迁。那条她生活了二十多年的小巷子与许多她熟悉的东西一样，也被夷为平地了。

十年漂泊，回来后，她成了无家可归的人。

其实，她早就没有家了。靠拉板车把她养大的父亲，在她去上海不久，接到一个搬家的活儿，东家就在巷口那栋楼的顶层。他背着冰箱下楼时，腿一软，人和冰箱一起骨碌碌地从楼梯滚了下来。她接到妈妈的电话，从上海连夜赶回家。

在县医院，她看见了头上缠着绷带，脸像抹了油彩般青青紫紫的父亲。他闭着眼睛，插着导管，躺在病床上。她突然想起小时候，她和妈妈在台下，看脸上涂满油彩的父亲在简陋的舞台上唱戏。

人生真像一场戏呀！

父亲在病床上躺了一个礼拜，就走了。是脑出血，可他们家住不起 ICU（重症监护治疗病房），连在普通病房都上不起 24 小时心电监护仪。早上，护士长通知她欠费了，得尽快缴费。她在病房里盘算着可以借钱的人，想到了七八个人，逐个打电话、发短信过去。除了岚岚之外，其他人都或直接或编理由拒绝了她，包括她在银行工作的表哥——父亲最疼爱的外甥。

父亲是在那天下午，她去银行取岚岚的汇款时走的。

父亲走后，她对妈妈说："妈，你跟我一起去上海吧。"她妈不肯，说怕她爸回来，看家里没人，会难过的——老人们都说，人走后五七三十五天内，魂都不会散，会常回家看看。小城里的规矩是：去世的人在离世三十五天时，亲戚朋友会很隆重地给亡人办"五七"。

妈妈不肯走，父亲"五七"也不过只有一个多月时间，她决定留在小城，等"五七"后带着妈妈一起去上海。

她给老板娘打电话请假，平素打扮得风情万种，和谁说话都甜得发腻的老板娘，却在电话那头如河东狮吼般说道：

"限你 24 小时之内回来，不然，算你自动离职，押金扣除！"

老板娘挂了电话。她算了算，自己辛辛苦苦在店里干了一个多月，只领到 1500 元的工资。说好的月工资 2000 元，老板娘说她上班第一天就提前下班走了，扣 50 元，她住店里，得扣水电费 150 元，另外还有七七八八的扣钱理由，剩下的就只有 1500 元了。不过，她打听过了，1500 元的工资也不算低，所以就忍了。但没想到，她现在这种情况，老板娘却说出这么一通毫无人性的话来，并要扣去她上班时交的 2000 元押金。那她这一个月，不仅是白干了，而且还倒贴钱啊！她委屈地真想号啕大哭一场，但电话响了。

听到岚岚的声音，她的嗓子立马哽住了，泪从她眼里直往外涌，瞬间就覆了满脸。岚岚说什么，她一句也没有听进去。

穷人的葬礼很冷清，走了一个人的三口之家更清冷。那一年的三月，格外冷。已经到了三月中旬，居然还下了场桃花雪。

她没能欣赏桃花雪是怎样一片一片从空中飘落的，她睡得晚，起得迟。下桃花雪那天的晌午，她梦见自己向老板娘讨押金，老板娘对她推推搡搡的，她顺手从柜台上抄起一个什么物品就往老板娘头上砸，"啊"的一声惨叫把她从睡梦中惊醒。

这惨叫不是老板娘的，而是邻居在她家门口发出的。

"快来人呀，李嫂掉井里了！"伴着这声呼救，她光着脚就跑到了门口。薄雪上，一行歪歪斜斜的脚印一直通到井沿……

桃花雪下得并不大，雪下了不到半天就停了，不到一天就化了。就像妈妈，这辈子安安静静地活了五十年，说没就没了，安静得什么痕迹都没有留下，包括她，她不是妈妈带到这世上的。

这是妈妈去世后，她才知道的。是父亲唯一的亲外甥，她那在银行工作的表哥来吊唁，把这个秘密说给她听的。她在一周内连续失去父母，成为孤儿，心痛得已经麻木了。所以，当表哥告诉她这个秘密时，她几乎没有多余的想法，当事人已经去了另一个世界，她找谁解密去？

办完妈妈的后事，她就去了上海。她径直去了淮海路那间精品服装店。老板娘更加妖冶地坐在店里，店里多了一个看上去很乖巧的女孩，应该是顶替她的新店员。那女孩居然看不出她的穷酸，殷勤地迎她进了门。

老板娘用那双吊梢眼斜了她一眼，说："呦，逛到这里来了！"

她把那在手心里攥了一路的押金条往柜台上一拍，说："还我！"

老板娘的嘴角立马浮上了一丝讥笑。

她再一次低喝："把押金退给我！"

她讨钱的结果，是把自己送到了派出所。因为她模仿了梦中的场景，操起柜台上的计算器狠狠地砸到了老板娘那双俏丽的吊梢眼上。

她在派出所给岚岚打电话。

岚岚和一个留着板寸的型男到派出所把她给捞了出来。

"这下好了，别说押金要不回来了，现在 5 倍押金钱都打水漂了。"岚岚在回去的路上，坐在副驾驶上，回过头对坐在后座上的她说。

"别说这些了，想想我们去哪里吃饭。"开车的型男说着，瞄了一眼后视镜，突然来灵感似的说，"干脆，我们去吃豆腐宴！"

车子开到寿州大饭店，型男回过头，对她说："这里有道菜不错，那菜名和你的名字差不多。"

她身份证上的名字叫李小雪。她父母在世时，都喊她"丫头"。父母都去世后，她才知道自己并不姓李。到底姓什么，她不知道。即便知道了姓，难道仅仅改个姓就是她该有的姓名吗？如果她姓自己原本的姓，就说明，她的亲生父母没有遗弃她，那她就应该有另外一种生活，她亲生父母会给她取另一个名字……

她坐在这家店里，脑子还在胡思乱想之际，型男说："来，尝尝这'阳春白雪'。"原来，这家店给蒸槐花取了个名字叫"阳春白雪"。她吃了不少"雪"的同时，也喝了不少酒。

第二天醒来时，她觉得自己就像躺在雪地上一样。她转了转头，发现自己躺的床那么大，那么软，那么白，白得像雪。

她起身，环顾四周，知道这是一间酒店。她警觉地掀起床上的被子仔细查看床单，那上面只有几条被她压出的褶皱。

她忙给岚岚打电话。岚岚说："你霉运走尽，现在遇到贵人了，好好珍惜吧！"

原来，那型男也姓李，昨晚听她喝醉后的哭诉，动了恻隐之心，主动说要她去他学校的财务室工作。"他是办学的老板。"岚岚说。

那天接到她说在派出所的电话，岚岚也没了主意，只好请老板出面。岚岚自打毕业就在他的学校里干，干了一年多，深得老板的赏识。

她和岚岚做了同事后，就变得形影不离了。学校给教职工提供宿舍，老板特意把岚岚和她调在了一起。她们工作日一起上班、吃饭、下班、聊天，周末一起去市里逛街。放假了，岚岚要回家，问她："你说我们回老家是坐火车还是坐大巴呢？"她嗫嚅着。岚岚突然明白，她已经是个无父无母、无家可归的孤儿了，于是赶紧走到她床前，捋捋她的头发，表示亲昵与安慰。

岚岚走后，她一个人留在空荡荡的宿舍里。学校的食堂在假期就停止营业了，她每天出门买点吃的回来，就一整天都窝在宿舍里。她实在无事可做，就开始写点小文章，发在QQ空间里。

那天晚上，她又靠在床上用手机在QQ空间里写文章，门被人"嘭嘭嘭"地砸响了。她吓得一缩身子，问："谁？"

"我！快开门，都放假了，干吗还赖在我这不回家？"老板的声音里有黏稠的酒气。

她打开箱子，翻来翻去，翻出一条披肩裹在肩上，然后打开门。

老板果然歪歪扭扭地撞了进来，一屁股坐在她的床上，吩咐她："快，给我倒杯水！"

她手忙脚乱地端了杯水放在床头柜上。老板挪了挪屁股，又拍拍床，示意她坐过去。她呆若木鸡地站在那里，不肯动。

事后，她总想不起那天到底是怎么回事。她没有反抗，没有哭喊，没有痛苦地交出了自己。而同时，一颗种子也默默地在她肚子里生根发芽了。

她替他生了一个儿子。怀孕三个月的时候，他开车带她回了趟小城。下高速后，过东津渡大桥时，她说："你看，这有'寿阳八景'的外八景之——'东津晓月'。"结果，他狠狠地把她给讥讽了一番。

她气得在心里骂："李杜李杜，你也配叫李杜！哼，李白和杜甫的人都被你丢尽了，没文化！"

没文化怕什么，人家有钱呀。而她，在父亲住院没钱缴费时就发现了钱的好。没有钱是万万不能的。可是，穷人想有钱，真的很难。特别是和岚岚住在一起后，她更知道钱的好处了。周末和岚岚逛街，她简直不敢看岚岚买的衣服和化妆品的标价，但她又忍不住在岚岚买单时，瞄一眼那小票。那上面的数字令她直咂舌。据岚岚说，这老板能在这里办成学校，多亏了她父亲的一个结拜弟兄，所以，老板就在薪资上对她格外优待。还有，岚岚的父母都在小城里有份不错的工作，两个大人工资花不完，宝贝女儿又独自在大上海，所以，他们隔三岔五打电话时，结束语都是问岚岚缺不缺钱。岚岚说缺，两个人就争先恐后地去给女儿打钱。

小时候，住同一条小巷、读同一所学校时，她就感觉自己在岚岚面前有点自惭形秽。现在，这种感觉更甚。有一次，她趁岚岚不在，偷偷把岚岚新买的一件连衣裙穿在了身上。照镜子时，她觉得这裙子简直就是为她量身定做的。结果，她却买不起。而买得起它的岚岚，每次穿这条裙子时，她都感觉很心疼，仿佛是岚岚霸占了她的所爱似的。

岚岚后来嫁了个上海本地男人。岚岚结婚时，她终于明白，原来那晚她没有拒绝李杜，是因为她一直觉得岚岚对李杜是有点意思的。她和李杜在一起，等于这么多年来，在她和岚岚的对抗中，她终于扳回了一局。

赢了一局的她，步步为营，给李杜生了儿子，把李杜学校的经营权也拿过来了，她也成了有钱人。她可以到淮海路，不不不，后来她压根不逛淮海路了，她定期去香港、去台湾，有时去韩国、去日本，甚至去澳洲、去英国，就为了买一只限量版的包包或一件新款的衣服，甚至为了买一支在国内总缺货的口红，她也会飞一趟日本。

当她看着岚岚和她的上海小男人，过着鸡零狗碎的小日子，为一点小事斤斤计较时，她就会生出胜利的感觉。

但渐渐地，她觉得这种有钱的日子也并不快乐。钱在没有钱的时候很重要，但钱在有钱的时候，就只是一种符号了。虚无而毫无意义的符号。

逢年过节，她在自己这套装修华丽的复式楼里，于水晶吊灯下，与灯光对饮成三人时，就忍不住悲从中来。她觉得自己是这个世界上最孤独、最多余的人，她从不曾有过真正的亲人，也没有过真正的爱人，她甚至连自己是谁都不知道。

这次回小城，岚岚告诉她，听说她表哥用她家老房子的拆迁款在城外买了一套商品房，然后转手一卖，就又赚了一倍。岚岚说，是她表哥自己到上海参加一个论坛时，和老乡们说出来的。

父母过世后，岚岚有十年没有回过小城了。她想起当年表哥在她妈妈的葬礼上，告诉她，她是他舅舅从东门口捡回来的弃婴。"所以，节哀吧。"表哥这么说时，她还以为表哥告诉她这个真相是为了安慰她，让她知道自己不是这对夫妻的亲生女儿，所以不要太伤心了。

虽然那是狗屁逻辑，但她还是觉得表哥是好心，在关心她、安慰她。

然而，真相却是，他是为了得到那房子的继承权。她到上海后，表哥给她打电话，说姥姥，也就是她奶奶，在他们家楼上住不惯，要回老房子住。她没多想，说："让奶奶去住就是了，只是她一个人住不太好吧？"

表哥说，他陪着姥姥住。于是，住着住着，就住到了那地方拆迁。

拆迁登记时，表哥都没有通知她，直接登记了自己的名字。老房子，房产证都是不齐的。再说，拆迁任务那么重，遇到好说话愿意立刻交房的，也就囫囵登记上了。

她听到消息后，越发咽不下这口气，有人霸占她的孩子，有人霸占她的房子，她仅仅是拥有了一些钱，她最终还是失败者。她不要这样失败，不要被人欺负。

她大脑一片空白，开着车，在清晨空阔的马路上狂奔。奔着奔着，就奔上了沪陕高速。她一惊，临时决定回小城，要回自己的房子！

她从东门口上车，缓缓地把车子开到北门口。熄火，关闭车灯，看雪花小精灵似的从天而降又躲躲闪闪地跑开，那些不小心撞在车前挡风玻璃上的雪花，会缓缓地融化，变成一颗颗水珠，在玻璃上滑落。

她下车，往北街走。雪粒子很刁钻地直往她脖子里钻，害得她直打冷噤。她的身子因经受寒冷而瑟瑟发抖，心里也抖作一团。她在想，要开门见山，她第一句就说："多谢哥这些年的照应，我打算回来了，现在来取家里的钥匙。"

表哥家就在离北门不远的银行家属楼上，最东户的三楼，她记得的。当初，表哥结婚，家里人都说："这户型好，紫气东来，金三银四。"那会儿，小城还没有电梯房，三楼是最佳楼层，四楼次之。而东边又比西边好，可以避免西晒。那时候，表哥娶了行长千金，正得意。可这得意的人，在自己亲舅舅住院时，都没空去看一眼，找他借钱时，他也没给一分。

她走进楼道，楼道口横着好几辆电动车，车把手挂住了她的大衣摆，把她绊住了。楼道里漆黑一片，她伸进大衣口袋，拿出手机想打开手电筒照路，才发现一直静音的手机里挤满了未接来电……

"喂，岚岚……"

第二天，岚岚来了。令她感到无比心痛的，不是李杜出了车祸，不是因为她砸表哥家的门被人带到派出所，而是，这么多年过去了，还是岚岚在看着她的难堪。

一见面，岚岚就走过去揽住她的肩，用手抚着她的头发，那种怜惜像十年前一样。而她的心却像一座即将喷发的火山，她狠狠地憋着，才没让一些话从嘴里喷出来。

岚岚喋喋不休，说李杜看到她在 QQ 空间写的一段话后就不安地打她电话，但打了几十个电话始终打不通，他只好求助岚岚。岚岚打，也一样。岚岚分析，她可能是回老家了。他就边打电话边往小城赶。半道上，出了事……

"你这是何苦？"岚岚继续说，"明明知道那房里住的不是你表哥了，你干吗还要发疯？"

"因为你，因为你，因为你……"她咆哮着，大滴大滴的泪涌出了眼眶，纷纷落在她的衣襟上。昨天被落雪打湿的羊绒大衣，又被她自己的泪水浸了一遭。

（2020 年 1 月 12 日作于合肥，刊于《东方文学》

2020 年 04 期）

大 雪

晚上睡觉前，朱莎看手机上的天气预报说，今夜有暴雪。

朱莎在睡梦中被楼下急促的车喇叭声吵醒，从枕边拿过手机看，才四点三十七分。这么早，是闹哪出？

喇叭声持续不绝。不会是昨晚自己车没停好，挡住出口了吧？朱莎想着，有几分不情愿地歪身旋开台灯，披衣下床，拉开窗帘朝楼下望去。

嚯，窗外昏黄的路灯光影里，大朵大朵的雪花正往下落。朱莎看见自己白色的车已经被雪塑成了一只胖墩墩的"大白"了。"大白"前面有辆顶了一层薄雪的奔驰车，喇叭声正自奔驰车传出。

董平安？朱莎认出那是董平安的车。她忙转身扑到床上去拿枕边的手机，手机在睡前设置成了勿扰模式，她重新调回正常通信模式，铃声便响起来了。

"赶紧下来！"

电话里，董平安焦灼地低声嘶吼。

朱莎顾不上换下睡衣，直接裹上羽绒服，穿上靴子冲出门，直奔电梯。

车里很暖，董平安的脸色却郁悒阴冷。三年没有见过面了，董平安不仅胖了一圈，发际线也往后退了至少三厘米。

"什么事？"朱莎坐在副驾驶上，双手抱在胸前，微微朝前探着头，像是对车窗上的落雪很感兴趣似的，带着几分漫不经心地问道。

"老太太不行了，在医院里，醒着梦着都在喊你的名字。我怕她有什么话要跟你说，想接你过去。刚怕你家里有人，所以没上去。"董平安狠狠地抽了一口烟，然后打开车窗，"嗖"地把烟头往外一掷，烟头划出一道好看的微弱的亮弧，落在了雪地里。车里猛地进来一股夹杂着雪片的冷风，朱莎的上下齿不由自主地急促相撞，发出"咯噔"一声响。

"老太太怎么了？"朱莎侧过脸望着董平安问。

董平安已经发动了车子，瞬间就越过"大白"，驶出了小区的大门。

医院的单人病房里，董老太太仰卧在病床上，戴着吸氧的鼻导管，一只胳膊伸出被外，上面扎着粗大的留置针。病床侧上方的输液瓶里还有一小半药液，顺着滴管缓慢地往下滴着，一滴一滴，宛如时间的沙漏。

见他们进门，坐在病床边陪护的年轻女子轻快地站起身来。她冲朱莎点点头，算作打招呼。

朱莎迟疑了一瞬，也朝她点了点头。董平安朝女子挥了挥手，女子从病床里侧走过来，朱莎侧了侧身，让女子从身边走了出去。女子从病房靠门的柜子里取出大衣，轻轻地开门走了出去。

"她就是小许吧？"朱莎目送女子窈窕的身影消失在病房后，转过身来对着董平安带着审问的口气说。

"对。"董平安短促地应了一声，便俯身替老太太掖了掖被角。病房里暖和得近乎热，他这个举动明显多余。

人在尴尬的时候都喜欢借助多余的小动作来掩饰。朱莎知道，董平安到底还是心虚的。人呐，只要做了亏心事，心就会一直虚着。

朱莎把羽绒服脱下，董平安顺手接了过去。朱莎怔了怔，忙坐到床边的凳子上，端详着老太太的脸。老太太看上去并不像要"不行"的样子，她那张长着高颧骨的脸上除了横生了几道皱纹，连一块老人斑都没有，那张脸看上去依旧白净、平静、安详。

穿着睡衣的朱莎坐在老太太的病床边，她望着老太太，不由得恍惚了。她的脑海里突然浮起与老太太做婆媳的那些年。记得刚嫁到董家那年，朱莎成天在心里嘀咕，谁成天煽风点火地把婆媳关系渲染得跟中东局势似的，害自己在心里把这个和气的老太太无端当作了好些年的假想敌。做了老太太的儿媳妇之后才知道，天底下真有把儿媳当亲闺女对待的好婆婆。

朱莎记得自己刚怀孕的时候，特别嗜辣。老爷子就成天念叨着："酸儿辣女，酸儿辣女，这下家里怕是要来个丫头了。"老爷子本身就是三代单传的独苗，传到儿子董平安这里，已经是孤孤单单的第四代独苗了。有天晚上，朱莎起夜，在卫生间门口听到老太太厉声训斥老爷子的声音："从今往后都不许提做 B 超看小孩性别的事，作孽呢，生男生女都是命里带的。就算生个丫头，你们董家绝户了也怪不得莎莎！"

老太太平日里慢声细语的，用街坊邻居的话说，是讲话声音没猫叫得响，走路连只蚂蚁都踩不死。朱莎很意外，婆婆居然会用那么尖利的嗓音说出如此刻薄的话来。

朱莎生下的果然是个女孩。老太太整天乐呵呵地忙不歇，人家女人生孩子坐月子，朱莎硬是在婆婆的劝说下坐了个双月子。整整两个月，婆婆端吃的、喝的到她房间里，没让她沾过一次凉水，洗过一块尿布。双月子坐完，朱莎整整胖了十公斤，连她妈妈都说："你这身肉都是你婆婆从身上割下来补给你的。"朱莎这才发现一贯衣着考究的婆婆现在穿的衣服都松得有些耷拉了。

"雪下得更稠了。"董平安站在窗前嘀咕了一声。

朱莎把目光从老太太的脸上收了回来，也把潜到记忆底层的心绪从回忆里拽了上来。"老太太这是怎么了？"朱莎从凳子上起身，与董平安并肩站在窗口，压低了声音问道。

董平安不作声，左手伸进羽绒大衣里摸索了会儿，掏出一张纸片，递给朱莎。

病危通知。心肌梗死。

纸片上的那些个字堵得朱莎眼胀。她抬起头，平视窗外，窗外密密麻麻的雪片纷纷坠落，站在十二楼上看雪，感觉那些雪不是在飞舞，而是有一种赴死的悲壮。它们自天空而来，匍匐于大地，被践踏，被污染，被消融，被铲除，最终，了无痕迹。就像人活在这世上，哭着，喊着，蹦跶着，折腾着，争抢着，最终，还不是一口气闭了，化作一股青烟袅袅而去？

病房里安静得只有输液时液体往下滴的声响。朱莎望着在病床上看似安睡着的老太太，心里浮上一阵苦来。四年前大雪天送走妮妮的那一幕又要重演了吗？

董平安轻轻咳嗽了一声，紧接着开口说："耽误你了啊。"

耽误？朱莎嘴上没说，心里"嗤"了一声。你董平安耽误我朱莎的还少啊？十九岁那年，高考前夕了，董平安每天一封情书往朱莎的课桌肚里塞，害得她高考失利，最后只上了师范专科学校。她毕业时本可以留校的，他又托关系把朱莎给要回了小县城里。朱莎回县城的电视台一肩挑，既当主持人又兼采编，把一个死气沉沉的县台给做出了名气，也把自己做成了名牌。省台看中了朱莎，要招她去省城，董平安不说话，半夜抱着才一周多的妮妮冒着风雪去台里接她下夜班。还说什么呢？耽误！也不在乎多耽误这一晚了，几十年都这么给耽误过去了。

见朱莎不说话，董平安又问："听说你处了个男的？"

朱莎斜了董平安一眼说："消息挺灵通呀。你双胞胎儿子都三岁了吧，我处个人怎么了？"朱莎说完就意识到自己的话不妥当，这话听起来就像她一直还在跟他较着劲似的。她忙打个岔说："老太太看上去不错，肯定没什么大不了的。"

"你也……"董平安话没说完，眼前便一片黑暗。

"怎么停电了？快，把手机里的手电筒打开。"朱莎的反应比董平安快，她接过董平安的手机对着老太太的输液瓶晃了晃，又低声冲董平安说："去找护士。"

护士不用找就已经进了门。病区里渐渐嘈杂起来。

"雪太大了，把电线给压断了。"护士说，"没事，马上医院应急用电就会供上的。"护士推着氧气瓶进来，赶紧把老太太的氧气鼻导管从中央供氧的管道上拔下，再把氧气瓶麻利地安装调试好。一直都安静躺着的老太太动了动身子，发出了细微而长久的叹息声。护士重新把鼻导管给老太太固定好后，她的呼吸声才渐渐平稳。

"你们两口子轮番休息就行了，不要都耗着。老人生病，你们再耗坏了身体就更麻烦了。"护士在朱莎道谢后和气地说。

董平安飞快地接着护士的话"哎"了一声。

护士刚带门而去，病房的灯就亮了起来。朱莎不自觉地往后退了一步，刚才竟与董平安贴得这么近。原来黑暗也是一种掩护，此刻光明乍现，反而令朱莎与董平安脸上的不自然都成倍地放大了。董平安也有意回避似的走到病房门边，去推推那扇已经关闭了的门。

朱莎又重新站在窗口，从十二楼往下望去，真是白茫茫一片，真干净！好多年都没有下过这么大的雪了，这场雪下得有点像二十年前的那场雪。朱莎那时在一所乡下中学实习，每天骑十几里路自行车回城里的家。那天下午刚下第二节课，雪沫子就四处飘洒了。朱莎仰头看看雪花，把大红色羽绒服的帽子往头上一顶，跟带教老师打了个招呼就骑着车提前走了。谁知，在路上，雪越下越大，风裹着雪粒子一颗颗打在脸上，冰冷又生疼。车实在骑不动了，她索性下来推。她的眼睛被雪光刺得几乎张不开了，对面还总有车灯晃眼。腿重身子软的朱莎终于看到了收费站，收费站离家还有五里地，终于走了一半路了，朱莎看见了希望，也感觉又有了力量。她加快脚步，谁知一个打滑，自行车与人分了家。朱莎赶忙爬起来，去推自行车。

"莎莎，莎莎……"虚弱却亲热的呼唤把朱莎从回忆里给唤了回来。

朱莎转身，走到老太太身边，俯下身贴着她的脸说："妈，你醒了啊。"

"莎莎，你来了。"老太太从被窝里伸出一只手，朱莎忙用双手捂住那只干瘦如枯枝般的手，微笑着望着她那双略显浑浊的眼睛，听到她大喘了一口气后继续说："我刚睡了一大觉，又梦见你，梦见妮妮了。"

四年了，妮妮这个名字无数次在朱莎的脑海中出现，但几乎没有任何一个人在她耳边说出过这名字。所以，她在听到"妮妮"两个字的时候，就如电击一般战栗了起来。

"妈，不要多说话，医生让静养呢。"董平安走过来，轻声嘱咐道。

"我自己就是医生，我知道自己的病，也知道自己的命。平安，你过去，我想对莎莎说几句话。"老太太侧了侧头，示意董平安到一边去。

朱莎趁机飞快地抹了抹脸颊上悬着的眼泪，带着一点鼻音喊了声："妈。"

"莎莎，董家对不住你啊！你也是四十岁的人了，这都过去三四年了，你还是一个人过，妈心里过意不去……"

朱莎把脸俯到老太太的手上，直到老太太说出要把这些年存下的退休金给她做嫁妆时，她才抬起头。老太太明显是说话说累了，她闭着眼，张着嘴，大口大口地喘气。朱莎想起当初和董平安离婚后要收拾衣服离开时，老太太默默地把她手里的行李箱夺过来放下。然后，她走到自己的房间，拿出老爷子的遗像，把系在她平常买菜用的小拎包上的钥匙取下来放在餐桌上。她背对着朱莎说："莎莎，这个家是你的。既然走到这一步了，要走也是我们走。你就踏踏实实地住在这里，我让平安出去住。"

朱莎那时候是恨董平安的。女儿妮妮聪明伶俐地长到十五岁，突然查出来得了淋巴瘤。诊断治疗不到四个月，孩子就没了。当初嫌弃妮妮是个女孩，断了董家香火的老爷子，竟恼得在孙女殁了还不到一个月就突发脑出血也走了。原本幸福的五口之家顷刻间土崩瓦解。董平安倒好，从那时起天天借口生意忙，开始彻夜不归了。妮妮的周年祭，他胡子邋遢地回到家。他前脚刚到家，手机就响了，他一遍遍地掐掉，电话一遍遍地打过来。他关了机，还没安静几分钟，朱莎的手机紧跟着响了起来。朱莎听了会儿，一句话没有应，就把手机递给了董平安。董平安看了一眼就挂了电话。

那天，从妮妮墓地回来，一直缄口不言的朱莎终于开口对董平安说了两个字："离婚。"

老太太得知董平安在外面找了个女人，朱莎接到的电话就是那女人告诉朱莎她已经怀孕五六个月了。老太太气得甩手给儿子几巴掌，突然捂住了心口。

董平安把老太太扶到沙发上坐下，大吼着让朱莎赶紧打120急救电话。朱莎打完电话，董平安就骂开了，他说万一老太太有个三长两短就让她家破人亡。他不停地咒骂她是个祸害，害得他家破人亡了。

朱莎一声不吭，她不知道那个曾经为了救她连命都不顾的董平安怎么变成了这个样子。老太太那次出院后，他们就办理了离婚手续，从此形同陌路。

时间是一个喜欢随意篡改人命运的家伙。曾经的相爱到后来的仇视，再到如今的平淡，所有的改变自然无痕，这也是时间之笔的高明之处。此刻，朱莎握着老太太的手，眼睛的余光扫视到缩在病房门口摆弄着手机的董平安。

这个董平安，还改不了他那鬼鬼祟祟接电话的习气。朱莎在心里暗骂他的同时，也为自己刚才支棱起耳朵听他电话的事感到不快。电话里，是恶狠狠的腔调，说什么最多宽限他一周。

朱莎的电话这时响了起来。"喔，你好，不用的，谢谢你……我不在家，对，在医院……有事情，挂了啊，再见。"

朱莎走到窗口打开手机悄声说道。

挂了电话，她又坐回到老太太身边。老太太努力挤出一丝笑容，说："是小马吧？你们处得还好吗？"

朱莎吃了一惊。怎么？老太太怎么会知道电话是马老师打的呢？"十一"长假期间，她受邀给一个领导家的儿子的婚礼做司仪，那个马老师是人家请去给新人摄影的摄影师。婚礼后，马老师托人联系上朱莎，说是给她拍了一些还不错的照片，想发给她。她为了接收照片加了马老师的微信，到现在也不过两三个月，这期间他们除了在微信上交流之外并没有现实中的交往。董平安说她交了个男朋友有瞒蒙的嫌疑，但老太太怎么会清楚地说出小马这个人呢？

窗外出现了一丝蒙蒙的亮光。雪依然在下，雪粒子迅猛地斜飞着，有种不下个天翻地覆不肯罢休的戾气。方才，马老师打电话说起床看见雪下得特别大，怕她开车危险，说自己的越野车在雪天开安全些，要到她的小区接她一起去上班。难为他有心。可即便此刻有这份心又能算什么？二十年前，朱莎推自行车摔倒在马路上，她从路边起身，没有注意看车就到马路中间去推那辆与自己摔分了家的自行车。那时，董平安正驾驶着单位的一辆老普桑从她实习的学校回来。那天，董平安见下了雪，怕朱莎骑车回城不方便，便借了单位的车去接她，谁知到了学校一问才知道，她已经骑车走了。他一路找过来，终于在一片雪色中看见了她鲜红的背影。谁料，快靠近时，她居然滑了一跤。董平安为了避开走到马路中间的朱莎，猛打一把方向盘，狠狠地踩了一脚刹车……

朱莎永远也忘不了自己眼睁睁看见一辆车从自己身边侧翻的情景，所以，她一直不敢开车。如果不是离婚，如果不是单位搬迁到离家很远的新城区，她是断不会学车、买车、开车的。但这世界，很多事就是从"如果"开始的。如果不是那场大雪，不是那场令董平安失去脾脏的车祸，也许朱莎并不会嫁给董平安。不会嫁给董平安就不会有妮妮，不会有妮妮便不会失去她。失去孩子的痛苦是一个人，特别是一个母亲永生无法治愈的痛。

离婚后，朱莎也不乏追求者。但她总觉得，如果自己与别人谈情说爱或重组家庭，妮妮就没有自己的家了。她住在过去的家里，三年了，家里没有做任何改变。她像过去一样每周给家做大扫除，按季节更换窗帘与床上的铺盖，甚至三年来，她连自己的床上用品都没有换新的，她想把家保持在妮妮熟悉的状态。如果妮妮在天上能看见家里，她不会因为家里变了样而难过。朱莎记得自己当年去外地上大学时，刚走，妈妈就在她的房间里摆了一张麻将桌，有空就约朋友在那里打牌。她放假回家，看见自己的房间成了麻将室，委屈地哭了好几场，她感觉自己就像被家人踢出去了似的，成了多余的人。所以，朱莎不要她的妮妮受这种委屈。

"莎莎，要是处得差不多了，就跟小马把事办了吧。"老太太歇了好一会儿，又摩挲着朱莎的手，像哄小孩子似的轻轻地说。

朱莎不知该如何回答，抬头正好迎上董平安那意味深长的目光。"放心吧，妈。过了年，我们就办。"掉转目光后，朱莎也不知道自己为什么会这么说。

老太太很开心，吩咐董平安把她住院时穿的羽绒服拿过来。董平安从柜子里取出老太太的羽绒服。"拿过来！"老太太的嗓音明显高了一阶。

董平安把衣服递给朱莎。老太太让朱莎掏羽绒服里面的口袋，口袋里有一个旧旧的黑色卡包。打开来，里面有一张卡。老太太说："这张卡是今年新换的工资卡，密码是妮妮的生日。莎莎，这是妈给你的嫁妆。我们婆媳一场，十几年没红过脸、抬过杠，虽说婆媳缘分尽了，不过我把你当闺女，你要不嫌弃我这老太太，就把我当娘家妈。你收下我给你存的嫁妆，我这辈子心里就没什么过不去的了。"

硬硬的一张卡片在朱莎的掌心里硌得她生疼。她鼻子酸酸的，忙扭过头。董平安递过一张纸巾，她一把扯过来攥在手里，下唇被牙齿咬得生疼。她起身，站到窗前。许久，透过蒙眬的泪眼，她看见被晨光与雪光映照得光亮的窗外，那条被雪铺就的雪白大道上，一辆顶着雪的越野吉普车正踏雪驶来。

三天后，朱莎穿着黑色棉服，披着霞光走在被大雪紧裹的八公山上。她想，这场大雪是老天特意给爱干净的老太太安排的。墓地里的松树都成了雪松，被董平安牢牢地捧在了怀里的老太太隔着玻璃与黑纱望着她微笑。

与送葬的人一起离开墓地到停车场时，朱莎喊住董平安。"给你，密码是妮妮的生日。"她捏着那张卡片的一角，递到董平安面前。董平安还愣怔的时候，她已将卡片塞到了他手里。

　　她打开越野吉普车的车门时，听见董平安在身后喊她名字。她没有回头，任吉普车像野马一般飞驰进了雪野。

　　（2018年1月4日作，刊于《安徽文学》2018年第6期）

冬 至

　　玫香在半梦半醒之间，被一阵清冽的香给"蜇"醒了。

　　"懒猫，快起床，瞧瞧，梅花开了！"玫香翻过身，见方竹持着一枝梅花，正拉起窗帘的一边。躺在床上的玫香仰视着方竹，觉得他不仅高大，而且英武，甚至有了些二十年前见他第一面时的感觉。

　　"方竹。"玫香软绵绵地喊了一声，又从被窝里伸出手臂。方竹刚才把窗帘拉开了，阳光毛刺刺的，玫香忙把手臂搭在眼睛上，当遮阳板。

　　"老婆！"方竹把梅花搁在床头柜上后，就歪着身体靠在床头，揽着玫香柔声地应她。

　　玫香和方竹一起起床的时候，已经是小晌午了。难得的一个晴朗周末，并且两个人都没有别的事务需要出门，玫香提议，要过一个封闭日。

玫香刚才在方竹怀里时，轻轻地用指甲刮着方竹的下巴，说："所谓封闭日，就是关掉手机、电脑和电视，两个人，一起后退，退到二十年前的光阴里。"

方竹沦陷在玫香的温柔里，他闭着眼，喃喃道："好好好。"

起床后，玫香习惯性地想打开音响，她每天都会在音乐的陪伴下洗漱、化妆。他们的音响是可以用语音操控的智能音响，只需开启开关，说出想听的音乐就可以自动播放了。

玫香看见方竹冲她摆摆手。她会意地比了个 OK 的手势。然后到卫生间，看了一眼电动牙刷，想了想，还是从洗漱包里取出出差用的手动牙刷来刷牙。二十年前，在女生公寓楼的公共洗漱间里可没有电动牙刷这高级玩意儿。

刷完牙，玫香也不用洗面啫喱与洁面刷了，她想起自己二十年前曾用过的一种黄瓜味的洗面奶，不知如今还有没有。

洗漱完，玫香来到客厅，看见方竹正犹豫着要不要使用咖啡机。她也冲方竹摆了摆手，就像方竹阻止她开音响时一样。

方竹说："好吧，早餐就不喝咖啡了。哦，对了，煎蛋器也不能用了吧？"

"当然。"玫香说，"我们可以煮面吃。还记得二十年前，我们下晚自习时，学校食堂里面条、饺子和馄饨的香味吗？真馋死人了！那年圣诞节，学校搞晚会，晚会结束后，你还请我在学校的小食堂里吃过一碗面条，记得吗？我们今天就煮面吧。"

方竹放好咖啡杯，从冰箱里取出面，开始烧水煮面。"记得我们学校下的是白水面条，面条煮好后，我们自己放调料，调料碗只有四个，盐、酱油、醋和葱。你不吃葱，爱吃醋。我们今天也下白水面，自己调味。"方竹说着，很麻利地从橱柜里取出四只小瓷碟。

"开饭喽！"玫香刚把餐桌旁的一堆杂志整理好，方竹已经把两碗面端上桌了。"自己调味。"方竹说。

玫香想起上学时，这样一碗白面曾是多么奢侈的美味。尤其是能与方竹这位校草面对面地吃一碗面，那简直像做了一场美梦。

方竹吃面的时候，拿过一张报纸。报纸上有一篇题为《冬至》的文章，文章中配了一张梅花图，图下署名"玫香"。今天就是冬至了。

方竹推开面碗，探起身，长长的手臂越过餐桌，按在玫香的肩上。他像五年前的冬至一般激动地说："老婆，我爱你！今晚，我们一起吃饺子啊。"

五年前的冬至的记忆，对玫香而言，深刻得犹如木雕版画。那天，在台湾，玫香作为青年书画家代表参加书画艺术交流会。她的一幅泼墨山水画《水云间》在展厅引起了业内人士的普遍叫好，也引起了媒体甚至赞助活动的企业家们的关注。

方竹就是那次活动的赞助企业家之一，但他并没有去看展览，他是从朋友圈里看展览的。他点开朋友圈里的一个小视频，看见一个穿着玫红色外衣的女子在镜头前掠过，倏地感到一阵心动。他忙打电话给在展厅的助手，助手说，有位女画家的画被广泛叫好。接着，方竹就听到了这个在他心里埋了十几年的名字：玫香。

方竹就立即放下手头的事，匆匆赶到展览馆。

果然是他一直藏在心底的玫香。

乌黑的长发，玫红色的长裙，微蹙的眉，沉静的表情。

方竹远远地看见这样一个人，在人潮涌动的展厅里面壁而立。他快步走过去，近了，又放慢了步子。

一步一步，合着心跳声，周围的嘈杂声仿佛都被消了音一般，方竹只能听到自己的脚步声。

"方总！"助手的声音把方竹拉回现实。方竹应了一声，看见那个玫红色的影子蓦地转过头，四目相对的刹那，有烟花在他心里噼里啪啦地响。

"玫香，晚上我们一起吃饺子吧。"这是方竹见到玫香伸过手说完"你好"之后的第一句话。

阳光从落地窗落进方竹与玫香北欧风格的家中。玫香披着长发，穿着玫红色棉睡袍，双手扶着碗，仰着头问隔着餐桌把双手搭在她肩上的方竹："方竹，你还记得五年前在台湾，你看到我的第一句话说的是什么吗？"

"当然记得！我说，晚上我们一起吃饺子吧。"方竹说着，松开手，走到玫香身边，他看见玫香的头上闪出一丝银光。走近看时，果然是一根白发。玫香都有白头发了！

"你为什么会很突兀地说吃饺子呢？"玫香放下筷子，歪着头望着方竹问道。

"因为那句话，在我心里窝了许多年。对了，我们今晚吃饺子好不好？"方竹轻轻地抚了抚玫香的头发说。

"好啊，我想吃香菇青菜馅的饺子。"玫香调皮地眨了眨眼睛说，"开玩笑的，我们吃白菜猪肉馅的吧。等下我们分工，我和面、擀饺皮，你剁馅儿，记着，不许用搅拌机哦。"香菇是玫香的最爱，而方竹却是不吃香菇的。

玫香也把面吃光了，碗底的一枝梅花显露出来。

玫香玩味似的瞧着碗底的这枝梅，觉得几年前的笔意还是弱了。花显得太痴肥，枝显得太生硬。

他们家的瓷器上都是梅花，是玫香亲手在瓷胎上画的梅。记得新家装修好，方竹就带玫香去景德镇的瓷器厂，选好了碗、盘、碟、杯、壶的式样，然后笑着对玫香说："你得给我们家的餐具、茶具上画梅。"玫香默默地画了一天，他们家便有了一整套落了梅花的杯盏碗碟。

带玫香作瓷画的灵感还是来自台湾。方竹记得那天在台湾吃饺子，盛饺子的是很精致的瓷盘，盘子上的画比盘子里的饺子更吸引玫香。

那天，为了欣赏盘底的梅花图，玫香把剩下的饺子一股脑儿地倒进了方竹的碗里。

方竹愣住了，旋即握住了她的手。

当年，在学校里，玫香就喜欢把自己吃不下的饭菜一股脑儿地倒进方竹的饭盒里。玫香的这个举动，让方竹骤然间感觉，阻隔在他们之间的十多年光阴，似乎只是一瞬间。对面的玫香，还是他的。

他们吃完饺子，就在台湾的街头闲逛。方竹牵着玫香的手，紧紧地攥了攥，说："如果十几年前的通信像如今这般便捷，我们肯定不会分离。"

"那也不一定哦。说不定你会在网上有更多邂逅。"玫香说，她身边有很多人的婚姻都灭绝于网络。

"难道你也是吗？"方竹调侃了一句。

谁知，玫香居然停下了脚步，抽回了手，低着头去翻包。她窸窸窣窣地翻出一包纸巾，泪就已经坠下来了。

方竹慌了神，忙抬起她的脸，看见她的泪像被扯断的珠帘，一颗接一颗，迅速地坠了下来。

方竹刚要把收拾好的碗筷放进厨房的洗碗机，便听到玫香在餐厅里喊："老公，我们这是在旧时光里哦！"

"哈，对哦，20年前的旧时光里可是没有洗碗机的！"方竹回过头冲玫香吹了个口哨，故作轻佻地说，"谢谢这位同学的提醒！"

玫香笑着白了他一眼说："仔细洗你的碗吧！"

方竹打开水龙头，边洗碗边哼歌。想当年，他最爱在学校的水房里边洗衣服边大声唱歌，水房的回声、环绕与混响效果，比KTV的还好。

见方竹洗碗把水溅得四处都是，玫香拿了围裙帮他系在腰间。

方竹转过头冲她说了句"谢谢老婆",又继续哼起了他的歌。

玫香听出了那是《Remember me》的旋律。她走到客厅,打开通往花园的门。一阵冷风,卷着缕缕梅香扑面而来。花园里的这株蜡梅开得很盛,虬枝上缀满了累累的花苞,黄灿灿、圆鼓鼓的,像挤挤挨挨凑在一处的娃娃的脸。

想到娃娃的脸,玫香心里一沉,又退回客厅了。她倚靠在沙发上望着门外的空中花园,花园简直就该叫作梅园:除了这株已经开好的蜡梅外,还有几株春天才会开花的红梅、朱砂梅以及盆栽的榆叶梅和杏梅。三年前的春天,方竹突然很神秘地说要带她去一个地方,她跟着他走进这扇门就惊呆了,玻璃门外的梅花,简直开疯了!那一树一树的梅花,密密匝匝的,像一片彤云笼罩在这座耸在云空中的花园。那天,在梅的盛大花事里,玫香终于接受了方竹的求婚。

方竹洗好碗,摘下围裙,依旧哼着歌走出厨房。他看见玫香抱着靠垫斜倚在沙发上,从她的侧颜也能看出,她又郁郁地陷入回忆了。

方竹轻轻地坐到她的身边,揽着她的肩。他记得五年前的那个冬至夜,在台北的街头,他面对突然间就簌簌落泪的玫香,紧张得一句话也说不好了。等她渐渐收住泪,他想到一个叫作"Remember me"的咖啡厅。那个咖啡厅很像他们读书时曾一起去过的叫"月亮城"的慢摇酒吧。咖啡厅里放着怀旧的音乐,坐着闲散的客人,木桌上摆满了绿植,满墙都是书架,书架里有各种门类的书,书都很旧。方竹第一次和朋友来到这个咖啡厅的时候,就想到了过去,想到了玫香。

算来，那已经是十年前了。

"十年前，你在做什么？"方竹带玫香在 Remember me 点完咖啡后问道。

玫香的泪又来了。她手里攥了一团湿漉漉的餐巾纸，还在慌乱地用那团纸擦泪。方竹很心疼，坐到她的身边，握着她的手，把那团纸从她的掌心取出来。然后，他紧紧地把她拥进了怀中。

这么多年了，她还是喜欢在伤心的时候紧紧地攥些什么在手心里。方竹还记得读书时，她攥过橡皮、花朵、馒头，甚至还攥过一只指甲锉。那一次，是她看见方竹被一个女孩拉着往教学楼下跑，方竹后来找到她，跟她解释。当她知道女孩是方竹表妹时，她松开了右手，血淋淋的手心里握着一只染了血的指甲挫。

"十年前，我在广州。"过了许久，玫香从方竹怀里挣脱出来，握着咖啡杯，幽幽地说，"那一年，我认识了一位广州画家。我们是在黄山采风时认识的，然后，就书来信往，很快就谈婚论嫁了。于是我辞了职，去广州，打算和他结婚。"

"结果，我在广州待了五年，我们也没有结婚。在我去广州的第五年，我无意中看见他的 QQ，他又和别人重复着五年前和我说的那些话。只不过五年前，他的那些话是写在信上的，五年后的那些话是写在网上的。"玫香端起咖啡杯，深深地呷了一口，然后对方竹露出了很凄婉的笑。

"然后，我又回到家乡，工作没有了，爱情没有了，做了五年的梦也醒了。我整天闷在家里，只做一件事：画画。现在，我来到了台湾，又重新遇见了你。"玫香说罢，定定地望着方竹的眼睛。

方竹深深地叹了一口气，说："对不起，我来迟了。"

方竹说对不起的时候，心里有点委屈，为当年玫香的不听解释与不告而别。

那是毕业前夕的一个周末。玫香去方竹宿舍，方竹刚找到一份兼职，替一个房地产公司做广告企划，公司发了个寻呼机给他。玫香正很好奇地翻着那个可以接受中文信息的寻呼机，结果，信息就来了。玫香看了一眼信息，把寻呼机丢在桌上就摔门而去。

寻呼机上赫然写着：我确定怀孕了，怎么办？

玫香连实习都没有结束就提前回到了家乡。

他们一别十数载，重逢后却感觉旧事近在眼前。方竹说："我单身，你未嫁，我们兜兜转转在这个小岛上还能相聚，这是缘分。不如，我们结婚吧。"

玫香瞪大了眼睛望着方竹，然后，狠狠地摇头。五年前的那个冬至，方竹向玫香的第一次求婚以失败告终。

第二次求婚，是他们在台湾重逢后的第二年五月。

玫香记得那天很热，方竹却穿得很正式。他来到玫香的画室，当着很多学画的小朋友的面，大声地向玫香求婚。

玫香再次拒绝了。

后来，方竹告诉她，那是十多年前，她头也不回地弃他而去的日子。方竹说，讽刺的是，那天是 5 月 20 日，他一直清楚地记得。没想到，现在的 5 月 20 日因为谐音居然成了情人节。现在的节日仿佛越来越多了，并且，几乎所有的日子都被广大女同胞给整成了情人节。

到第三次求婚，玫香答应了。

35 岁的玫香，在众人羡慕与揣度的目光中，华丽丽地出嫁了。日子过得飞快，一晃，又三年多过去了。此刻，方竹望着玫香被阳光镀了金光的侧脸，脑海里浮现了许多往日的记忆。玫香提议，退回到 20 年前的光阴里。可是，即便放弃今天的所有生活方式，他们也无法回到过去了。

方竹知道，此刻，玫香一定也是这么想的。在现实生活中，时间是无法折叠的，它只能往前，无法退后。人永远被时间赶着，沿着时间的轨迹，勇往直前地奔赴下一个时间的渡口。

3 年，5 年，10 年，16 年，20 年，这些时间的节点，无论多么深刻，也只针对他们自己。他们无法回头，无法修改遗憾，无法删除错误。他们更无法改变时代的变迁。

方竹和玫香就这样静默地在沙发上坐着。不知过了多久，电话铃声打破了这片寂静。

方竹忙起身接电话："好的好的，这就太好了，政策及时，我们也要快速行动，开盘价格下调，但黄金楼层一定要按住……"

玫香回过头，望向方竹。

方竹很兴奋地挂了电话，却看见玫香冷冷的目光。

"走，老婆，收拾一下，我们一起出去拜访一位老朋友。还有，你挑一幅画带着啊。"方竹说着，走到餐桌前，拿起手机，又把那张刊有玫香画作的报纸拿起来，他抖了抖报纸说，"老婆，这是最后一期了，马上，这报纸就停刊了。唉，这个纸媒落寞的时代啊！"他摇了摇头，把手机打开。

手机声此起彼伏。方竹忙不迭地查看短信、微信、QQ、邮箱，还有不断增加的来电提醒。他嘟囔着："离了我，地球还真就不转了似的，居然有这么多人找我。"

玫香打开通往花园的门，走到蜡梅树下。梅香阵阵，这么多挤挤挨挨的娇嫩得像娃娃的脸似的花骨朵儿，那香得简直要熏出人的眼泪来。玫香想到很久很久以前，她在学校当实习老师，临结束的时候，那班可爱的孩子就这样头挨着头地围着她，恋恋不舍地向她告别。

很多很多关于旧时光的记忆，都在她脑海里清晰地存着，玫香觉得自己越来越爱陷入回忆。最近，她画了一幅画，一扇紧闭的朱门映着一树很疏朗的梅花，树下立着两个人影。那幅画上，她题了木心的那首《从前慢》：

记得早先少年时
大家诚诚恳恳
说一句 是一句

清早上火车站
长街黑暗无行人

卖豆浆的小店冒着热气

从前的日色变得慢
车，马，邮件都慢
一生只够爱一个人

从前的锁也好看
钥匙精美有样子
你锁了 人家就懂了

　　方竹已经换好了衣服，他走到玫香身边，说："老婆，进去换衣服吧。"

　　玫香没有作声，转身进了客厅，打开音响，她说："《敌人》。"音响里便传来了郑中基伤感的唱腔。

　　她开始在歌声中换衣服，化妆。她也把手机打开了，与方竹的手机一样，一开机便立即传出此起彼伏的响声。

（2019 年 1 月 9 日作）

小 寒

"丁医生，电话！"

丁小寒刚查完房，左手抚着膨脖得将白大褂纽扣崩开的肚子，右手拿着一打处方纸对着脸扇风，她气喘吁吁地斜坐在电脑椅上。听到护士喊她接电话，她像一只笨拙的企鹅缓慢地起身，口中应着"来了，来了"，挪着她怀了七个半月的笨重孕身朝护士台走去。

"可是丁小寒？"丁小寒接过电话，一声"喂"字尾音未收，对方就急吼吼地发了问。

丁小寒最后寒着脸挂了电话。那家人终于想到还有她丁小寒这个人啊。问题是，马上就来找她是什么意思？丁小寒腆着肚子坐回到办公桌旁，回味着刚才的电话，愣怔得有些呆。迷恋《小猪佩奇》的女儿喜欢喊她猪妈妈，她这会儿估计看上去挺"猪"的。

不过，可供上白班的丁小寒在医生办公室里发呆的时间并不多。查房之后，病人家属们陆续走过来，他们总有七七八八的疑问要咨询她。病人以及病人家属们都很喜欢这个娃娃脸的医生，她爱说爱笑，不像那些个主任、主治医生们整天绷着一张脸，做出一副高深莫测的派头，说些普通人听不懂的行话。丁医生亲和、实在，说起话来就跟和人拉家常似的，讨人喜，令人亲。病区里的那些老病号们住久了，都把她当亲人了。

刚上班那会儿，护士长见病人们有事都喜欢找丁小寒，就开玩笑说，大家没事可千万别惹丁医生，这心内科的病人都是丁医生的七姑八姨、表叔二大爷。丁小寒乐滋滋地回她："要真有这么多亲戚才好呢。"丁小寒双手往外大褂兜里一揣，走到护士长跟前说："护士长，你甭怕，我家里啊，就一老爸。要搁古代，我万一犯了事，那个株连九族的律令对我来说就是白搭。我家老爷子是孤儿，家里别说旁系了，就连直系亲戚都没有。"科里的医生护士们听罢发出一阵哄笑。

"丁医生，你弟找你！"趴在护士台上写病历的小护士头也不抬地喊道。

说话间，丁小寒看见一个穿着灰 T 恤，长着圆盘脸的矮胖男人顶着一脑门子汗闯进了值班室。他那双有点浮肿的金鱼眼将目光一扫到丁小寒脸上，就一下子放了光。

"姐！我是赵大全，你亲弟！"男人往前扑了两步，又止住，双手伸着，像是等着丁小寒站起来跟他握手或拥抱似的定在那里。

丁小寒撑着椅把手站起身，又抬手指了指放在办公桌前头的方凳，用拒人千里的冷漠口气说："你坐。"

赵大全抬起那双充满期待的伸展着的手臂，用手抹了抹脸上的汗，又把沾满汗的手往下使劲甩了甩。

丁小寒不自主地皱了皱眉，仿佛赵大全甩出的是多么腌臜的秽物。也难怪，医生嘛，还不都有个洁癖，在他们眼里，只要是旁人沾过的物品，还有别人的体液都是肮脏不堪的。

赵大全把手背到屁股后面，往裤子上蹭了蹭，笑呵呵地退到凳子边坐了下来。

"姐，你这几个月了？"赵大全坐下后摸了摸自己凸出的啤酒肚问丁小寒。

丁小寒心里想，这真是一个自来熟的主啊！一口一个姐，叫得真亲热。丁小寒其实是知道自己的身世的，眼前这个自称她弟的家伙，长着和她一模一样的圆脸、塌鼻子，甚至连脸上的独酒窝都与自己的相对称，一个生在左脸上，一个生在右脸上。还有那双胖手，五指短粗，指甲方瘪……真是和自己的外貌一起放"连连看"里都能被人秒连的醒目的相似啊！在丁小寒影影绰绰的记忆中，她在刚上初中那会儿，也有一个长成这样的男人拦住她，问她姓不姓丁。当时，班里一个叫赵大壮的男生站在那男人身边告诉她，这才是她亲爸，她是赵家的女儿，她是被老丁师傅从赵家领养过去的。

丁小寒哭着跑回家质问父亲老丁，老丁正在锅炉房烧水，隔着一层迷雾般的水汽，丁小寒看见高大挺拔的父亲瞬间就颓萎了一截。父亲拉着她回到老教室改成的家，给她盛了一碗黑芝麻馅的汤圆，碗底下还埋了两枚溏心荷包蛋。

老丁说："先吃完这碗汤圆再说，汤圆是你张姨特意给你包的。今天是你生日，你吃了荷包蛋，期末考试准能考双百。"

小寒却只顾哭，她要知道自己是不是小伙伴们说的"从粪堆上抱来的孩子"。

老丁蹲在地上，双手抱住了头，瓮声瓮气地说："你是我抱来的，不过不是从粪堆上，是从医院里抱来的。"

老丁是一所小学里负责打上课铃、烧开水、锁大门的校工。那天晚上，住学校后院的张老师见学校大门那么晚了还没锁，就来找老丁。张老师推开老丁家的门，见到了老丁和小寒爷俩这副苦兮兮的样子。张老师问清原委后搂住丁小寒，告诉她，养育之恩比生育之恩还大，又跟她说了老丁这些年是如何含辛茹苦养育她的事。丁小寒在张老师的怀抱里大哭了一场之后，从此就再也没提过这茬了。即便后来那个老赵又到校门口拦她，以及自称是她堂哥的同学赵大壮给她捎老赵家做的棉鞋棉衣，她也都统统不理不收。

俗话说："小孩子愁生不愁养。"似乎就是一晃神之间，丁小寒就考上高中，考上医学院，当了内科医生，结婚，生女。有了自己的小家后，生活渐渐忙到没有缝隙去想过往，如果不是眼前的这个赵大全，丁小寒几乎都忘了自己和赵家的关联。

"你有事？"丁小寒故意不接赵大全的家常话。办公室里陆续有看病、咨询的病人和病人家属进来，并且她身边还有一个实习医生，丁小寒不想在工作地点暴露自己过多的隐私。

赵大全感觉出了丁小寒的冷漠。他吭哧吭哧地从绷得紧紧的牛仔裤口袋里掏出了手机，说："姐，你这样忙，我就不多说了。你手机号码是多少，回头等你下班了，我打电话跟你说吧。"

丁小寒毫不迟疑地报出了自己的手机号，报完就后悔了。自己平常对病人报号码报惯了，给赵大全号码，完全是下意识的行为。

下班回家，丁小寒跟婆婆说起上班的奇遇。婆婆说："多一门亲戚走也好啊。你爸年纪大了，你又没妈，要是认回亲妈，月子里还能让她来陪陪你。要是她愿意，二宝出世后再帮我们照看照看，不也很好吗？"婆婆曾经是她的病人，得了肺源性心脏病住院，被丁小寒的妙手仁心外加活泼喜气给征服了，出院后就托人替她儿子和丁小寒牵线搭桥。几乎没费什么心思，这桩喜事就成了。丁小寒没妈，婆婆没闺女。况且这儿媳妇又是自己心满意足挑回来的，所以婆婆对丁小寒一直疼爱有加，丁小寒对婆婆也是无话不说。一听丁小寒说起她亲生的弟弟来认亲，精明的婆婆就劝她认。

丁小寒吃过晚饭就回房歇着了。女儿跟她爸出去旅游了。才八岁的小丫头，就很有主意，看电视里放《爸爸去哪儿》，到了暑假就要她爸也带她出去玩。她得逞了之后还对丁小寒说："你要想出去玩，就让你爸爸带你去。"女儿的话让她暗暗许下了心愿，等她卸掉肚子里的"包袱"就带父亲出去旅游。父亲这辈子过得孤单，小时候是个孤儿，三十多岁时娶了个四川女人，跟他过了不到两年就回四川再也不来了。丁小寒听张老师说，四川女人刚跟她爸结婚那会儿，因为水土不服到医院看病，在医院厕所的地上看见了包在破袄子里的她，就把她给捡了回家。老丁一见小寒那张小脸就喜欢，那天是小寒节气，老丁说自己也是小寒那天出生的。"这真叫有缘，是老天赐了一个丫头来驱我命里的寒啊！"张老师说，老丁当初到她家找炼乳时，就是这么欢天喜地说的。

丁小寒的记忆中没有这个算是她救命恩人的养母，她是父亲一个人拉扯长大的。小时候，学校里除了他们父女，还住了几户人家。印象中，自她读高中后，那个原先热热闹闹的校园就开始凋敝了，学校里居住的老师们调走的调走，搬家的搬家，住户只剩下了父亲一人。近几年，那校园更是成了一个学生也没有的荒园。丁小寒平常带女儿回去看父亲，父亲把过去打上课铃用的那只铁铃铛挂在屋里，抱着外孙女，握着她拿着一根铁棒的小手，一边敲铃铛，一边说："当当当，上课啦！"丁小寒见了，心头溢出些苦涩。她知道，父亲是寂寞的。

房间里，心细的婆婆已提前开了空调，她知道，怀孕的人格外怕热。丁小寒在温度适宜的房间里，挺着大肚子站在飘窗边往外看。对面就是新一中，盖了好几栋气派的办公楼、教学楼、实验楼、学生宿舍楼、教职工宿舍楼。在那些高楼之间的，是各式各样的树木花草，其间还有雅致的凉亭和假山点缀。丁小寒的窗子正对着新一中的操场，红色的塑胶跑道尽收眼底，可惜那么漂亮的操场平时难得见到人运动。哪像他们小时候，操场就是孩子们的乐园，虽然所谓的操场不过是一块平整些的泥巴地。

丁小寒是在校园里长大的孩子。她喜欢校园，所以当初小城新城区刚开发的时候，她就撺掇老公在新一中旁买下了这套房子。事实证明了她当初决断的正确性。如今，才不过五年时间，这新城区的房子就从当初的两千多元一平方米涨到了七八千元一平方米。而且，据说现在有钱也买不到这种学区房的现房了。城市在扩展，生活变优质。丁小寒想到当初和父亲住的那间漏风漏雨的破教室了。教室早就拆了，后来在原地建起了一座楼，还是香港的一位富商捐赠的。楼房盖得很漂亮，可就是学校招不到学生了。那个坐落在城郊的小学，在丁小寒上学的时候可是有五六百名学生的大学校。听父亲说，过去那学校可厉害了，那是所"完中"。所谓"完中"，就是集小学、初中、高中为一体的学校。那个过去对丁小寒很疼爱的张老师是当年上海的下放学生，前几年听说她从县城的小学退休后，到上海带孙子去了。其他的老师也都各奔东西了，留下老丁一个人留守在那栋空荡荡的教学楼里。父亲说，新城拓建都拓到学校周边了，过去住在学校周边的村民，有房子拆迁后被安置到新城区的，有外出打工在外边买房定居的，好些个小村子，人走尽了，成了空村。邻着空村的小学校自然也就成了没有学生的荒园了。

"你是我的小呀小苹果……"丁小寒的手机唱了起来。

"姐，吃过饭了吧？嘿嘿……"陌生的号码，丁小寒不用猜，也知道这是赵大全打来的。

"哦，刚吃过。"与白天比，丁小寒的语调略微平和了些。

"爸妈想你了，想和你说说话。来……"赵大全居然不等丁小寒表态就把手机给了他爸妈。丁小寒在电话里听着两个陌生的苍老的声音，却压根不知道他们在说些什么。三十五年都没有见过的人突然跟你说"我是你爸""我是你妈"，这也太扯了吧！

好在赵大全很快就拿回了手机，他说："姐，你哪天不上班？爸妈想接你回家看看。"

丁小寒"唔"了几声，挂了电话。

站久了，她感到自己的腿脚已经有些肿胀。洗澡上床，她躺在一米八的席梦思上却翻来覆去地怎么也睡不着。关了灯，窗帘是开着的，一轮弯月镶在窗户的右上方，映在丁小寒眼里，那月牙儿就像女儿的弯眉毛。小丫头才走三天，她就想得睡不着觉了。望着月牙儿，她又想到父亲，父亲此刻是不是也躺在床上看月牙儿，看着月牙儿想女儿呢？如果父亲知道她那边的父母认过来了，会不会难过？

丁小寒回学校了。她看见学校里的几棵老松树都长得冲天高了，一棵老松树上挂着铁铃铛，她想敲敲的，可是铃铛也随树长高了，她怎么够也够不着。一群拖着鼻涕的小孩子围着她看，另一群小孩子坐在松树底下玩丢手绢，还有一群小孩子玩着老鹰捉小鸡的游戏，飞快地对她冲了过来，她吓得紧紧地捂住了肚子大叫一声。

丁小寒把自己叫醒了，原来不知不觉睡着了的她做了一个梦，梦里她又回到了生活过的校园。她细细回想着，那场景都是小时候的事。人不知道什么时候就长大了，大人只顾眼前的生活，而把回忆遗落到了梦里。好在，还有梦。

丁小寒翻开手机看看，十二点多了。也不知是不是因为梦见了过去的缘故，丁小寒突然特别想父亲，她顾不得现在是半夜三更，拨通了父亲的电话。

父亲很快就接了电话，那速度快得仿佛手机就一直在他手里攥着，他的眼睛又一直盯着手机似的，一来电话就接了。

"爸！"丁小寒叫完一声爸反而不知道说什么了。

"怎么了，小寒？"父亲像是一个激灵坐起来似的，有些担忧与急切地问。

"没怎么，我睡不着。"丁小寒拖着音说，那是她向父亲撒娇的语调，"爸，你现在能看到月牙儿吗？"

"看得到，正好在窗口挂着呢。今天有风，凉快，不用开空调，我是开着窗睡的。"父亲说。

"真是个老抠，这么热还舍不得开空调！"丁小寒嗔了父亲一句。她听到电话里传过来呼呼的风扇声，那个四片扇叶的老式吊扇，打开来，噪音比战斗机的轰鸣声都要响，却拽不出风来。丁小寒的心像手指上长了倒欠皮被人用力一撕般，冷飕飕地疼了一阵。她翻了个身，换了只手拿手机，"咳咳咳"地清了下嗓子，说："爸，你还想去黄山不？等今年我们俩生日时，去黄山看雾凇！"

"小吴和丫丫呢？这么晚了打电话不吵他们睡觉啊？"老丁有些担忧地问。

"他们爷俩出去旅游啦！你外孙女临走时跟我说，让我也和老爸去旅游呢。爸，说好了啊，我们到时候去黄山。我同事他们去年就是小寒的时候去的黄山，那雾凇特好看！"

"好好好，到时候再讲。明天还要上班，早点睡吧，啊！"老丁挂了电话。

丁小寒起身，歪靠在床头望着渐渐从窗口隐去的月牙儿。小时候，她最喜欢看月亮，看月亮里藏着的那个女人的影子，她怎么就飞到月亮上了呢？她的孩子在地上不想她吗？她曾经一度觉得，那个月亮上的女人就是自己的妈妈。谁也不知道，孩童时的她仰着头冲月亮喊过多少遍"妈妈"。后来，不知从什么时候起，丁小寒看见月亮就会想父亲，想她和父亲的那个家。

暑天，天亮得早。丁小寒没有拉窗帘，一大早就被阳光刺醒了。起床吃过婆婆准备的营养早餐，丁小寒决定步行去上班。每天待在空调房间里，人软绵绵的，活动活动出出汗才好。

丁小寒刚走到医院门口，就远远地看见住院部大楼的门厅里站着那个赵大全。赵大全的旁边，还有一个鼓鼓的蛇皮袋和一男一女两个老人。

"姐！"赵大全眼尖，离很远就看到了丁小寒。他扭着肥胯奔过来，到了丁小寒跟前，故意压低了嗓子显得神秘兮兮地说："咱妈早上摘了几个西瓜，没打过药，纯绿色的，给你尝尝。我想着，这几个瓜不能拿到你办公室去，别给有心人看见拍了照片发网上，说你这个医生从病人手里收礼。瞧，咱爸妈也来了，他们想你，非要跟来……"

丁小寒自顾自地往前走着，上了门厅的第二级台阶，她转过头对赵大全说："这么热的天，你也不怕老人中了暑！"

赵家妈妈首先快步走过来，一把拉住了丁小寒，她还没说话就流了一脸的眼泪。丁小寒望着她那张干瘦的脸，心头一紧，任由老人那双粗糙的手拉着她，她手里撑着的防晒伞被赵大全接过去收起来了。赵大全揽住他妈的肩说："走，进去说，里面凉快些。"

进去说的话，像绞成一团的橡皮筋一样乱。但中心思想很简单，丁小寒听明白了，赵家面临拆迁，拆迁赔偿的面积按人头算。赵大全说："姐，听说咱姐夫就是管拆迁的干部，你也是家里人，你问问看，怎么才能把你那一份给算上……"

"小寒！"

"爸！你怎么来了？"丁小寒正牙根发冷地站在大厅中央空调的出风口瑟瑟发抖，猛地听到父亲的呼唤。

老丁带着草帽，穿着一件看不出颜色的圆领衫站在门厅的塑料门挡边。丁小寒望着父亲起伏的胸口，被汗浸透的破旧衣衫和晒得赤红的胳膊，鼻子一酸，眼泪顿时像荷叶上的露珠似的在她那张粉团脸上滚得七零八落。

"你半夜打电话，我不放心，没和小吴吵嘴吗？"老丁见丁小寒不住地摇头，又问："跟同事、领导有矛盾了？还是病人刁难你了？"小寒把头摇得跟拨浪鼓一样。

老丁这才看到小寒身边的赵家三口。他眼神黯淡下来，顿了顿，说："没事我就放心了，我回去了啊。"

"爸，你别走，从今往后你就跟我住了，你要去我家给我带孩子，不要回学校了！"丁小寒带着哭腔说完，就挽住了老丁汗津津的胳膊。

老丁拍拍女儿说："手这么凉，赶紧上去穿上白大褂，别再受寒了。"

（2018 年 1 月 6 日作于寿州）

大　寒

　　于坚开着车慢悠悠地驶上了德上高速公路。车载音乐太吵了，她伸手调了个广播频道，一个养生节目正在说大寒节气里应如何进补。"哟，今儿个是大寒了。"于坚心想，到大寒就快到年关了，看来梅朵这次是要回老家过年了啊。

　　于坚在车流稀少的德上高速公路上刚开一小段，就感觉困倦了。昨晚没睡好，躺在床上刷朋友圈刷到十一点，刚要放下手机睡觉，就接到梅朵的语音电话。

　　梅朵在电话里的嗓音有点沙哑，她连简短的问候都没有，直接说："明天我乘上午十点五十的飞机回去。准点的话，到新桥机场是下午一点四十。"

　　于坚的回话也不啰唆，她说："好，我去接你。"

　　三十秒不到就挂了电话，可于坚却睡不着了。也怪老刘，应酬到半夜十二点多才回来，回来之后像是吃了兴奋剂似的跟她说，今天招待了外头的客人，来人是如何赞叹寿州城近年的发展的。

于坚懒得听舌头都捋不直的老刘在她耳边絮叨那些，她不关心什么政治与政策，有点闲工夫，还不如拾掇拾掇家，养养花，看看书呢。老刘有时在外头气不顺了，就喜欢说："看人家的老婆，多会来事，你就会死窝在家里，什么忙都帮不上。"

随他说什么，于坚都不搭理。随他老刘怎么耍八卦掌，她反正只对他打太极。别的太太背后怎么帮老公，她也不管，也不学，更不想参与。就像她对老刘的私事，不管不问不干涉。随他什么时候回家，随他上交多少工资，随他在什么单位履了什么职，她皆荣辱不惊。只有一次，她轻描淡写地对老刘说了一句："四十不惑了啊，你都四十五岁了，要是再被什么迷惑住，可就有点违背古理了。"

老刘听了那话也没吱声，只翻了个身，佯装睡了。于坚当然知道他是佯装的。四十岁以后，他头挨着枕头，鼾声就潮水似的席卷而来了。那天夜里，至少到凌晨两点半，他也没发出鼾声。至于之后他睡没睡着，于坚就不知道了，因为她自己睡着了。

事情想通，她就睡得着了。那天发生的事情再老套不过了。那天晚上，于坚发现，老刘的内裤居然穿反了。老刘这个人，最不讲究。别说袜子、内裤、内衣，不给他翻好，他会不管什么里外正反的，拿过来就穿。就连毛衣，如果不给他翻好，他都能穿反的出门。

所以，于坚看到他的内裤反了，其中意味着什么，自然是不言而喻的。

知道意味着什么又怎样呢？大动肝火地闹一场，追问、调查，找出那个人，然后离婚？不。想到离婚，于坚按了按心口，仿佛按在那里就能止住疼似的。

离婚是不可能的。转眼都过四十岁了，儿子刚进大学，过去那种跟时间打仗，跟钱纠缠算计的糟日子才过去，生活刚刚显出点儿岁月静好的样子，就轻易把它打破吗？不可能的！打破了对自己又有什么好？总不能像梅朵那样吧。

梅朵是于坚唯一的闺密。闺密的好处就是：如果你过得好，她过得也很好，你们在一起就可以分享幸福；如果你过得好，她过得不好，你以保护者的姿态给予她帮助，你可以因此获得某种满足；如果你过得不好，而她过得好，当她给你安慰的时候，你会为还有人关爱自己而感到很温暖；如果你过得不好，她过得也不好时，你会觉得在这个凶险的世界上，你不是一个人在战斗。当然，这只是于坚这种比较温良的女人的看法。闺密还有其他的功用，譬如，用于诋毁、辜负、背叛，那些常常出现在小说家笔下和头条新闻里。

于坚在那个因老刘内裤穿反而失了半夜眠的晚上，想到梅朵，令闺密的好处又多了一层，那就是，可以拿闺密失败的人生经验作为参照而引以为戒。

于坚想到梅朵，那么优秀的梅朵，那么美丽的梅朵，就为了那口咽不下的气，把自己从优渥的生活里给逼了出去。

现在，她都四十出头了，还独自像根水草似的在外头漂着。

于坚又打了个大大的哈欠之后，伸长手臂从副驾驶的包里摸出装口香糖的盒子，拿过来，摇出两颗塞进嘴里。当清凉到微辣的薄荷味儿从口腔与鼻腔蹿到了脑门儿时，她感觉人也来了些精神。

这条高速公路上的车也忒少了吧！于坚一路开了十多公里，居然只遇到五辆车。她嘀咕："别跑错道儿了吧。"她没有方向感，不识路，离了导航，心里就没底。那就开启导航吧，反正也方便，都是语音智能操控的，只需说出目的地，导航就会自动规划路线，忠心耿耿地替你指路了。

开了导航，于坚胆子就大多了。路阔车少，她偶尔扭头看看车窗外的风景。那些落了叶子、顶着鸟窝的白杨树与连栋别墅似的新农村住宅从她的视线里一晃而过。一晃而过的事物，就是风景。

边开车边偶尔看风景的于坚，突然听到导航里那个嗲嗲的声音说"勺坡服务区"。她一愣，旋即笑出了声，哈哈，哈哈……居然把咱这座号称"天下第一塘"，被列为世界灌溉工程遗产的古"芍陂"误读了，作为楚相孙叔敖修建的水利工程，人家可是读作"quèbēi"！

于坚猛地一惊，咦，怎么这么快就到安丰塘了呢？虽说"芍陂"如今已易名成了安丰塘，但历经两千多年，它还依然能发挥灌溉农田的功用。于坚作为博物馆的前讲解员，过去不知道带过多少拨客人来安丰塘参观。虽然到安丰塘不下百次，但于坚记忆最深的还是高中毕业时梅朵第一次到安丰塘的情景。

一晃二十多年过去了呢。

那年高考过后，于坚心灰意冷。于坚觉得考得不好，前途无望。梅朵也说考得很差，但她却欢天喜地的，说总算熬到毕业了。她早就悄悄对于坚说过，毕业后，她想去防疫站上班，因为她喜欢防疫站那个高高瘦瘦的防疫员。

于坚怎么办呢？她父母都是水泥厂的工人，要是前几年，还可以作为水泥厂的子弟，招工进厂，但这是 1997 年，父母都下岗了，她还能怎样？

那年的七月，对于坚来说真是漫长而黑色的七月。好在还有梅朵常去她家找她玩。那天刚下过暴雨，梅朵就来了。她骑着新买的捷安特自行车，说要带于坚出去遛遛。

梅朵载着于坚穿过几条小巷，来到了防疫站。刚到防疫站的楼下，看大门的老头儿就说："梅朵呀，你妈下乡了，小周也跟去了。"

小周就是梅朵喜欢的那个高高瘦瘦的防疫员。老头儿说："他们去安丰塘了，那边有点情况。"

梅朵一听到"安丰塘"三个字就立马来了精神，她把自行车往车棚一锁，拉着于坚说："走，咱们去安丰塘看看。"

作为寿州人，于坚从小到大在作文里可没少写过安丰塘，什么"天下第一塘"啦，什么比都江堰还早三百多年的伟大水利工程啦。但是，真正的安丰塘，她还没有见过呢。

记得那天，她和梅朵坐了半天车才来到安丰塘埂上。时值盛夏，在浩渺水边的垂柳下，于坚感到很震撼。那是第一次，她觉得自己是在看风景。也是那次看风景，她做出了去读电大旅游专业的决定。

那年九月，在于坚进县电大读书的同时，梅朵也考进了县卫校内招班。

电大与卫校一墙之隔，两所学校与防疫站只隔一条小巷。于坚经常被梅朵拉着去防疫站找小周，小周后来又把他同学老刘拉了进来。四个人，两两组合，倒也和谐。

过了三年，于坚和梅朵毕业了。梅朵进了防疫站就和小周结婚了，于坚在老刘家人的安排下进了县博物馆当讲解员。她还没把解说词背熟，就请假了——婚假，得知她怀上了，刘家便赶紧给他们办了婚事。

一路上，于坚都在想，如果不是梅朵太任性，也许到现在，她们的人生都没有什么差别。在小城里，有一份固定的工作，守着有了一官半职的老公，在父母的帮衬下拉扯大一个孩子。无须费力费神，日子就能过得安安稳稳。哪像梅朵现在啊，四十好几的人了，还一个人在广州拼着。

儿子被中山大学录取了。九月份，于坚和老刘送儿子去广州上学时约过梅朵。一开始，梅朵说好了要去机场接他们，结果，她临时爽约，说车坏了，正在汽车修理厂，等晚上她再接他们一家夜游珠江。到了晚上，梅朵又打电话过来，说要见客户。直到第三天，他们夫妻都要打道回府了，梅朵才现身，把他们领去吃了个早茶。

回去的飞机上，老刘对于坚说："看来梅朵混得不行啊。"

于坚佯装看舷窗外的云，没有搭老刘的话茬。她当然知道梅朵在广州生活得不易。高房价，高消费，她这个过去养尊处优的大小姐，既没有高学历，又没有辣手段，况且不年轻了，她能凭借什么呢？不去机场接他们，是因为她不想老刘看到她开的车是奇瑞；不陪他们夜游珠江，是因为她住得远，玩晚了，公交、地铁停运，她回去不方便。

老刘接着说："女人不能作，回头想想，当年梅朵要不是吃饱了撑的去翻小周手机，哪里会闹出这些事。现在，你看人家老周，老婆儿子一大家子过得多热乎！对了，你要打听着，看老周家二宝什么时候出世，我前阵子遇到他老婆，肚子都挺得老高的了。"

于坚想到这，不由得长叹了一口气。过了这些年，小周已经成了儿女双全的领导了，梅朵还一个人在外单着、漂着呢。

导航提示，前方就到机场停车场了。于坚看了下时间，才下午一点钟不到，她这一路也就开了一个小时十分钟。寿州城现在的交通发达了，机场离县城不足一百公里，乡镇之间都通高速公路了，到年底，高铁再一通，寿州人的活动范围就又扩大了。所以，如今的小城，生活安逸却不闭塞，于坚对现在的生活状态是很满意的。

在导航的指示下，于坚把车开到了停车场。她泊好车，径直往机场大厅走去。

没走几步，于坚就感觉身子发软，心发抖。坏了，因为没吃午饭，恐怕是老毛病要犯了。于坚中午本来是打算做饭的，可老刘接到电话，说临时有个接待，不在家吃，她就懒得做饭了。她窝在沙发上翻朋友圈，看淘宝，翻着翻着，一看时间，都快十二点了，她顾不上吃饭，抓了包就走。到这会儿，早上那点吃食的热量，已被消耗掉了。

机场的肯德基里的人比寿州城里的肯德基里的人更多。工作人员告诉她，可以用微信扫码自助点餐。于坚这才拿出手机，准备开流量。结果，看手机，居然连着热点呢。这人啊，都被无形的网络给网住了。于坚原本是对网络有对抗之心的，她不玩网络游戏，不聊天。她原本连微信都没有下载，是儿子上大学后，为了和儿子视频通话，她才弄的微信。送儿子去广州时，她手机连流量套餐都没有，还是儿子把老刘和她的手机拿过来，一阵捣鼓，说："行了，以后，你和我爸只要在一起，就可以用热点蹭他的手机流量了。"

于坚望着手机，愣怔着，突然想起什么似的，四处观望。她再低头看手机时，热点又消失了。

她走出肯德基，不知是该往机场的出口走还是往大厅的入口去。机场人来人往，每个人的脸上都流露出不同的表情，于坚望着这些陌生的脸，眼前突然模糊了。

"于坚！"

于坚看见梅朵的脸渐渐地清晰了。梅朵的脸上写满了疲倦与紧张，她的眉眼处有了褶皱，她的颧骨好像变高了，法令纹也加深了，梅朵不好看了。于坚想。

"于坚，你低血糖怎么还这么厉害，吓死我了！早知道就不该让你来接我，幸亏这是在机场，如果要是开车时犯了，多危险啊！"梅朵的脸因为紧张而显得更不好看了。

于坚有点对梅朵不好看的脸不忍直视似的闭上了眼。闭上眼，脑袋里就不停地旋转着，各种图像一帧帧地叠加着，游移着，于坚感觉自己既像在看 3D 电影，又像在做梦。总之，就是不真实。包括，那时在肯德基，发现手机连了老刘的热点，都像是一种幻觉。

过了会儿，于坚睁开眼，对梅朵说："我好了，咱们走吧。"

梅朵谢过了机场的工作人员，一手拉着行李箱，一手挽着于坚。

她们像少女时代在课间结伴上厕所时那般亲密地手挽着手，一起走到停车场。于坚远远地就用遥控钥匙打开了车门，梅朵说："我来开吧。"

梅朵从于坚手里接过车钥匙，把行李放进后备厢，便坐进了驾驶室。于坚还站在副驾驶室门口，梅朵喊了她一声，她才坐进车里。

一路上，梅朵都显得很亢奋。她先是对于坚车上的导航感兴趣，然后又对寿州城居然通了两条高速公路而感慨。她也回忆起当年她们一起去安丰塘的事儿了。那时，去四十公里外的安丰塘居然要耗半天时间；现在，半小时不到就能到。

路上，梅朵神秘兮兮却难掩兴奋地告诉于坚，她这次回来是为了相亲。对方条件很好，是个丧偶的领导，女儿在国外读研，父母都去世了。"他没什么负担。"梅朵说。

于坚平时不善交际，她并不认识梅朵说的那位"你肯定知道"的领导。她问梅朵："这人长得怎样？性格和人品都了解吗？"

梅朵扑哧一笑说："都四五十岁的人，还有什么长得好赖的呀。性格、人品也都不是一成不变的。我这次回来，其实就是送给人家看的，看人家能不能看上我，如果看上我，我就不走了。我都四十二岁了，还能挑谁呀？"

于坚突然感到脑袋一阵痉挛似的疼痛。她几乎不敢相信，自己身边的是梅朵，是那个眼眸里闪着光，说着"要输就输给追求，要嫁就嫁给幸福"的梅朵。

梅朵打了个大大的哈欠，说："好困啊。"

于坚赶紧睁开眼，说："靠边，我来换你吧。"

梅朵放慢速度，打了转向灯，缓缓向右边靠。

于坚也看了看后视镜，一辆黑色的奥迪从后方飞快地驶过。

车子泊在紧急停车带上，于坚和梅朵换了位置。

梅朵扭过头，看着于坚说："你脸色很不好，是不是昨晚没休息好啊？"

"嗯。"于坚脑子里还在想着刚才呼啸而去的奥迪车，对梅朵的问话，她答得有点漫不经心。

"呦，都老夫老妻了，还玩得那么有劲儿啊？嘿嘿！"梅朵调侃道。

"对了，我这次带了些煲汤的食材回来，我在广州这些年，啥也没学会，就学会煲汤了。广州人特别注重养生，可也别说，他们煲出来的汤确实好喝又养人。你还记得我那顽固的胃炎吗？现在都好啦。"梅朵不开车，反而来精神了，她对着遮阳板上的镜子涂完了口红，又接着说个不停了。

"嗯。"于坚继续心不在焉地回答着。

"今天是大寒，你知道吗？大寒要温补。等下我给你点汤料，今晚你煲个参归鸽子汤，跟你们家老刘一起补补。"梅朵说着，又从包里找出护手霜仔细地涂抹手背。

于坚突然说："大寒过后就是立春了吧？"

"是啊！坚冰深处春水生，哟，你们家老刘还挺文艺的呀！瞧他朋友圈里还发了这么句拽文的话呢，跟你学的吧？"梅朵边翻朋友圈边说。

于坚没有答梅朵的话，她只反复念叨着："坚冰深处春水生……"

（2019 年 1 月 12 日刊于《淮南文艺》）

赝 品

一

"不好意思，不好意思，我来晚了，老规矩，自罚三杯！"刘云还没落座，便先连续仰脖灌下了三满杯白酒。楚门国际那间金碧辉煌的大包间里响起了热烈的掌声。

灼热的酒一下肚，刘云的颊上迅速飞起了两抹红霞，衬得一张俏脸越发妩媚了。她脱下白色的羊绒大衣，顺手递给身边的服务员，口中道着谢，脸上却是一副高高在上的女王范儿。从她袅袅婷婷地走进包厢，再风风火火地喝掉三杯酒，到现在脱去外套，穿着一身玫红色的毛线裙端然地坐在预留好的位置上，她的每一个动作都好像在舞台上跳舞，而在座的人都是观众。大家也乐得当观众，美女谁不喜欢呢？尤其还是个性情如此豪爽的美女。

"云云，敬你，我喝干，你随意。"刘云刚夹了朵西兰花，申扬就端着一杯酒站了起来。作为今天的东道主，他率先朝她致意，躬了躬身，一口干了杯中酒，然后亮了亮空杯。

刘云优雅地站起身："谢谢扬子，我也干了。"她悠悠地一仰脖子，翘着兰花指把酒杯那么轻轻地一抛："替我家李民感谢你。"话说得诚恳，语气却略显淡漠。

李民和申扬曾是穿一条裤子都嫌肥的死党，他俩先是同学，后是同事。近朱者赤，近墨者黑。两个精力旺盛的年轻人，关系密切得像是对方的影子，有事没事都摸到一块去，直到有一天两人都喜欢上同一个女孩，关系才蓦地变得微妙了起来。当然，这些事情外人并不清楚，隔了那么多年的时光，真要咀嚼、回味往事，当事者的心里难免会泛出一股或浓或淡的虚幻的沧桑感。

刘云坐下时幽幽地扫了申扬一眼，后者也正瞅她，视线相触的一瞬间，她避开了他那散发着热度的目光。

在剩下的时间里，虽然表面上看不出来有什么异样，但是申扬还是隐约地感觉到了她的情绪有点儿波动，似乎有什么心事。申扬没有像往常那样让聚会的时间拉得很长，而是适可而止地见好就收了。

外面的冷雨已经转化为了雪花。"哟，下雪啦！"大伙见了雪都拉拉衣领缩了脖子，只有刘云仰着脸，伸着手掌，像个孩子似的，任那纸屑般的雪片乱纷纷地飘洒过来。

"申总，车在这边。"身着黑皮衣的小伙举着伞走到刘云和申扬身边。申扬回头看了看众人，嘱咐了一句："喝酒的车都莫开了，跟我的车走。"

大家都打哈哈，说申总负责把刘总监送回去就行啦。刘云是电视台的频道总监，除了正规场合，这几位熟稔的朋友平时各自根据年龄称她一声云云或刘姐，现在则是半真半假地开玩笑，以呼应申扬对她露骨的殷勤。

刘云也不推辞，侧身，弯腰，进了后座。申扬稍稍踌躇了一下，替她关了车门，自己坐进了副驾驶室。

一路上，刘云几乎没开口，申扬搭讪两句后，车内便沉默了下来。雪愈下愈大了，成片成片地扑在车窗上，又被猛烈的风吹走。车灯仿佛没有平时那么明亮，暗淡的光线里无声地飞舞着粉蝶般的雪花。

"路口停吧。"终于，刘云开口了。她的口气像沾了雪沫子一样，有点冷。车停在路边，路灯下的车影像一匹跃跃欲试的黑马。申扬犹豫着吭哧了两声，到底还是提出来要送她到门口。刘云谢绝了，但车子没有马上掉头离去，车灯一直照着她。刘云一步一步地踩着自己映在雪地上的身影，直到完全隐进了巨大的楼影里。

刘云摸黑进了楼，用手机照着打开了门锁。她进屋按了灯开关，却不见亮，连续按了几下，还是一片黑暗。

刘云烦躁地爆了一句粗口，踢开横在门口的一双靴子，用力关上门，脱下大衣甩在客厅的椅子上，接着把自己重重地扔在了床上。楼确实过于陈旧了，当年的住宅设计不太考虑人的生活质量问题，楼上踢踢踏踏的脚步声宛若踏在她的脑门上一般，她厌恶地翻了个身，将自己裹进了棉被。这时，手机响了，一看屏幕，是申扬。

"该到家了吧？"

"咦，你还没走？到家了，没事。"

"今天你酒喝得比较猛，没人照顾，自己喝瓶苏打水解解酒。"

"这点儿小酒算什么？你回吧，我挂了啊。"

话虽说得不痛不痒，心头却热了一下。她的口气不觉柔了三分，电话并没有立即挂断，又来回说了好几句，才和他说"晚安"。

刘云把手机扔开，愣了一会儿神，又嘟囔着叹了口气。

人的命怎么就这么不同呢？他申扬，一个坐过牢的人，这才多少年？就摇身一变，成了千万富翁，酒色财气一应俱全，活得活蹦乱跳的；而一辈子规规矩矩、任劳任怨的李民，怎么就得了肝癌，英年早逝了呢？老天爷都什么眼神？还有那该死的"朱瞎子"，不是说她刘云生就一副旺夫相，会有一辈子享不尽的荣华富贵吗？还荣华富贵呢，眼下连立锥之地都快要没有了！

二

刘云的"立锥之地"是她父亲的房子。父亲曾任城东派出所副所长，这套居室是那时分给他的。

父亲并不是她的亲生父亲。刘云有关童年时代的记忆不是很清晰，在不同阶段大人的模糊叙述中，她原先是一个被医院门口看车、摆茶水摊的老奶奶收养的弃婴，长到六七岁或者八九岁的时候，奶奶去世了。奶奶家经济负担较重，家人似乎并不太喜欢这个没有血缘关系却需要穿衣吃饭的丫头片子。此后，她基本上处于一种缺少亲人呵护与管教的"散养"状态，直至她终于不知为何离开了这个家庭，其后这两年的记忆是最不清楚的。成年后，她看过一本书，书中解释，这种现象一般都是儿童对曾经的生活怀有恐惧心理，潜意识里抗拒回忆的自我保护反应。有时她不禁猜想，当年那么无助的一个小女孩，该经历过多少惊恐啊！想想，自己就忍不住莫名地伤心一会儿。

生活的改变是从父亲的出现开始的。

城东是一片地下古墓葬群十分丰富的区域，发生过多起古墓文物盗抢案件。城东派出所副所长就是在追查一起出土楚币流失的盗窃事件中，追到刘云的。多少年后，父亲还时常炫耀自己一眼就认出这个脏兮兮的小孩是前两年街上消失的那个孤儿。他的另外一个意外收获是，因为她人小不易引起注意，那个流浪少年团伙在急切慌乱中把这次盗窃的十几枚楚币都藏在她的身上，结果副所长一举追回全部被盗文物，把那几个年龄稍大的犯案少年移交给了带有劳教性质的工读学校。

其时，城东派出所副所长已离婚多年，前妻去了另外一个城市，他孑然一身。见到刘云，他一阵心颤，副所长形容，她的一双眼睛就像后来传播很广的希望工程宣传画上的那个姑娘的一样，又黑又亮，一眨不眨地望着他。他当时就在心里说，和这小东西有缘呢！

派出所副所长将刘云领回家，办好了相关的领养手续，将一位父亲所能有的疼爱都倾泻到了她身上。刘云小时候生活的记忆，就是从那时开始清晰、明亮进而美好起来的。这两段经历里的巨大差异，使她对和父亲共同生活的家，怀有一种其他人无法体会的刻骨铭心的感情。刘云把自己生活前后的区别形容为"坏女孩走四方，好女孩上天堂"。在刘云的心中，她真希望她与父亲的这个家像天堂一样永在，尤其是在父亲重病不起以后。可是，最近她突然面临了令人烦恼不安的征地拆迁问题，而那个横插一脚的房地产商，居然就是申扬那个家伙！

日有所思，夜有所梦。这一夜，刘云都没有睡安稳，老是在半梦半醒间，最后好不容易昏沉沉地睡去，仿佛也不过就是眨眼的工夫，醒来天竟然已经亮了。

刘云起身找到手机，看了下时间，都快七点了。她按了下灯开关，灯还是没有亮。她走到卫生间，低着头扭水龙头，不敢看自己宿醉的带着残妆的脸。四十岁的女人，本来就是一朵开败的花了，哪里还禁得起开水浇呢？（台里那个"90后"的美女，在酒桌上拒绝喝酒时总嗲嗲地说："让女人喝酒，就是用开水浇花。"）本想用凉水洗洗脸，可是，水龙头像前列腺肿大似的滴了两滴黄水之后，就再也挤不出来水了。刘云抬起头，对着镜子，拢拢额前的碎发，镜中人居然粲然一笑，眼眶有点乌，却更深邃了，像个异域女子。刘云拿起刷牙杯就往后院走。后院有一株梅，有一棵滴水观音，雪覆在梅上，落在滴水观音那厚大的叶面上，刘云就把那雪往刷牙杯里拨拉。

家里有花草，有书香，甚至还有古董。其实父亲还是一个古钱币爱好者，由于地域的原因，他对楚币的研究可能比一般的藏家都要更深一分。不过后来父亲调出公安系统，跑到文化站工作却与这爱好关系不大，而是因为之前婚姻的解体使父亲认为他的生活太失败了。前妻毅然决然地离去的主要原因，是她再也忍受不了警察丈夫"白加黑、五加二"的几乎顾不上家的工作状态。这一次，派出所前副所长生怕冷落了女儿，不但调到了文化站，以便平时有充足的时间照顾刘云，而且将父爱表现得格外执拗。他信奉的是穷养小子富养闺女，不让她在同学伙伴面前有丝毫委屈，尽自己最大的努力为女儿创造一个优裕、优雅的充满文化氛围的小环境。父亲的这份苦心，刘云随着成长感受得越来越强烈，特别是父亲重病住院以后，每一次她走进这个家门，都感到是对父爱的一次重温与膜拜。

洗完脸、上好妆的刘云穿上奶白色的香奈儿羊绒大衣款款地出了门，像一朵流动的云飘在雪野里。

到了单位，"90后"美女主持见了她就说："云姐，主任喊你去他办公室。我看还有两个老警察在那，你没犯啥事吧？"

"姐嗑药了！"刘云说。她心里兀自哼了一声，终于找到单位来了！

主任办公室里，墨兰正在盛开。两个警察捧着茶杯兴致盎然地围着花盆，一见刘云，笑容立马就僵在脸上，显得一副尴尬的样子。刘云一脚门里一脚门外，似笑非笑地睥睨着他俩，慢慢地说："你们是来撺我搬家的是吧？我们家李民尸骨未寒，你们让我在冰天雪地里露宿街头吗？"

"拆迁户统一都会有安排，我们去帮嫂子搬家。那边水电都停了，实在不方便。"高个子的警察连忙说。他以前和李民是一个派出所的，结婚前经常去她家里蹭饭。

胖一点的警察讪讪地说："其实局里已经非常照顾了，那房子不是挂在你父亲名下的吗，按说他早就不是公安系统的人了，我们……"

"你们还知道那是我父亲的房子！"被触碰到了那根疼痛的神经，刘云遽然大怒，"对不起，我无权搬家。老爷子还在呢，他不发话，我们哪儿也不能去。"说罢，她愤然转身："主任，我回去看片了。"后半截话被她生硬地丢在了走廊上。

两个警察面面相觑，还当真去找老爷子发话？他现在躺在医院病房里，你说他清醒，他是糊涂的；你说他糊涂，他又还有些意识。医生在诊断书上写着：脑出血。

三

刘云对着机器看片子。二十年前，她也和片子里的"90后"美女主播一样，是持麦上镜的，曾经也是被这座城里的人们熟悉并喜欢的名牌节目主持人，在饭店吃饭时常能被邻桌认出来，她还有对她爱慕的异性抱着鲜花守在电视台大门等着她的经历。真的是好女孩上天堂，她每天高昂着头，像骄傲的天鹅一般目不斜视地走过大街小巷，偶尔她也会回想坏女孩走四方的岁月，但总是想得不那么真切，宛若醒来便已飘散的梦魇。之后有一天，她感觉到一双热辣辣的眼睛始终跟在她后面，类似的感觉她倒不陌生，也没有过于在意。然而这次出了意外，她那美丽修长的脖子突然被一只邪恶的胳膊扼住，她觉得自己眼冒金星。她快要失去知觉的时候，两名警察掰开了那只胳膊，一个摁住了犯罪嫌疑人，一个扶起了她。

犯罪嫌疑人是四处流窜的"独狼"。他无意中发现电视中那位美女主播的身上，似乎有他曾经当老大的少年盗窃团伙里的一个小丫头的影子。那次他们栽在一个盗墓案件里，之后那个小丫头便不知所踪了。瞧着屏幕上光彩照人的女主播，"独狼"霍然愤愤不平起来，凭什么有人上了天堂，而有人还在深一脚浅一脚地走四方？这个世道真是太不公平了！本来"独狼"已经养成了风高月黑时小心谨慎的行事习惯，然而那天不知怎么就大意了，莽撞了。他被摁在地上时，心有不甘地扭过头来望了一眼，今晚的月亮太亮了！

随后，刘云就记住了这一个夜晚的月华似水，以及两名警察皎洁月光下的剪影。

那次被救后，刘云就和申扬、李民成了朋友。或者说，刘云的身边多了两位佩剑骑士般的警察，平时只要到了没有公干的休息日，两个人多半就会像保镖一样杵到刘云的跟前。

被人呵护的感觉总是格外美好的，若是几天没见着他俩了，刘云也会打个电话过去，约三人一道吃个饭、喝个茶、看场电影什么的。当然，在两个帅哥面前，最后买单通常是轮不着她的。当时，她只是很单纯地把他俩看成男闺密，不偏不倚，有一块阳光都会平分成两半给他俩，没有丝毫的亲疏远近。在她眼里，不过就是李民踏实、申扬活跃那么一点儿的小区别。譬如遇到下雨了，李民会把伞尽量倾斜到刘云的这边，为她挡雨，使她备感温馨；申扬则有可能反而把伞一扔，拉着她在草坪上跑一圈，令她心跳加速。不同的举动给她带来的是相同的快乐，刘云没有多想，或者是怕破坏了这种快乐和平衡而下意识地不愿意多想。但是那天，同事突然问："哎，到底谁是你男朋友呀？"男朋友？刘云猛不丁愣住了，脱口而出："什么男朋友，我们就是哥们儿。"同事啐道："别信所谓的哥们儿那一套，男女之间哪有什么纯粹的友谊，要么就是你爱他他不爱你，要么就是他爱你你不爱他。你倒是想想，这两个警察，你到底喜欢谁吧。我看，他俩都挺喜欢你的。"

嘻嘻哈哈了一阵，等一个人安静了下来以后，刘云回味着，渐渐感到不对劲了，犹如一层窗户纸被捅破了，这时倏然反应过来，其实有些事情之前已经是现出了端倪的。比如，一开始都是三人约着一道，看了电影去喝茶，喝了茶去吃饭，可是有一天，李民单独请她去看电影了，当然这也很正常，她随嘴问一句扬子呢，他的脸陡然通红，慌乱地把申扬又邀上了。如今回想他当时的慌乱，就有些不正常了，显露出想遮掩什么心思的嫌疑了。申扬最近也请她看过几次电影，进场后没见到李民，他笑，说李民在所里值班呢。现在想想，申扬笑得诡谲，敢情他是专门挑李民值班的时候带她去看电影的。

快乐的刘云神情里掺杂进一缕忧郁了，她自己还没有意识到。那天同事又突然问："你终于恋爱啦？"刘云睁大了眼睛，说："恋爱，爱谁？"同事白了她一眼："还没恋爱，你忧伤个什么劲！"刘云回到家，一下子就扑在床上，把头埋进了被子里，原来自己恋爱了，内心又羞又慌又……难过。他们两个，自己到底喜欢谁？她不敢往下想，无论喜欢谁，另一个人怎么办？她觉得恋爱并不像书里描写得那么甜蜜美妙，实际上还是一件难为人的事情。

连老爷子都觉察出了女儿的异常，他疼爱地拍拍她的头说："呵呵，我们家云云也有心事，晓得烦恼了呢！"她立即敏感地听出了父亲话里话外的含义，差点儿都要羞恼了："老爸，不理你了！"

在无尽的烦恼中，刘云随着剧团巡回演出，去送戏下乡，乡下没有公用电话，她与那两个人暂时中断了联络。在乡下，她深深地陷入了那种复杂到难以启齿的思念，过去真是少年不知愁滋味啊！她明白自己千真万确是恋爱了。就是在那种思念里，她做了一个听天由命的决定：等回城后，他们两人，最先见到谁，这辈子就嫁给他！她艰难地做出了决定，终于如释重负地长舒了一口气，睡了这些天来第一个甜美的好觉。在梦里，她看到一个模糊的身影从远处向她走来，离得愈近，她愈喘不过来气，他快要拉住她的手的时候，她再也憋不住了，喊了一声。在喊声中，她猛地坐了起来，醒来的刘云懊悔得要命，她没来得及看清他是谁，也想不起来梦中自己到底喊的是谁的名字。还有，她真的喊了吗？

更大的烦恼像河水一样泛滥汹涌，冲刷得心岸都快要坍塌了，爱情实在是折磨人。终于熬到了回城，那天，她忐忑极了，汽车快要到达城区，进入电信无线网络覆盖的时候，她的摩托罗拉中文寻呼机响了，屏幕上跳出几天前对方就发送但这时她才接收到的信息。刘云只瞄了一眼，内心顿时脆弱到了极点，她情不自禁地闭上了眼睛，宛若听到了梦里喊的那一声。

她怀疑自己还在做梦。有一刻，刘云看见李民向她走来，她眯起眼，迷离地望着他，奇怪怎么这一路没留下任何印象就已经到了停车地点。

李民不知从哪儿打听到巡回演出是今天返城的。他不知道刘云剧烈的内心活动，没注意她神情的恍惚，他把她的行李都实实在在地扛到了肩膀上。他还带来了一条意外的消息，申扬"进去"了。

申扬开车撞了人，更严重的问题是，他撞了人却没有停下来，反而继续开，被死者亲属拉下车打得半死后送到派出所。

"死者?!"刘云一把抓住了李民的手，失声叫道。

她感到心脏像被一只小手紧紧地捏着，有点儿疼，有点儿接不上气。

四

剪好了片子，刘云站起身扭扭脖子，喝口茶，给病房打了个电话。她为父亲雇了个全职看护，自己每天至少要去一趟，中间有时还会打电话询问一下情况。今天姑姑正好也到病房去了，人一上了年纪就喜欢絮叨，东扯葫芦西扯瓢，整个一话痨，叙了一大圈之后感激地说："到底是公安上的人讲情义，你爸爸都离开公安多少年了，住了院，人家还惦记着派人来看……"刘云一听差点儿把话筒摔了，气得瑟瑟发抖，心想：他们还真敢去找老爷子套话！难道为了房子，连人命都不顾了吗？

刘云匆忙赶到医院。还是那两个来找过她的警察，刘云一见就把他们撵出了病房，寒下脸说："你们真是逼人太甚了！想把我们全家都逼死吗？"

高个的警察忙不迭地说："嫂子，你别生气，这个项目上边特别重视。现在市里从每个相关单位都抽人成立了拆迁办，涉及哪个单位就由哪个单位的人搞分片包干，是没有讨价还价余地的死任务。我们两个也倒霉，正好被抽到了……"

"死任务？"刘云冷笑一声，话说得越发不好听了，"完不成就得死吗？"

"云云，我来看老爷子。"刘云转过头去，真像电影情节安排得这么巧，申扬从走廊的拐弯处走过来，后面跟着拎着花篮的司机。

刘云喘了口气，忍了忍没再作声，轻轻推开病房门把申扬让进去。她进门时又回过头，狠狠地白了两个警察一眼。

其实看望病人就是一个象征性的仪式。申扬没在病房里逗留多久就离开了，临走时，他关切地说："云云，这段时间你瘦了，注意爱护自己，不要什么事情都过于操心。"

刘云直视着他说："不过于操心？那就等着别人来扒我们家的房子！你没看到，连老爷子躺在病床上都不得安宁了！"

申扬挥了挥手，像要赶开什么不愉快似的说："大势所趋，也不好讲什么。但是他们跑医院这么做，就不人道了。云云，听说你那边现在已经停水停电了，你先搬出来吧，住处你不要担心，我给你安排好。当初，是民子把局里集资盖的新房子卖掉，拿那钱帮我赔偿人家，我才获得减刑，还有你……没有民子和你就没我申扬的今天，所以，你不要担心住的地方。"最后，他压低了声音。

"不行，老爷子是一家之主，他不开口，我不能搬。你也别再提过去的事了，我们已经两清了。"刘云马上把他的话堵了回去。

申扬笑笑："云云，我俩需要认真地谈一谈。我现在还要参加一个重要的宴会，明天晚上再谈好吗，我约你。"说完，他仿佛生怕被当面拒绝一样，不等她回应便转身就走。

她目送着他的背影，心里漫过一阵潮汐。当年，他也是这么仓促地消失的。

那段时间，刘云无数次想过，如果申扬不出事，她的生活将会怎样？直到如今想起在申扬被羁押的日子里，她受到的精神折磨，心情都还能隐隐生出一种郁悒。当她得知申扬是为了去给她送生日蛋糕才出的事，胸口那儿猛地一疼，此后她便陷入了内疚的深渊而无法自拔，那是一种蚀骨的痛苦。

她执拗地认为是自己害了申扬，对不起他，坚决要等着申扬回来补偿他，并因此明显地冷落、回避李民。她的委顿与忧悒使父亲大伤脑筋，当父亲的对女儿的那一点儿心事早就洞若观火，现在他怎么也不会同意女儿将命运与一名刑释人员捆绑在一块。何况作为一名曾经的警察，他对交通肇事逃逸的行为深恶痛绝，绝不宽恕，根本就不放心把女儿的未来交给这样一个人。

事实上，那一段时间对于刘云和父亲来说，都是一种煎熬。父亲想了很多稀奇古怪的办法摧毁她对那个服刑者的情感幻想，包括找到一个据说上知天文、下知地理的口吐莲花的"朱瞎子"，推算出她的八字命中缺木，老天爷慈悲，让她以后丈夫的姓名里命中注定地缀有一个"木"字。父亲敲着桌子，尽量耐心地说："你看看，木意味着顶梁柱呀，少了顶梁柱还怎么过得好日子，你命中缺的那一根木，不就是李民的木子李吗！"在对申扬反感的衬托下，老爷子内心的天平彻底地偏向了李民。

相比老爷子的急躁，李民表现出了他的沉稳。他把自己所有的闲暇时间都用来关心、照顾、呵护和陪伴刘云，丝毫不受她情绪变化的影响，不在意她的冷淡，一如既往地继续充当她无微不至的保护神。

为了帮助申扬最大限度求得受害者亲属的谅解，争取减刑，李民卖掉了他刚刚拿到钥匙的集资房，将款项用于申扬的赔偿。老爷子激动了："这小子，这小子，傻了不是！"在他的眼里，那套房也等于就是刘云和李民以后的婚房。这小子"傻"得过分了，他和申扬毕竟只是朋友，又不是亲兄弟！再说，就是亲兄弟，又有几个能够做得到的？一个劲地扼腕之后，老爷子更加万分感慨地告诉刘云，像这样有情有义的男人，错过了只怕就再也遇不上了。

最初得知此事时刘云也受到了极大的震撼。李民淡淡地说："卖房是为了尽量补偿一下他，否则你的心里永远都会不安，只能这样了。"刘云没想到他会这么说。那是一个暮色四合的傍晚，两人站在一棵梧桐树的阴影下，李民没有看见她眼睛里泛起的潮气，不晓得那一刻她感动得要命。是的，她知道他爱她，但不知道他爱得如此不遗余力，情愿为她放弃所有东西，并且只是为了她的心安，自己不求回报。刘云忽然感到似乎很累，这一阶段的心累一齐涌了上来，她很想在他的身上靠一靠，不过她及时地抑制住了。

后来，时过境迁以后，刘云才想起来，也许那些天她是因为对申扬的歉疚，才忽视了李民的感受——本来，最初他俩都是与她"情投意合"的男闺密啊！只是……只是她说不出"只是"，实在心难平、意难尽。

刘云这样想的时候，父亲的家里正在大动干戈地重新装修，其中一间将被布置成她与李民的婚房。老爷了说："那傻小子到哪儿再去弄套新房？只当我又收了一个儿子，你们结婚以后就住在家里吧。"父亲表面上说得豁达，实际上他心里也舍不得女儿嫁到了别人家去。而更关键的是，她到底从申扬的阴影里走了出来。

申扬刑满释放回来后，刘云曾和父亲有过一次严肃的谈话。

"老爸，对不起，没有得到你的同意，我把家里收藏的古钱币拿走了一些。"

"我知道。"

她吃了一惊："你已经知道了？"

"我昨天发现我的古钱币里少了几枚楚币和一枚光绪户部纪重银币。呵呵，不愧是我的女儿，识货，把不值钱的都给我留下了。"父亲的语气半真半假，听不出是夸奖还是嘲讽。

她沉默片刻，问："那你怎么不问我，老爸？"

"不用，我琢磨琢磨就明白了。申扬那小子刚回来，这几天你们嘀咕他想做古董生意，家里这就少了古钱币，肯定是你拿给他当本钱去了！云云，知女莫如父，而且别忘了你老爸曾经是一名出色的警察，我知道你早晚会告诉我的，我在等着呢。"

她羞惭起来，红着脸说："我反复思忖，觉得自己还是有义务帮助他一下，我没有其他的办法，就想到了家里的古钱币，想送给他，让他把生意先做起来。因为你很反感他，我想你不会同意的，所以就先斩后奏了。老爸你会原谅我的吧？"

"傻孩子，老爸要是不原谅你，早就向你发火了，还会等到现在？尽管你确实应该先征求一下我的意见。云云，他的问题不是交通肇事，而是肇事逃逸，害了他的是他自己，不是你，你并没有一定要帮助他的义务。但老爸理解你，你是一个善良的孩子。"老爷子让她明天把申扬叫来，在古钱币的识别捡漏方面，他有不少心得体会，至少可以给申扬一些关于做生意的有用的建议，传授他几招宝贵经验。

不过，刘云去找申扬扑了空，他意外地消失了，不辞而别，无影无踪。老爷子当即判断申扬得到了几枚古钱币后，认为他知道后肯定要追回，于是拍拍屁股溜之大吉，因为失去公职而没有经济来源的申扬，眼下太需要这些古钱币去启动他的古董生意了。刘云十分伤心，她怎么也不愿相信这样的结论。老爷子脸色变得无比严肃，说："云云，你给那浑小子的几枚楚币倒也不太值钱，一枚几千块钱而已，但你能想到那枚清币值多少钱吗？"

原来清光绪二十九年（1903），天津户部造币总厂铸了一套由日本大阪造币总厂制模的纪重银币，计有一两、五钱、二钱、一钱、五分五种，但仅试铸未发行。同时，天津户部造币总厂又采用镜面版底铸发了极少量的金质样币，由于稀有，多少年间几乎绝迹，到目前为止一共只发现十枚一两金币、四枚二钱金币和四枚一钱金币存世。老爷子嗓子发涩地说："物以稀为贵，那每一枚的市场价值都超过了一百万元。"

刘云一把捂住了嘴，她真没想到家里竟然还藏了这样一件稀罕的珍宝！"现在你还相信申扬那浑小子的突然离去与这无关吗？"老爷子的声音无情地在她耳畔回荡，她痛心得一句话说不出来。

刘云的心里只剩下了最后一缕希冀的微光——她还是希冀申扬真的只是由于其他某种原因不得不悄悄离去。申扬是爱她的，这一点她毫不怀疑，难道爱情的价值居然比不上一枚清币吗？

五

从春申巷出来往右转不太远有一座桥，桥跨在幽芳河上。河历来就是界，一如鸿沟为楚汉之界，幽芳河便是新旧城的界。河东为新辟的城，矗立着高楼大厦的新城在夜色下光怪陆离，像个一身名牌的成功人士那么气宇轩昂，璀璨炫目；与此相对应的则是河西的陈旧颓败。刘云站在桥上，这种感觉尤其明显。老公安局家属区的居民，当年一度也常用不乏炫耀的口气提起他们的春申巷。那时，这座城市的大街小巷里排列的大都是老式宿舍，这种卫生间、卧室、客房、晾台齐全的成套住宅刚刚兴起，还不多见，风光一时。可是如今早已时过境迁了，随着新城的崛起，曾经令刘云感觉像是宫殿般的家，早已被光阴噬成了陈年的被絮。或许与光阴也没那么大的关系，主要是在隔岸翰墨苑的映衬下显得有些破败不堪了。

翰墨苑是新开发的高档别墅区，那里的业主非富即贵。所谓贵，也就是在她的片子里常常露脸的那群人。申扬也住在那儿，虽然他在电视上露脸的次数有限，却也是个富贵的人了。

应该说，刘云最终嫁给李民，纵然与李民的一往情深以及老爷子的态度有很大关系，但申扬的不辞而别则在她的心窝击了一掌，把本来犹豫不定的她彻底推向了李民。她和李民并不缺少感情基础，恋爱关系明确以后，很快便谈婚论嫁了，也算是了结了老爷子的一大心事。婚后，申扬立即淡出了李民和刘云的幸福生活，两人都不约而同地谁也不再提起他。

时光飞逝。去年夏天的一个下午，刘云对着机器看片，眼皮霍地一颤。她闭上眼，手里抓紧鼠标，心里默数着退回几帧画面，睁开眼睛盯着，不会吧，他……他咋在这里冒出来了！她怔了怔，就觉得心窝那儿骤然一疼。那一刻，她醒悟过来，原来自己心里并没有完全遗忘掉这个家伙。

申扬重新出现的时候，李民已经去世一年多了。李民走得太突然，发现时，肝癌已经到了晚期。他的离去几乎摧毁了这个平静的家庭，老爷子首先倒下了——脑出血，之后又犯过两次，症状一次比一次重，直至躺在了病床上。如果不是老爷子，倒下的也许就是刘云，那些天她悲痛得人都有些恍惚了。然而当 120 救护车呼啸驶来，医生匆匆地询问老爷子的病况时，她头脑突然清醒了。天哪！现在她是一家之主，她可不敢再出事了。刘云顿悟，她必须撑住，倘若李民活着，肯定希望她尽快从阴霾里挣脱出来，这才是她对李民最好的回报。她现在无人可靠，只有依靠自己了。刘云的精神疗伤过程没有人们原先预想的那么艰难，她没过太久便重新振作了起来，情绪稳定地悉心照料老爷子。

刘云没有想到申扬像蚯蚓一样又钻出了地面，而且居然摇身一变，顶着一个房地产商的闪亮的光环，成了风云人物。之后，他俩在不同的场合有过交集，申扬都保持着不远不近的极有分寸的距离感。刘云想一想也就明白了，今日这位光鲜的成功人士，不希望人们还记着他曾经的事。不过一旦到了很小范围的朋友聚会时，他马上又流露出过去的那股亲热劲头。特别是最近，他表现得几近露骨了。她对他则始终是一副不咸不淡的神情。

刘云从来没有后悔嫁给了李民，但并不代表就对申扬当年的离奇消失不耿耿于怀。当然那时年轻，冲动之下对申扬的帮助她同样也不后悔。以她的性格，今天不可能再提无谓的旧事，可当初申扬的突然离去却是刘云的一个解不开的心结。春申巷地块作为重要工程，拆迁的力度很大，老百姓的意见也很大。刘云身世特殊，她对和老爷子、李民共同生活过的这个家感情深厚得不是旁人所能理解的，用近年流行的一句话说，就是搬迁以后无以寄托她的乡愁。她还正在伤感里挣扎着，又得知这块地的开发商偏偏是申扬，刘云冷笑着又爆了一次粗口："姐就是要当一当钉子户，为了李民，为了老爷子，为了我自己，还为了你一次可能是见利忘义的逃离！"所以到目前为止，她对拆迁方的态度是一切免谈，弄得对方异常恼火，认为她是打算漫天要价。当然，作为深谙时势的电视台频道总监，刘云也非常清楚，拆迁的进程谁也阻挡不了，她拖延时日，不过只是为了给开发商找点麻烦而已。

所以刘云每次是否参加申扬的约请完全看自己的心情，不考虑给他面子。而且，如果申扬只约她一个人的话，她永远都是轻描淡写地便把他打发了，拒绝与他单独见面。

然而今天是个例外。申扬电话里约她晚上见面，寒暄之后冷不防地跟了句："你这么多年都没有告诉我，当时收到我那条向你表白的传呼，你到底是怎么回……"她手一抖，没容他把话说完，挂断了。他大概以为信号不好掉了线，再打过来，她又掐断了。

过了好一会儿，她发去一个短信："好，等我。"

没过多久，申扬回了一个笑脸和"恭候，不见不散"几个字的短信。

刘云默然地凝望着手机。他不知道，她那年回城的路上看到他的传呼，感觉心脏像被一只小手捏紧了似的，她脸颊热乎乎地想，下车第一件事就是找电话给他回传呼，想好的要回的话就是这三个字："好，等我。"

刘云迷离地闭上了眼睛，仿佛看到在停车场，李民向她走来……他带给她一条意外的消息，申扬"进去"了……

真像做梦一样啊！

六

刘云睁开眼，一片雪白，不对，不是雪的颜色，是……病房。这究竟是不是梦境？头痛，她想抬手揉揉。

"云云。"是申扬。一名戴燕尾帽的护士站在他旁边。"不要乱动，小心把针弄掉了，还要重扎。你现在最好不要用力，头部挫裂伤比较重，而且还伴有脑震荡，必须静卧观察。"护士说。"谢谢，我会看好她的。"申扬侧身让护士出去，然后帮她掖了掖被子。

刘云没有作声，她在努力地回忆。昨天，雪夜的翰墨苑恍若幽谷，呜咽如涕的风穿过假山、亭榭和水塘，伴着她一路走到了富丽堂皇的小区门口。

　　申扬没有像以往每次聚会一样那么殷勤地派车去接她，而是在电话里告诉了她他的那栋别墅的门禁密码，让她自己来。那串数字刘云听一遍就记住了，因为，那是她的生日日期。刘云不禁心头一漾，江山易改，本性难移，这家伙还像以前那样喜欢整点儿小浪漫。

　　别墅里富丽堂皇，奢华又不乏温馨，没有超出她的想象，绝大多数豪宅都是如此。刘云未加评价地参观了一遍，她的平淡使主人稍稍有点儿失望。但申扬仍然兴致高涨，一个晚上主要是他在述说，刘云坐在他对面的沙发上，不时端杯啜一口红茶。她第一次走进他的生活空间使申扬兴奋得有些过头，他讲述了这么多年来奇迹般的发财经历，刘云沉默不语。她曾经采访过不少暴富者，似乎每个人都有一个走了狗屎运又非常励志的财经故事。

　　刘云平静地听着，似乎没往心里去。后来，她把茶杯往前推了推，前倾身子望着他，突然问："那些古钱币呢？"

　　"古钱币？"叙述被她猛然打断，他一时没反应过来。

　　"楚币，好像还有别的。你忘了？"她还是那么平静，仿佛在说别人的一件事。她有意没提还有一枚清币——光绪二十九年的户部纪重银币。

　　刘云动了一下身子，记忆像一群黑色蚂蚁一样，从昨晚的黑夜里慢慢地爬了出来。申扬回忆着说，那些古钱币帮了他大忙，否则他不可能那么快就挖到第一桶金，而第一桶金对他大起大落的人生太重要了。他说他的离去是为了李民，因为他俩是好兄弟。他说着伸过手来，抓住她捧着茶杯的手，说："你知道，我们俩都爱你。"刘云的目光温柔了一些，手任他握着。他的话越来越热烈了，他说他这么多年没回来就是因为始终忘不了她，直到听说李民去世了才回来的。

刘云回想着昨晚的情景。后来她离开别墅，执意不让他送，她想独自走在雪地里让头脑清醒一下。现在她全部想起来了，她回到春申巷，走进没有亮光的旧楼道，接连被横在楼道上的旧家具磕碰了好几次，她只好停下，从包里掏出手机打算照亮。紧接着"嗵"的一声闷响……她的记忆到此结束，后面发生了什么就不知道了。

刘云瞥了坐在病床边的申扬一眼，忽然发现自己的手被他握在了手心里，脸上不由得飘过一缕红云，抽回了手。

申扬恳切地说："云云，老房子真不能再回了，水电都停了，别人也都搬走了，不方便不说，也不安全呀。你看多危险，幸亏掉下来的是一只花盆托盘，万一要是大花盆，还不把人给砸毁了？我说了，你就住我这里，不用再防贼似的守着你那套破房子了，你不签字交钥匙也没人当真敢动……"

刘云凝望着雪白的天花板，一言不发。申扬站起身，在房间里烦躁地转了两圈，又回到病床边坐下，说："云云，还要我怎么向你表白呢？我永远忘不了在我最困难的时候你对我的深情厚谊。我在最灰暗的日子里发过誓，混出头以后一定要回来报答你！我为什么要用你的生日做我家的门禁密码？就因为你是我唯一爱过的女人，只有你才配走进我的家，走进我的生活。"他又抓住了她的手："我不骗你，我当然不可能没有过其他女人，但我真的没有再爱过了！云云，你一定要相信我！"

"相信什么？"刘云依然瞧着天花板，"相信你报答我，就因为我给了你那几枚古钱币？"

"不，相信我依然爱你！"申扬一字一句地说，"当然现在我也有能力，把你曾经给予我的都回报给你。"

刘云使劲地笑了一下。笑肌扯动了伤口，她皱了皱眉头。相信不相信有什么区别呢？门禁的密码随时可以重设，其实问题并不在于她相不相信爱情，而是如果没有爱情，她和这个人之间现在就只剩下房地产开发商与一个钉子户的关系了。刘云心里失望得厉害，他没再提起过那枚清币。他忘了最不该忘的一幕。那天晚上她送给他一小袋古钱币时，他很激动，随手从袋子里摸出一枚最大的古钱币——就是那块清光绪二十九年的户部纪重银币，他发誓将来一定不负她的情谊！以后不管是发达还是穷困潦倒，无论处于怎样的境地，这一辈子他永远都会将这枚钱币带在身边，以此为证！她更激动，此前还只是想着要帮他一把，忽然就心潮翻涌，感到是自己给了他一个无比珍贵的定情物。

历历在目！没错，她当时就是这么想的，定情物！她转过头来直视着他。她并不需要他报偿，只要他说一句那枚清币，哪怕已经不在他的身边，早就失去下落，被盗、被抢或者被他做生意不得已用掉了，只要他说了，她就原谅他的一切。她有点悲哀地想，包括原谅那一年他不辞而别的可疑的原因。

"云云，你现在的任务是安心静养，留院观察几天，什么都不要操心，其他的事情有我呢！"

申扬去医护办公室询问、交代了一番，回来又叮嘱她几句，夹起包要走了。作为一位房地产商老板，他每天都有许多事务需要处理，压根就没有更多的时间留在这里守着她。不过现在他要回去把近期的事情都尽量安排妥当，争取明后天就待在医院里不走了，一心一意地专门陪她。

她回过神来，说："你忙你的去吧，陪我干吗？"

"嘘。"他伸出食指抵在刘云唇上，"只见贼吃肉，不见贼挨打，你以为老板是好当的？方方面面都要应付，你们平时只能看到我装模作样的风光，却看不到背后我也常常当孙子，你以为我喜欢去面对那么多的难题？"他摇摇头，低声说："我宁愿陪你，天天！"

申扬消失在门外。听着他的脚步声在走廊里逐渐远去，她的心软了，或者也可以说是原先一直顶在心窝的那股硬邦邦的心气泄了。头上的伤口还在疼，头还有些晕。是的，相不相信他是否依然有爱真的不重要了，主要是她开始怀疑自己了——她是否还残存了那么一点儿遥远的爱？

算了，要不就搬迁算了吧，这么耗着也不是个事儿。她这样想着，伤口的疼痛仿佛立刻减轻了两分。她动了动胳膊和腿脚，其实躺在这儿挺闷的，要不等明天他来，就让他去帮着办，他不是说其他的事情有他去办吗？

想想等出院后，可能就再也见不到那个见证了她最美好的岁月的家，刘云又暗自伤感了。

七

申扬倏然消失了。

一连几天，他都没有重新出现，如同在空气中蒸发了一样。刘云也不知到底是因为待在病房里太过烦闷而想着他，还是因为百思不得其解才对他有点儿牵肠挂肚。她忍不住给他打了个电话，过会儿又打一次，耳边重复着那个千篇一律的电子音："您拨打的电话暂时无法接通，请稍后再拨。"她放下手机，忧郁地望着门口，无聊地想起了很多很多年前的某一日。那天，她快乐地去找申扬。老爷子说了，古玩市场的水深得很，要想在古钱币的道上有所成就，首先得学会识别真假，不然一不留神，淹死在哪口塘里都不晓得。老爷子得意地说："你去把那浑小子叫来，看在我的宝贝女儿的面子上，我教他几招。"然而她扑了个空，那浑小子就此失联，她想破了脑袋都不敢确定是什么原因，有一段时间还怀疑他该不是真的人间蒸发了吧！

直至刘云出院回到台里，才解开了心里的谜团。"90 后"美女主持大惊小怪地验伤、宽慰之后，表情夸张地说："云姐，你也不要太郁闷，春申巷房地产开发项目的那个工程出事了，纪委已经给你报了仇。"美女主持历来多是消息灵通人士。原来，住户还没有全部搬出去就停水断电，强行拆迁，造成群情汹汹，密集上访。上级纪委介入以后，发现了问题。负责开发项目的领导是个儒雅的官员，个人爱好也不俗，素有高雅之风，办案人员意外地查出他从未收过现金、银行卡，而是一个跟头栽在了名画、古玩上面。他刚被"双规"后，便竹筒倒豆子般全部"吐"出来了。

涉及春申巷开发项目的受贿赃物，主要是清光绪二十九年的户部纪重银币一枚，当前估值约一百三十万元左右。领导坦白交代的当天，行贿者——房地产商申扬被检察院"请"去了。

刘云半天没说出话来，心情复杂极了。刚才她是先去看了老爷子，才到单位来的。

那年申扬"失踪"后，她紧张得在外面熬了整整一天，无比忐忑，磨蹭到晚上才扯着自己的影子溜进家。老爷子坐在客厅，她低着头一进门就想往自己的房间里钻。老爷子眼尖，一把拉住她，问："怎么啦云云，怎么啦？"她一下子没撑住，"哇"的一声哭了出来。本来她绝对想不到那枚清币竟然是个价值百万元的稀世宝贝，更绝对想不到申扬莫名其妙地不见了，她越哭越觉得太对不起老爸了。

老爷子吓了一跳，一阵惊慌失措，听她断断续续地说完，反倒笑起来："丫头，只有你才是老爸的宝贝！在老爸的眼里，其余的东西哪怕再值钱也就是值钱而已，算不得老爸的心肝宝贝。不过话又说回来，老爸所有的东西都是留给你的，那个浑小子带跑了的楚币是真家伙，唯独那块清币却是个赝品、假货！不然我可没有这么大方，他真拐了我留给心肝宝贝的一百万元，我就是拼了老命搜遍江湖也要把他追回来呀！"

赝品！假货！她一怔一愕，半天才反应过来，破涕为笑，一下子轻松了。她随即又抹开了眼泪，好像受了天大的委屈似的。

老爷子心疼地摸摸她的脑袋说："跑了就跑了，不要惦记人家了，他本来就没那个福气……"老爷子让她把申扬找来，原意是要告诉他这枚清币是个赝品，千万不能拿出去哄人，在怀里揣了个假货，哪能走上正道呢？那浑小子迟早会招致灾祸的！老爷子后来又絮叨了好久，说制作手法再高明的假货，与真品一比，都会露出破绽，这叫以真逼假。但多少人有机缘能亲眼见识很多的珍稀古钱币呢？更何况还需要了解各种制假作伪的手段，比如翻砂法、嵌补法、改刻法等，不一而足，掌握了各类假品的特征，自然也就能识假而辨真了。老爷子叹了口气，他非常喜欢那枚光绪二十九年的户部纪重银币，高仿，逼真，曾把博物馆的古玩鉴定专家都唬住了。可惜，太可惜！

这天，刘云在台里吃过晚饭回到家，月辉如霜洒进屋里，她倚在窗前，面色发白。下午，"90后"美女主持说这项工程的事情时，刘云便想到申扬贿赂领导的东西应该就是当年她给他的那枚清币。她有个律师朋友，可以明天去问问，若是以后法院采信以不值钱的赝品赠予赏玩，是否影响对申扬行贿违法的裁决？但她马上又想到另一个问题，行贿的不可能是一枚赝品，所有的人都会这么认为，包括申扬自己。那天老爷子叹着气说："这是申扬跑了，要不就是跟他说那是一枚赝品，估计那浑小子也未必肯信，还以为是我们反悔了，编着法子要把那枚清币哄回来。"刘云想，倘若主观动机是把赝品当了真品待，不知法院又会怎么判？

她胡思乱想着，心里一阵风一阵雨的。不知过了多长时间，她无意中抬起头来，雪后的天空晴朗澄澈，万里无云，夜幕上高悬着一枚清币般皎洁的皓月，照耀着如梦似幻的银河，点点楚币一样的繁星缓缓地流淌。夜色如此绚烂华丽，她深吸一口清冷的空气，久久无语。春申巷旧房拆迁区黑灯瞎火的，四周一片寂静。

（2015 年 1 月作，刊于《安徽文学》2015 年 6 期）

十 年

　　周小萌今天很背，早晨上班居然紧赶慢赶还是迟到五分钟，没打上卡。中午陪老总见客户，她微笑着走在前面，领着客户和老总进入酒店的包厢。她对自己今天这套托了女友从香港带回来的奶白色小香裙特别满意，所以走起路来格外注意姿势。她悄悄从玻璃窗窥视了一下自己的侧影，嗯，发髻高耸，身形挺拔，真是美女呢！正得意着，老总轻轻咳了几声，她很机敏地回头，她明白，这是老总要向她暗示什么。她放慢了脚步，退到老总身边，老总有点尴尬地低声嘀咕了一句："你先去下洗手间！"去洗手间？怎么了？妆花了？

　　进了洗手间，周小萌就直奔镜子而去，仔细看了看脸，眼线顺畅，红唇润泽，眉她是不画的，她一双眉毛生得好，如弯月，是着了雨后的远山一般的青黛色。眉目如画，说的就是她吧？她正得意着，推门进来一位服务员，见了她，夸张地说道："小姐，你那个来了？怎么弄了一裙子？"

"嗯？"她回头一看，天哪！可不是嘛！奶白色的香奈儿裙子上，那一抹殷红可是比齐鸣画的牡丹还鲜艳哟！丢死人了，丢死人了！周小萌羞得直跺脚。没办法，客人还在包厢里等着，总不能躲在洗手间里不见人呀。周小萌想了一下，从手包里取出几张大钞，对提醒她的服务员说："小姑娘，我这个样子出不了门了，麻烦你帮我到隔壁卖场买身衣服，或者就买这种半身裙也成，黑色的、米色的、蓝色的都成，码子买 M 号就行。今天太感谢你了！对了，内裤和卫生巾也麻烦你帮我买来。我就在这里等你。"

服务员面带难色，也难怪，上班时间，她们也有自己的规矩。可能是看周小萌脸上那楚楚可怜的无辜模样，她答应去跟经理说明情况再帮她。

看着服务员离去的背影，周小萌又重新站在镜子前。此刻，一阵心寒取代了刚才的尴尬。唉，这个月，又完了！

周小萌三十六岁了，刚和先生齐鸣跑海南庆祝了结婚十周年的纪念。那晚在海景房里枕着海浪翻云覆雨之际，齐鸣伏在她耳边说："我种的种子，一定要发芽哦！"可是，这该死的"老朋友"还是如期而至了啊！周小萌嘟着嘴巴，扭头看着裙子上的血迹，一颗心拔凉拔凉的。

结婚十年，他们有过种种不能为外人道的波折，可还是一路相伴走了下来。记得单位里有位大姐感叹道："这世界上没有比夫妻更不可靠的关系了！"两个陌生人，长到二三十岁才走到了一起，组成一个家，然后有个孩子来加固这关系。可是，如果没有孩子呢？没有孩子的夫妻，意味着少了一些责任和义务，更少了一颗让夫妻关系牢固的纽扣。而对周小萌和齐鸣而言，孩子是他们如锦生活上的一朵花。有，是更好的点缀；没有，也不影响婚姻的幸福——当然，这想法仅限于结婚的前三年。三年后，齐鸣看见别人的孩子就总想逗一逗、抱一抱了。他们不再采取任何措施，结婚前三年，周小萌到了那个固定日子前就开始忐忑，生怕它不来。三年后，当她暗自盼它不要来的时候，它却总无比准时地翩翩而至。有时到了那个日子没有来，齐鸣兴奋地要带着周小萌去医院检查的时候，它偏偏就淘气地又赶了来……

就这样，在期盼、失望、沮丧，乃至于绝望中，一年一年的光阴就那样无声地流过。身边的亲戚、朋友、同事都陆续结婚，有了孩子，几个和周小萌同龄的在小女孩时就成天腻歪在一起的女友，除了一个持不婚态度的女友之外，如今都不大碰面了，她们都在忙——忙孩子。如今，她们的孩子最大的小学都快毕业了。五年前，齐鸣和周小萌开始听从长辈们的意见去治疗。老中医、大医院，甚至是那些偏僻乡村里据说有祖传偏方的老妇，他们都去瞧过病、化过验、讨过方子。可是，不管他们抱有怎样的希望，最终，失望都会如期而至。

三年前，齐鸣博士毕业，周小萌也因表现出色而升了职。一切都在往更好的方向发展，除了没有孩子。周小萌是个好强的女人，她从来都不是一个肯低头服输的人。想当年读高中的时候，她在高考前疯狂地迷恋上写诗、作文，班主任对着她的父母摇着头说她高考是没指望了的。她不信，咬咬牙，铆着一股劲儿，硬是用最后的两个月时间冲进了一所重点大学。毕业后，她当了一名中学语文老师，在那里，她和一个同年进校的男老师擦出了爱的火花。男老师很帅，很阳光，但嘴也真是贫，和谁都贫，贫得领导烦，贫得同事厌。但学生们喜欢他，因为他活力四射，更因为他长得活像他们正喜欢的一个明星，韩国的，叫什么名字来着？年代久远，周小萌居然忘记了那明星的名字。虽然时光可以冲淡许多记忆，但她忘不了一个事实，那就是她曾经被人甩过。甩她的正是那个像韩国明星的贫嘴男，姑且还是像当年那样称他"小贱贱"吧。"小贱贱"当年是用他的好嗓子征服周小萌的。他俩那时带一个班，孩子们在元旦举办了一个晚会，请老师们参加。"小贱贱"在那个晚会上跟打了鸡血似的，抱着话筒一首接一首地唱，从齐秦唱到张信哲，真不知道他那嗓子到底是什么材质的，不累呀？不过话说回来，他唱得可真不赖，无论谁的歌，他都唱出了那种神韵，尤其他在唱高音的时候，微微仰着头蹙眉闭目的样子，真是帅极了！也就是那个晚会后吧，周小萌觉得"小贱贱"嘴贫得不那么招人烦了，甚至还觉得那是一种幽默，她想只有聪明人才能幽默得起来。而她，对聪明人充满了一种特别的好感，她也是聪明的嘛，至少她自己那么认为。于是，她就恋上了。两个年轻教师谈恋爱在那所中学里是件正常得几乎可以忽略的事情。可是，正当周小萌逐渐陷入爱情并以身相许的时候，那年的十一长假一过，"小贱贱"居然没影子了。没影子的意思是他放假的七天里没和她联系，开学了他也没来校上班。周小萌陷入了一种前所未有的恐慌之中，怎么回事？是自己做错了什么，还是他回老家出了什么意外？惶惶数日后，平日里以八卦闻名的一位老师私下里对她嘀咕："听说你家'小贱贱'辞职去广州了呀，那得赚多少钱一个月呀？不过干什么都比当这穷教师强！你啥时也跟去……"八卦老师后面的那一箩筐的话，周小萌一句也没听进去，那一刻她的心就跟打秋千似的在胸腔里晃荡着，她的脑袋里只盘旋着一个问题：他辞职了，他居然辞职了，他居然没打招呼就一个人跑了！

　　早说过，周小萌向来就是一个不肯服输的人。"小贱贱"跑就跑吧，但被人甩的事可不能张扬。她照例在校园里晨跑，上课，和人聊天，傍晚打打网球。没什么大不了的。也是，男老师还少？不久后，八卦老师就到处跟人私下里嘀咕周小萌和英语老师齐鸣谈恋爱的事儿了。虽说还是年轻老师谈恋爱，女主角还是周小萌，但这剧情因为有了"小贱贱"的"叛逃"就比以往那些平凡的恋情值得关注多了。周小萌也不在乎那些，只面色平静地和齐鸣出双入对，亦如当初和"小贱贱"在一起时那样。第二年暑假后，齐鸣也消失了。不过，这次齐鸣的消失仅仅只是相对于那所学校而言。对于周小萌，那只是离别。齐鸣考上了周小萌母校的研究生，马上就要去报名了。八卦老师见周小萌再一次形单影只地出现在校园，立马发挥了她那无比丰富的想象力，并及时用生动的语言四处宣扬。周小萌在无意中听到她在办公室里和别的老师绘声绘色地戏说故事后，平静地放下了教科书，返身上楼，敲开了校长室的门。"辞职。"她说。于是，几天后，她拖着一只大红色的行李箱和拖着一只黑色行李箱的齐鸣一起离开了那个小城，去了她曾学习、生活了四年的省城。她帮齐鸣在母校研究生楼的宿舍里铺好了床铺后，拖着行李和齐鸣一起走进了学校的小招待所。缠绵之后，她催他回宿舍。他穿衣起身后，她半倚在床头，洗得发黄、带着毛边的白被褥掩着前胸，她双颊还带着红晕，眼眸里还有一抹迷蒙，她说："哎，我供你！"齐鸣回身，折到她身边坐下，他拥着她嗫嚅道："谢谢你，小萌，谢谢你……"

　　第二天，周小萌就开始在那个熟悉又陌生的城市里找工作。她去人才市场，看招聘启事，跑网吧里逛人才网。住了一夜招待所之后，她便拖着行李搬进了在网上找到的合租房，和一对年轻的情侣合住在一套两室一厅的老房子里。也是那一天，她找到一份工作，去一所高考复读学校任教。学校在城郊，时间卡得很紧，所有的老师都是年轻老师，班主任更是得陪着学生学习到近午夜。学校给老师提供了简陋的宿舍，周小萌不得已只好又回到才交了租金的出租房，将那只行李箱拖到宿舍。好在房租也不贵，一个月才一百五十元，就留着周末和齐鸣在那里相聚吧，比住招待所还便宜点。周小萌想到这儿忍不住想笑，这本是男人该考虑的问题吧？

　　这样昏天黑地地工作了一年后，周小萌跳了槽，去了一家广告公司就职。之所以去那公司，得益于她在复读学校一年来的努力工作。她的一个学生的父亲就是那家广告公司的经理，他的孩子一年来进步了两百分，他把那成果归结到了孩子的班主任周小萌的身上。于是，带着感恩，还有一份惜才（他儿子总在他面前说自己老师的文学功底如何了得，并将老师博客里的文章找出来给他看，他看了的确感觉惊艳。），将周小萌领进了广告公司来从事文字策划。新的领域，新的挑战，不过这些很对周小萌的胃口。两年后，当她成为广告公司里的金牌策划时，齐鸣也很争气地毕业留了校。两个人在那个城市里有了一个虽然不大却温暖的家，他们没有举办婚礼，只是领了证后，两个人将一红一黑的两只箱子拖到了那个刚刚简单装修过的小公寓里。那时，他们都很忙。领证那天，周小萌居然一夜未归。那一夜，留给了"小贱贱"。

"小贱贱"当年不告而别，投奔表哥跑到了广州。他那表哥是在演艺圈里混的，十几岁就出去闯荡，有幸赚到几个钱后，就开始到酒吧、夜总会厮混。他表哥在那儿认识了一个当初还只是酒吧驻唱歌手的女孩，并疯狂地迷恋上了人家。送酒、送花、送首饰都打动不了她，活该他走运，居然那晚遇到酒鬼混混骚扰她，他当时也喝得有点高，拎着个酒瓶子就上前往那个一嘴酒臭还往女孩脸上凑的男人头上就是一下子。瓶和头都开了花，他拉着女孩的手，像电影里那样从哄乱的人群里跑开。自那以后，他就卖了自己的挖土机、大货车和客车，揣着巨款，拉着女孩的手一路向南，来到了广州，帮女孩拜师、找路子。女孩有着青春靓丽的容颜，有着低沉喑哑却独具特色的嗓音，略一包装，嘿，居然也有了星派。表哥也就慢慢地接触了这个行当，不是揣着钱嘛，于是注册公司、签人。得，一娱乐公司就这么齐活了。"小贱贱"当初离开，其实就是受了表哥的撺掇。他想，他有一副金嗓子，还有这样一张明星脸，不信就出不了头。他去了表哥的公司，才知道自己想单凭样貌、嗓子当明星是不可能的。不过，在自己表哥的公司里工作，好歹也能过上光鲜的生活。那天，很凑巧，"小贱贱"因为公司要在周小萌所在的城市举办演唱会的事，来和周小萌所在的广告公司洽谈广告事宜，这广告公司谈事的人中就有周小萌。时隔四年，周小萌隔着会议桌看着"小贱贱"那张一张一合的大贫嘴，居然一句话也没能入耳。临到她发言，平日里口齿伶俐的她居然支吾了起来。正尴尬着，"小贱贱"笑着打断道："老同事，我是知道你的，当年你就能写一手锦绣文章，今天这点小意思还能难得到你呀！不要讲了，就冲着我老同事的面子，今天这合同我们就签了吧！"说着，他大笔一挥，合同上就划出了花里胡哨的艺术签名。签好字，"小贱贱"故意将合同往怀里一抱，说："合同咱是签了，没用你们公关，也没劳你们费神，但是，按照行规，我也得提点条件。今晚，在座的谁都不许走，在这城里找家最上档次的KTV，就让我一次唱个够！"说到末了，他居然学着庾澄庆打着Rock手势，照着《让我一次爱个够》的调子厚颜无耻地唱了起来。

"哼，贱！"周小萌面挂微笑，却在心里愤恨地骂道。

豪华的包厢里，一流的音响，貌美的点歌小姐，一群被啤酒、假洋酒灌得大了舌头的男人们和一脸凛然、沉默无语的周小萌坐在沙发上，听着"小贱贱"扭着身子在那里唱，一首接一首，毫无疲倦之意。不知唱了多久，"小贱贱"终于挺不住了，倒不是他的嗓子挺不住，是他的膀胱被啤酒胀得憋不住了。他唱一首歌，人去敬一杯啤酒，唱了多少首了？谁记得，反正几箱啤酒都底朝天了。麦霸的麦终于空了出来，有人立马蹿了上去，飞快地点了首歌。一直在玩手机里的钓鱼游戏的周小萌听着前奏很耳熟，便把头抬起来。原来，是那首《约定》。这是她周小萌今生唯一能够完整唱完的一首歌："远处的钟声回荡在雨里，我们在屋檐底下牵手听，幻想教堂里头那场婚礼，是为祝福我俩而举行……你我约定一争吵很快要喊停，也说好没有秘密彼此很透明……"这首歌，周小萌四年前在那个元旦晚会上被学生们一而再、再而三地鼓掌邀请而演唱过。其中有几处她唱不上去，还是"小贱贱"捏着嗓子帮唱的。因为这个，她觉得丢脸，每天没完没了地练习，最后，居然也能用假嗓子给唱顺畅了。等到他们恋爱之后，周小萌便一直遵照那首歌里唱的，从来不像一般的女孩那样喜欢怄气，也不故作神秘让男朋友猜心思。她抱着最纯真而美好的态度用心地经营着这份感情，也带着幸福的心态憧憬未来。可惜，他还是辜负了她。

"嗨，我唱得好不好？""小贱贱"不知几时挤到了正陷入回忆里的周小萌身边，一只手居然还很轻浮地在她臀部拍了一拍。"流氓！"周小萌忙站了起来，瞪着眼睛低声迸出了那两个字。

"小贱贱"也不恼，嘻嘻哈哈地走到台前，没事人儿般从别人手中接过麦继续唱："我会好好地爱你，傻傻爱你，不去计较公平不公平……"

周小萌看着"小贱贱"唱歌时那含情脉脉的表情，不由得心生怨怼。

"小贱贱"的专场演唱会到凌晨三点的时候终于散场了，在地下停车场，"小贱贱"凑到周小萌身边低声道："小香香，今晚，给我香一香……"

"滚蛋！"周小萌说着狠狠地踩了下他的脚。踩完，她便后悔了，因为这个动作显得有点暧昧，包括刚才那个"小香香"都是他们在恋爱时彼此亲昵的小把戏，现在还搞这些，算什么？不像话！

等周小萌到了家，洗漱完毕进入房间，她看见床头柜上那两个红色的小本本，不禁有些愧疚。她掀开被子，将身体紧紧贴着齐鸣，却被齐鸣嘟囔着推开，接着就是齐鸣牙齿相磨的声响。她知道，齐鸣什么都好，就是睡着了以后有点迷糊，他睡着以后，会对一切外来的侵犯都坚决予以反击。她唯有翻过身去，看着窗帘一点点被晨光晕染。这，就是周小萌和齐鸣的新婚之夜。

婚后，面临重重的经济压力，他们约定暂时不要孩子。"三十岁之前要孩子也不晚嘛！"他们异口同声地跟家人和朋友解释。三年后，生活宽裕了些，可能齐鸣也到了想要孩子的年纪了，他们开始为迎接孩子做准备。周小萌被齐鸣拽着起来晨跑，齐鸣被周小萌监督着不许喝酒抽烟。他们将之前实施的安全措施解除，可是，一个月、两个月、半年过去了，就是不见周小萌的肚子有反应。"怎么回事？不会你有毛病吧？你不是每次那个来都肚子疼吗？我百度了一下，说痛经可能是子宫内膜异位症，这个会影响怀孕的！要不，咱去查查？"又过了一年，在一次温存之后，齐鸣抚摸着周小萌那紧实健美的小腹，忍不住提议。

"你才有毛病呢！我好得很！女人痛经太正常不过了，以前我们宿舍的小美和莉莉痛得比我严重多了，她们的孩子现在小学都要毕业了。痛经就意味不孕啊？笑话！"周小萌非常不快地翻过身去。是啊，她当然可以确定自己没有毛病。

有天深夜，刺耳的电话铃声震得周小萌的心狂跳，电话在齐鸣那边的床头柜上，齐鸣缩了缩身子往被子里拱。她只得起身去拿电话："喂，啊？齐鸣，齐鸣！"等她好不容易将话筒按在齐鸣耳边时，刚才还如狂躁症患者般的齐鸣一骨碌坐了起来，一个字没说就松了电话，然后愣怔了几分钟后，这才又拨起了电话，对着话筒哭着说："妈，你说，你说爸怎么了？"他们连夜动身赶回齐鸣的老家，齐鸣的父亲不过五十岁出头，平时很是健壮。当了一辈子"煤黑子"的他终于熬到了退休的年纪，不用再冒着生命危险跑到几百米深的地底下，钻到那黑洞洞的煤矿里扒煤了。他常说，退休了什么都不干，就等着抱孙子。这次在齐鸣家，周小萌听的最多的话，就是婆婆反复哭着念叨："老头了，你死得好冤呀，你说等退休了好好抱孙子的呀，你死得冤呀，连孙子的面都没见到呀……"公公死得冤是因为没见到孙子？那么，她周小萌就是那个让公公受冤的罪魁祸首喽！

办完了公公的丧事后，婆婆也跟他们去了省城。婆婆退休前在矿上的子弟学校当教师，这是个在当地倍受人敬重的职业，再加上公公一贯的好脾气，一辈子对婆婆处处谦让，所以，婆婆便被宠成了一个事事非得她说了算的一言堂者。婆婆这次来，首要任务就是监督他们要孩子。她开始观察他们有没有规律的夫妻生活——在他们就寝之后，侧耳听动静。这个在她的观察下是合格的，一个月后，周小萌依然没有孕像，她坐不住了。她马上安排周小萌去省医院的一个妇科主任那里看，那主任是她学生的舅妈。她对于社会关系一向是门儿清的，尤其是对她自己有用的。那天早晨吃饭的时候，她对穿戴整齐的周小萌面色平静地说："今天请个假吧，去医院，我好不容易挂的专家号。"

"啊？我今天不行，今天事情特别多，我要请假就乱套了！妈，改天我再去行不行？"周小萌差点被面包噎着，口气婉转，带着讨好的微笑对婆婆说。

"不行！一个破单位，离了你就要乱套了？照你这样说，地球离了你还不转了呢！你算算你都多大岁数了，连个孩子都没有。你自己的生活和人生都乱了套了，知不知道？就这，还谈什么工作！去，一定得去，我陪着你，不然连你爸都不答应！"婆婆铁青着脸，把筷子当成了教鞭，将碗碟敲得叮当响。

周小萌匆匆吃完了饭，拎了包招呼没打就带门而去。"敲什么敲，我又不是你学生！"周小萌边下楼边嘀咕。

周小萌不知道，她走后，一场战争就开始了。婆婆先是掀了桌子，继而指着儿子的头破口大骂，骂儿子不孝，骂儿子没用，娶了个不生不养还作威作福的狐狸精骑在了她这当婆婆的头上。齐鸣也不作声，但内心愤怒的小火苗却在呼呼地直往上蹿："这周小萌也不像话，不就是能赚几个臭钱吗？脸子都摆到长辈面前了，这还了得！"

那天，周小萌回家很晚，却意外地看到齐鸣端坐在房里看电视，便开玩笑道："哟，今天太阳从西边出来的吧？你这个瞌睡虫居然没睡觉呀，等我呢？是不是想……"

"想想想，想有什么用？你成天早出晚归，鬼知道你在外面干什么勾当了！结婚几年了，你有个女人样吗？连个孩子都生不出来，你居然还在我妈面前狂，你狂什么狂？"齐鸣一改往日儒雅书生的模样，口不择言不说，居然还把手里的遥控器"砰"的一声给摔在了地上。遥控器顿时被摔得四分五裂，两节电池像不懂事的孩子般兀自淘气地滚个不停。

周小萌被齐鸣突然闹的这出惊得不行，垂着手呆立在那里，像一只受了惊吓的猫。过了片刻，周小萌缓过劲来，顺手把房门一开，大声说道："疯了吗你？跟我这撒什么野？我辛辛苦苦几年，用血汗钱把你给供了出来，你现在有本事了是吧？你还摔东西你，你有什么资格在我这里摔东西，你放眼看看，这里的哪一样东西是你买回来的？你居然问我干什么勾当，你说我能干什么勾当！你们家人都不懂事是吧？不懂事也别在我这里撒泼！"

"你这里，你这里？好好好，你有本事，有能耐！齐鸣，我们走！走！我们不赖在她这里，我们有家，有地方待！你有本事，有本事怎么生不出孩子呀？"婆婆一头钻进来，拉着齐鸣的手就往外走，边走边骂骂咧咧。

这场战争旷日持久，最终，因为老校长的意外造访而让他们之间关系有了缓和之机。老校长因为孙子考上了齐鸣所在的大学，便在送孙子上学的时候找了齐鸣，齐鸣自然要尽地主之谊。老校长说也很想念周小萌，齐鸣只能打电话给周小萌，周小萌接到电话就赶了过来。餐桌上，校长对他们夫妻二人给予了高度的评价，说他俩是那个学校的骄傲。他们一起笑着接受这评价，也觉得自己真成功了似的。校长突然问："小孩几岁了？上幼儿园了吧？"这时，他们才蔫了。

校长走后，齐鸣从学校搬回家。他们开始去医院，先是去婆婆之前挂过号的那位主任那里。周小萌拿着主任开的单子去做了一系列的检查，主任拿着检查报告看了良久，轻轻吐出仨字："正常的。"说完，她从老花镜上翻着眼睛盯着齐鸣说："这不孕可不单单是女人的问题，跟男人的功能也息息相关，你得确定自己没有问题才行。"之后，她建议周小萌注意身体，调整作息时间，并且养成自己测量体温、预测排卵期的习惯，严格在排卵期进行受孕。此外，等等等等，说得周小萌觉得这孩子压根不是作家笔下写的什么爱情的结晶，而是实验品，是科学成果。回去的路上，齐鸣抹了抹额头的汗，感叹道："天哪，只怕回去我就不行了。听医生这么讲，我哪里还是男人，跟个种马一样！不行不行，老婆，咱不能这样啊，这性要是附带上任务，还这么严格、这么科学，那还是人干的事吗？你这查了都没问题，我也就放心了。"

"什么叫我没问题你就放心了呀！你还没查呢，你有没问题我还不知道呢，哼！"周小萌说完，像出了一大口恶气似的歪着头冲齐鸣调皮地笑了起来。

齐鸣只好也去做检查。结果自然也是正常的。

两个正常的男女过着正常的夫妻生活，可就是生不出孩子，这真是一件令人抓狂的事儿。俗话说病急乱投医，一点也不假，齐鸣和周小萌眼看着年纪越来越大，求子的愿望也越来越强烈。结婚的前几年，没打算要孩子，也不知道自己有生不出孩子的时候，他们每逢节假日就出去旅行。现在，只要有休息的时间，他们就去求医。上海、北京的公立医院、私立医院都跑了个遍，就是查不出原因。听人说中医本事大，能看出西医瞧不出的毛病，他们就去看中医，心想着良药苦口利于病，于是那比黄连都苦的中药不知喝了多少碗，也不行。又有人传，乡下有偏方，谁谁吃了偏方一胎生了两个儿子。他们便去求方子，周小萌按照偏方把那古怪恶心的东西吃了一大筐了，照样不行。后来，听人说县城北有座四顶山，那山上有座奶奶庙，四顶奶奶是最神的了，每年三月十五庙会期间，都有从几百里外赶去求子和还愿的香客，一旦从奶奶庙抱了娃娃回去，没有第二年不见喜的。好，那就等三月十五去抱娃娃。结果，四顶奶奶的美名算是在砸她周小萌手里了，她还是没有喜。看来，这事连神仙都帮不了了，神仙不问，靠自己呗。周小萌就是不信这个邪了，怎么就非得是她生不出孩子呢？一定要生出来，哪怕自己并不是多么渴望当妈。

周小萌很忙，不仅忙工作，更忙着看病。一次，有个案子，在家搞不定了，非得出差，去福建，领导指定周小萌去。周小萌其实很不情愿，她正处在排卵期呢。不过她脑子活泛，想着可以将"种马"牵着呀。她嘴甜，对齐鸣说想和老公一起看风景，齐鸣屁颠屁颠地就跟了去，晚上在酒店里也格外卖力。几天的努力之后终于搞定了案子，庆功宴上，她听闻当地有家著名的治疗不孕不育的专科医院。于是他们立马找去，做了检查，医生说周小萌左侧输卵管粘连。"看，终于找到问题了！"周小萌高兴地对齐鸣说，感觉这医院的确很专业。

"怎么办？"齐鸣问医生。

"手术治疗。"医生面无表情道。

"手术？"齐鸣和周小萌异口同声地问道。

"对，微创手术，是我们这里的特色。一天就可以出院了。"医生瞄了他们一眼，依旧面无表情。

于是，好好出差的周小萌就意外地挨了刀子。

哈，其治疗结果不用说了吧。

从那以后，也就是三年前，齐鸣在博士毕业之后就对治疗不孕不再像从前那么热衷了。周小萌成了为生孩子而一个人战斗的勇士。她就搞不懂，为什么不该有的时候偏偏就有了，而该有的时候，上帝偏偏就不肯给这个恩赐。

周小萌依旧坚持着记录生理周期的习惯。可是，越来越多的排卵期，于她都是空档。齐鸣博士有了许多不能配合的理由，譬如要为学校社团开讲座，要去电视台录节目，要去当评委，要给哪个杂志报纸写专栏……

在无数个独守空房的晚上，周小萌就在那捣鼓起了微信。

她平时忙，根本没工夫研究那些东西。她看公司里的小姑娘上个洗手间也抓着手机不放，便问她们在干什么。她们拿过她的手机，大笑她落伍了。可不是，她有最高级的手机，却只用它来进行最原始的打电话和发短信。小姑娘拿过手机戳了三两下就给她下了微信和微博。她便开始和那些小姑娘一样，在闲的时候就玩玩微信。那天，微信里跳出一个人，恬不知耻地用一堆肉麻的话来夸赞她的头像，话说得暧昧而露骨。周小萌气得想删了他，却一时找不到删人的方式。这时，那人居然又发来了语音。她点开一听，呸！居然是"小贱贱"！

"小贱贱"在微信里依旧将他那贫嘴的特质发挥得淋漓尽致。他先是夸周小萌依旧美貌如初，又夸她比以前似乎丰腴了许多，变得更性感了。接着，他又重提当年周小萌在网上为他写的那篇文章。

"啊呸！"周小萌气得七窍生烟！如果不是这个人，她怎么会受这样的罪？她怎会担着不能生孩子的罪名？又何苦要天天早上衔着个温度计测体温？何苦要到了排卵期就得推了所有的事，洗干净了晾在床上等着"种马"来播撒种子？

周小萌也不记得曾经听谁说过这"小贱贱"娶了个香港老婆，生了个女儿。想到他居然有了女儿，周小萌就更加气不过。她不再看微信，懒得理他。他不就是为了炫耀自己的成功吗？用他的成功来比对她的失败，哼，才不给这种人显摆的机会。

那晚，"种马"没回家。周小萌一般不会在齐鸣有应酬的时候老打电话催，作为一个职业女性，她觉得电话追踪很惹人烦。当然，齐鸣也一直非常自觉，总会主动告诉她自己的行踪。这天，因为是特别的日子，周小萌下午就发了信息给他，他没回。周小萌想着也许是在上课、在开会，忙呢。可是到了晚上，甚至到了午夜，都一直没有消息。她辗转反侧，最后还是决定再打一次，一打，却是关机的提示音。怎么回事呢？他手机可是二十四小时都不关机的呀！惴惴不安的周小萌拿着手机反复地拨打着那个号码，内心充满了不安和惊恐。这感觉，不正如十多年前和"小贱贱"失去联系时那般吗？呃，"小贱贱"……

她打开微信，对着"小贱贱"发了个微笑的表情。那厢很快回复了玫瑰。接着，是一段语音。她点开，他很温柔地问："小香香，怎么还不睡？女孩子熬夜可就不漂亮了哦！是不是有什么心事呢？老公呢？不在身边吗？"

"你才有心事呢！你不也这么晚没睡？你老婆孩子呢？"带着旧恨，周小萌没好气地也回了他一条语音。

"什么老婆孩子？我可是单身哦！"语音里传来他响亮而夸张的声音。

"切，你又不是明星，明明结婚生了女儿还要隐瞒。你结婚办酒的时候还给我发过请帖，只是我没理而已。"周小萌不屑道。

"唉，一言难尽。当初，我是回老家办过酒。她不是香港人嘛，半年后，还没来得及领证，我们就因为她坚决不肯要孩子而分了手。你说我有女儿，肯定是谣传，我倒是很希望我能有个女儿。我现在特别渴望能有自己的孩子，毕竟，我都快奔四了。""小贱贱"的语气里带着一丝忧伤，停顿了会儿，他继续说，"你呢，你孩子多大了？"

"我也还没有孩子。"周小萌尽量用很轻松的口气说。

"你也是不愿意生孩子？现在的女人都怎么了？一个个为了身材、为了事业连孩子都不想生。都这样，人类早该灭亡了。"他说完长叹了一口气。

看来，"小贱贱"果然被女人伤得不轻。"活该他倒霉。"周小萌在心里说。

周小萌一夜未眠，反复拨打齐鸣的电话，终于在六点四十五分打通了他的电话。齐鸣的手机是她淘汰下来的，这时开机也不是人为，而是当初她设置的自动开机。电话通了，却没人接听。她连拨几次之后，手机又继续关了机，这下周小萌抓狂了。她盘坐在繁花锦簇的大床上，忍不住号啕大哭。

抓狂归抓狂，号啕之后，周小萌还是得起身，如往常一样洗漱化妆，开车上班。因为比平常略晚了一点儿，赶上了上班高峰期，车在市区最繁华的地方堵住了。百无聊赖之际，周小萌掏出手机拍那排成长龙的车队，最近她迷上了微信，有事没事也爱发张照片发在朋友圈。咦，这不是……

路边，那个熟悉的老巷口，一个弓腰骑车的身影是那么的熟悉。可是，她还没来得及细看，后面的喇叭声就此起彼伏地响了起来。哦，车开始蠕动了。

刚到公司，周小萌就接到齐鸣的电话。他说："打我电话啦？我昨天临时要赶个专栏，在办公室写了很久，看时间晚了，怕回家影响你休息，就在学校凑合睡了会儿。对了，手机不知怎么回事，可能出毛病了，居然自己关了机。"

这就是一夜不归兼手机关机的交代了？周小萌心里有点不是滋味，却又无话可说。

从那以后，齐鸣的手机就经常出毛病了。不是忘了充电，就是摔了跟头，还有就是他无意间的触碰把手机弄成了飞行模式。于是，那手机有了 N 种关机的理由。而齐鸣也有了更多夜不归宿的借口，譬如酒喝多了，朋友找帮忙，去外地出差……而这些事情在过去的七年里也都是时常发生的吧，但之前却没有成为他不归的理由。

周小萌有点怀疑，却又不肯多疑。一个对自己老公的忠诚充满怀疑的女人无疑是个失败的妻子。但种种迹象，包括她作为一个女人和妻子所特有的第六感都在提醒她，她的婚姻有了问题。难道传说中的七年之痒就要向她袭来了吗？她开始改变自己，尽量减少应酬，早早回家，竭尽所能地扮演贤妻的角色。周小萌从前有点不爱整理家，他们夫妻俩一直都是各自将自己要洗的衣服扔洗衣机，洗好晾干之后就胡乱地堆在储物间里。那天，她在外面办完事后早早回家，看见齐鸣丢在沙发上的裤子，想起单位大姐说的，裤子不能机洗，再贵的裤子，洗衣机一搅就没型了。手洗吧。她的心泛上一抹温柔，她拿了盆边放水边哼歌，想着浣纱的西施，不禁感觉替爱人洗衣服还真是件浪漫的事情呢。水放好了，她挽起了袖子，觉得自己挺像个专业主妇的。她"专业"地先往裤兜里掏一掏。记得小时候，妈妈就很粗心，洗衣服总忘记掏兜，窗台上常有沾了肥皂水的钞票在那里晾着。她就偷偷拿过一张两角的票子，因为那里晾晒的两角票子最多，少一张也不惹眼。那时候，两角钱可以在巷口的小店里买一块威化巧克力。那威化的滋味呀，可真醇美，比现在的德芙、费列罗不知要美多少倍！

周小萌的口齿间似乎还有儿时的巧克力的余味，可手指尖却触摸到一张脆脆的纸片。她忙掏出来，才瞄了一眼，就感觉呼吸都要停止了。

那是一张署着周小萌名字的孕检报告。只是，那分明不是她的，因为报告上有醒目的阳性标志。周小萌长吁一口气，颤抖着双手将那张报告单举到眼前，特意看了下日期。居然是昨天的。难怪昨天又是一夜不归，这丢在沙发上的裤子她早上离家时还没看到，不知他是什么时候回来换的，他下午要去电视台录节目，可能是特意回来换那身周小萌托了女友从香港为他带回来的体面的西装吧？

周小萌不知道在卫生间里举着那张报告单呆立了多久，水龙头一直汩汩地奔流，水可以洗涤污迹，却不能涤净溅到她心里的污点。她大脑一片空白，满视野的"+"号在晃悠。

"咦，你怎么不开灯？"齐鸣回来了，帮她打开灯，便径直朝房里走去。周小萌这才回过神来，扭头看齐鸣的背影，果然穿着那身挺括的西装，玉树临风。

"周小萌怀孕了。"周小萌跟在正脱西装的齐鸣身后，用一个连她自己都陌生的声音说。

齐鸣吓了一跳，回头看见周小萌举着一张纸伸到他眼前，面色苍白、目光呆滞的样子。"干什么你？还搜我身了？你不是成天埋怨生不了孩子是我的问题吗？看见没有，我没问题！人家怎么随便就怀上了？生不出孩子的原因你很清楚，是你自己不干净！"齐鸣一把夺过报告单，狠狠将堵在他面前的周小萌推倒在床上，面露凶光地说了那一席话。

周小萌伏在床上，脸贴着那床单上似锦的繁花，一动也不动，她什么也不想说，什么也不想做。齐鸣说得对，她就是一个没有用的女人，她就是一个结婚七年了还怀不上孩子的有问题的女人……

二十天后，齐鸣回家，拿了一张纸放在她面前，说："那件事解决了。"

"嗯。"周小萌依旧敲着她的键盘，看都没看那单子一眼，鼻子里发出一个音。

"你说怎么办吧，我但凭你发落。那件事是我不对，不过错也错过了，你看着办吧。如果你不能容下我，我收拾两件衣服走人，如果你念在我们这些年的情分上愿意原谅我，我现在就可以发誓，以后，这样的事绝不会发生了。"齐鸣一把扳过周小萌的肩，半蹲着身子和她脸对着脸说。

"嗯。"周小萌还是闭着嘴巴发出这个音，但是顷刻之间覆了满脸的泪出卖了她内心的脆弱和对这份感情的不舍。

齐鸣紧紧地将她拥入了怀里……

齐鸣和周小萌仿佛回到了从前，平日里各自忙碌，到了排卵期，默契地行动。只是，齐鸣发现周小萌不再像从前那样喜欢缠着他了。虽然在一起这么多年了，但周小萌私底下就像一个长不大的孩子，喜欢没事就坐在他腿上，抱着他的脖子撒撒娇。现在，她不了。晚上回家，他坐在沙发上看电视的时候，她就坐得远远地捧着手机玩。不知几时，齐鸣又操起了画笔画起国画来了。从那时起，他们就更是各忙各的了。

　　周小萌后来经常和"小贱贱"在微信上联系。周小萌在微信上问"小贱贱"当年为什么要不辞而别。

　　"小贱贱"说："当年，我觉得我自己属于外面的世界，是可以走出国门、走向世界的。而你，只属于那个小城和那个校园。那时候，我不甘于只在那个小城里过那种不咸不淡的生活，我渴望外面的世界里那五光十色的精彩。可是如今，我却发现，我并没有走向世界，甚至就连那个小城也不再属于我了。我三十多岁了，没有孩子，没有家，没有房子，什么也没有。不像你，你不仅走出了校园，走出了小城，还有家，有房子，有车子，有事业。在你面前，我就是一个彻头彻尾的失败者……"听了"小贱贱"的一席话，周小萌那积在胸口十多年的怨气瞬间消失了，他没有说谎，他是真诚的，这理由其实就是当年那个血气方刚的男孩最真实的想法。

　　在齐鸣离家的那二十天里，周小萌夜夜难眠。每晚，都是"小贱贱"陪着她聊天。一次，"小贱贱"突然说："喂，你说，如果我俩有孩子，基因会不会特别强大？你预测下我们的孩子会怎样？"

周小萌没回答，甚至没打招呼就关机睡觉了。

第二天，"小贱贱"又说："哎，你说，如果当年我们不分开，现在我们一家四口在一起该有多幸福！"

"什么？一家四口？你为什么这么说？"周小萌突然警觉地问。

"感觉嘛，感觉我们应该是一家四口。""小贱贱"带着得意的口气说。

周小萌再一次没有吭声就关了微信。过了许久，她才敲出这样一段话："我想和你说一件事。我们差一点就成了四口之家。十一年前，你不告而别，不久，我便发现自己怀孕了。后来检查显示，有两个孕囊，也就意味着我怀的是两个生命。但是，最终，他们在这个世界上消失了……"

"什么？你杀了他们！""小贱贱"声音沙哑地说。

"不是我，是你。你不仅仅毁了自己的孩子，毁了我对生活美好的憧憬，同时也毁了自己原本该有的天伦之乐。你现在所迫切渴望的生活，其实就是你当初唾手可得却弃如敝屣的东西。人总是这样，失去了才觉得珍贵。可惜，到如今，一切都晚了！"周小萌流着泪说出这些，她一只手紧紧地捂着小腹，似乎十多年前的剧痛今天又席卷而来了。

"你为什么当初不告诉我，如果你告诉我，也许就不会是现在这样！他们如果在，现在该十岁了吧？""小贱贱"带着哭腔说。

周小萌擦了擦脸上的泪，闭着眼做了几个深呼吸后，果断地拿起手机，将微信从手机中卸载了。再见吧，"小贱贱"，再见吧，那段不堪回首的往事。

　　既然两个人都没有问题，都能和别人一起创造生命，那么，究竟为什么他们俩却不能有？为这事，周小萌几乎成了宿命论者，有时候，她会觉得这是上天的责罚。老天多恼火呀，当初一下给你俩，你都抛弃了，所以，现在偏不给你了。倔脾气的周小萌连老天都不服，家人后来都建议她去抱养一个孩子，可周小萌不干，她偏要自己生。

　　周小萌就这样又和自己较了三年的劲，转眼，结婚十年了，他们还是一无所获。眼看着周小萌的身材逐渐干瘪，精神日益萎靡，齐鸣悄悄订了机票，到了纪念日那天，早早喊醒了周小萌，拖着行李就往机场赶。到了机场，周小萌才知道，这是老公补给自己迟了十年的蜜月旅行。也巧，纪念日那天居然还是排卵期。在海南那设施一流的海景房里，他们着实忘我而疯狂地激情了一把。第二天，他们还跑到一个有名的算命相士那里算了一卦，说他们有添丁之喜！从海南回来以后，每天，齐鸣都按着伺候孕妇的标准来照顾周小萌的起居。周小萌享受着，第六感告诉自己，种子正在发芽，她甚至都能感觉到子宫在变大。还有，过了二十多天后，周小萌吃早餐时居然觉得恶心想吐，那一刻，她和齐鸣相视而笑。两个人心里都笃定这次是怀孕无疑了，但又因时间还早，不能肯定，而克制着那种喜悦。当然了，也是怕高兴早了，再次失望。几年间，失望的例子也是不胜枚举的。

　　终于，今天，这老朋友还是不客套地又赶来了。来不说，还弄花了周小萌这身名贵的衣裙。

周小萌终于在洗手间里盼来了去帮她买衣服的服务员。她飞快地换好衣服，对着镜子生硬地挤出一丝笑容，然后拎着刚换下来的那条有着"牡丹花"的裙子快步走到包厢。

客户和老总在包厢里，酒都斟满了，却还都端坐着，看样子是等她呢。她赶忙走过去，端起酒杯，抛出一串清朗的笑声，说："不好意思，不好意思，两位真是绅士风度，等我这么久，菜都等凉了吧？我先自罚一杯！"说着，她一仰脖子喝下了一杯白酒。刚喝完，老总就轻咳一声，周小萌故意没看他的脸色，她知道，他一定是在示意自己不要多喝，身体要紧。身体，身体还要什么紧呀！孩子都生不出！

"周小姐好酒量啦，真系女中豪杰哇！"客户，那个操着一口蹩脚普通话的秃头老港商说着就伸手想拉周小萌坐下。周小萌也不推辞，顺势坐在了他身边。结果他用一双滴溜溜的色眼将周小萌从上到下看了个遍。然后，他拉着她的手说："周小姐，你这衣服搭得不对哟！这是香奈儿上一季的新品套裙，我可是很懂时尚，很有品位的哟！不瞒你说，我给我的女朋友买过和你这套一模一样的裙子，不过，她没有周小姐你漂亮啦！"

"好啦，喝酒喝酒！"周小萌今天非常反常，不仅喝酒主动，而且举止间也带着轻佻，领导不知咳了多少次了，她就是不买账。

周小萌感觉自己像一片羽毛一样从云端坠落，一阵门铃让她惊醒了过来。咦，这是哪里？周小萌拍拍发涨的脑袋，感觉身体就像陷进了云一般的棉花堆里，环顾四周，居然在墙壁上看见了一幅牡丹图，这不是齐鸣的画吗？门铃再一次响起。周小萌晕头晕脑地起身开门。是老总，他铁青着脸递了杯奶茶过来，说："周小萌，你太令我失望了。认识你十多年了吧，我一直把你当作一个非常不错的小妹妹，觉得你有才华，很纯真，可你知道你昨天都说了些什么？你到最后搂着客户的脖子硬是不松手，还说，说……唉，我都说不出口！你下次再这样喝酒，别怪我对你不客气！"

老总折身而去，周小萌关上门使劲回想：我真搂着那糟老头的脖子说什么了？究竟说了什么呢？算了，不管它！周小萌这时感到胃里空虚得很，忙抱着奶茶大口喝了起来。她边喝边踱到那幅画前，怎么回事？题款上居然书着她的女友——韩真真的名字！一种不祥的预感瞬时袭上心头。

周小萌拨打客户电话，故意娇嗲地赞美他这酒店真是有品位，连画都那么好。隔着电话，她都能想象老色鬼眯着眼睛得意地笑着说："那当然，这些画都是我女朋友亲自画的呀，她可是这城里小有名气的画家哟，下次有机会介绍你们认识，不过，她没有周小姐你漂亮啦！"

周小萌打着哈哈挂了电话，顾不了那么多，就直奔着韩真真家而去。韩真真的家有两个：一个是位于新城区明珠湖畔的复式楼；另一个，在老城区的深巷内。韩真真和周小萌是大学同学，同级不同系，因为参加同一个社团而相识并结下了深厚的友谊。韩真真是本市人，父母都是戏团的演员，在一次去外地演出的途中，双双死于车祸。那一年，她们刚上大三，后来，几乎每个周末，周小萌都会陪韩真真一起回家。所以，即便城市再变动，周小萌还是轻车熟路地就找到了韩真真的家。周小萌把车停在巷口，往里走的时候，她拨打齐鸣的电话，提示音是："您所拨打的电话已关机……"到了楼下，嗬，齐鸣的单车就像匹马一样被一根铁链拴在楼梯上。

敲门。齐鸣居然在里面很脆生地答应："来了！"

面面相觑……

三个月后，周小萌怀孕了，是齐鸣的。原来怀孕很简单，不过就是扔掉了托女友韩真真从香港带过来的葡萄籽胶囊。周小萌每晚都吃的胶囊里，装的不是葡萄籽，而是最普通的避孕药。

（2013年9月作，刊于《娘子关》《作家天地》）

别说你爱我

一

"你知道吗？爱你并不容易，还需要很多勇气……"顾曼靠在舒适的真皮座椅上，听着张学友那带着特有的磁性的声音在车里深情地漾开。

"还记得这歌吗？毕业典礼上，我唱的。"齐军边开车边扭过脸看着顾曼说道。

"毕业典礼？你唱过？倒是不记得了。"听齐军这么一问，顾曼有些尴尬，但她没说谎，那么久远的事情，她真的不记得了。

十八年了。如果不去想，真不知道光阴溜得这么快，转眼，她就要迈入不惑，唉……

"你还是喜欢叹气。"齐军又扭过脸看了顾曼一眼，顾曼故意转头看窗外。车飞速而过，把一排排破旧的民房甩在身后。见顾曼没作声，齐军也沉默了。半小时后，齐军推了推因晕车而有点迷瞪的顾曼说："到了。"

顾曼下车，跟在齐军身后，走过一个大玻璃转门，进了金碧辉煌的厅堂。她在两排旗袍美女的鞠躬问候下继续往前，稀里糊涂地感觉眼前一晃，哦，是登上了全透明的观景电梯。顾曼尽力地控制自己别哆嗦，但还是不能避免地紧缩了身子往电梯门边靠。有些恐惧是理智无法控制的，譬如恐高。

电梯停了，齐军很自然地揽着顾曼走下了电梯。铺着厚厚地毯的长廊两侧站满了微笑的女郎，整齐地躬身道："齐总好！"

顾曼莫名地趔趄了一下，趁机挣开了齐军的臂膀，踏着这如同落满松针的地毯，感到旧梦般沉重。

走廊尽头的穿艳红色旗袍的女郎轻轻推开一扇朱红色的门，齐军弯着腰，伸出右手做了个舞会上标准的邀请动作，礼貌地示意顾曼先进。

精致的包厢里，米黄色的地毯如深秋的草甸，铺着紫色丝绒台布的餐桌上，冷盘已经摆好。顾曼陷在奶白色的靠椅里，双手隐在台布那柔软的波浪里紧紧地攥着衣襟。

"来，尝尝这个，全市只有我这一家酒店有。"齐军点了根烟后，手指轻轻触动转盘，把一盘被各色蔬菜雕花点缀着的肉食转到了顾曼面前。也不知怎么了，这一餐，顾曼不是掉了筷子就是翻了碟子，越是小心就越是出错，搞得吃顿饭跟上一堂严苛老师的课似的让人紧张。等果盘端上来的时候，顾曼像终于听到了下课铃一样，舒了一口气。

"这些年，你怎么过的？"齐军吐了口烟，问道。

"没什么，毕业，工作，结婚，生子，过最寻常的小日子。"离开餐桌，顾曼觉得自在了许多。

"我找你找得可苦了。唉，你怎么就像从人间蒸发了一样，所有的同学都说和你没联系。幸亏这一次，我动用了秘密武器，才找到你。十八年呀，十八年没见了……"齐军不无感慨道。

顾曼低下头碰了碰捧在手心的一杯热茶，默然不语。说什么呢？这十八年，她过得慌慌张张的，慌张到没留意，白头发都从头顶上冒出来了。接到齐军约见的电话后，她慌乱地翻衣柜，才发现，她连一件体面的衣服都没有。头发倒是长长了，可惜，如野草一般，平时哪有时间打理，由着长，胡乱地挽在脑后，倒也不觉得有不妥。可是，这个模样见齐军，还是让她感到有点不自在了。

当远远地见到衣冠楚楚的齐军站在那辆彪悍的大越野旁等着她的时候，顾曼的不自在简直到了一种自惭形秽的地步，穿过马路的那短短的十几米，对她而言，简直比上舞台走秀都难。

上了车，她就被齐军拉到这么高级地方，这样的地方，顾曼从来没进过。只有一次，老公外甥女的婚礼，设在一家比较豪华的酒店，但夹在一大帮亲戚朋友中间，她倒不至于窘迫。今天见面简直是个错误，假如知道齐军如今这样发达，顾曼说什么也不会见他的。接到他电话的那一刻，她是有片刻恍惚的。当初，两人在学校，有那么一段时间，一起去食堂，一起去图书馆，一起上晚自修。记得还有一次，他们去校外办什么事，突然下了雨，两个人就跑往街心公园躲雨。那时是深秋，他们踩在公园树林里那厚厚的松针上往凉亭里跑，虽然淋了雨，但心里充满了莫名的快乐。记忆就在那个雨天戛然而止了，后来呢？怎么会不联系了？顾曼竟一点儿也想不起来了。

齐军此刻在沙发那端坐着，不停地接着电话。顾曼放下茶杯，端正地挺直了身板坐在沙发的这一端。

"谢谢，吴校长客气了，一点小事，别放心上，以后再约吧。"齐军挂了电话，皱着眉说，"一个中学校长，买房子，我帮他拿了个低价，非要请客，我哪有时间。"

"吴校长？实验中学的吗？"顾曼一个激灵。

"对，怎么？"齐军说着，电话又响了，好像很急的样子，他赶紧起身，示意顾曼一起离开。

到电梯口，齐军挂了电话，从包里取过一张卡，递给顾曼说："这超市卡，你拿着给老人孩子买点礼物，多年不见了，算我一点心意。"

顾曼推托不及间，齐军把她送进了电梯，说："你自己打个车走，我这边有点事，就不送你了，再见。"

顾曼倒了两班公交车才回到家，院门虚掩着，儿子的作业摆在堂屋的木桌上，公公的拐杖横在门槛上。"小宝！"顾曼站在院子里探出头，对着门外唤儿子。

"爸又跑出去了，小宝去找他了。"从屋里传出一个瓮声瓮气的男声。

顾曼没作声，打了盆水，放在院里的石桌上洗脸。这个小院子，从前坐落在城市的北端，当年是最红火的厂子的家属区。如今，厂子早关了，就连老厂长——顾曼的公公，也成了不知自己姓甚名谁的阿尔茨海默病患者了。

"曼曼，屋里进蚊子了，点盘蚊香。"屋里的男人又发话了。

顾曼响亮地把洗脸水泼在了被太阳烤得发烫的水泥地面上，转身进屋。屋里的一张单人床上，直挺挺地躺着一个白白净净的男人。男人有着一张标准的国字脸，口方鼻直，把顾曼衬得愈显面黄肌瘦了。

"可翻身了？"顾曼点好蚊香，俯下身子问男人。

"翻了，外头热吧？看你裙子都湿透了。"男人说着，一只手就往顾曼领口钻。

"还好，我去看看小宝找到爷爷没有。"顾曼没理会那只手，扭身就往外走。

二

"顾曼，话我就说到这，你看着办。现在交房呢，单位负责给你一家四口安排个方便的住处，如果到月底再不交，可就没人管了。"周一一上班，顾曼就被领导叫到办公室给了这么一通训话。

顾曼家所在的家属区如今面临拆迁，很多人家都签好协议，交房搬走了。可他们家，怎么搬？老人傻了，男人瘫了，半大的儿子刚中考完。她一个女人，要上班，要照顾一家老弱病残，连做梦都像按了快进键一样，没命地在赶，哪还有精力去搬家？再说，也没闲钱呀。

顾曼默默地从领导办公室出来。她顶着大太阳，却还觉得透心寒。小宝的分数才出来，进实验中学就差一分。小宝是用功的好孩子，顾曼的人生也就这点值得欣慰的了。可是，中考前一天，顾曼想给孩子加加餐，下班从街头烤鸭店里捎了半只鸭回来，谁知，夜里孩子就闹起了肚子，后半夜不停地起夜。第二天早上，孩子顶着蜡黄的脸进了考场。那一场考试，他把自己憋得浑身是汗，到最后三十分钟，实在忍不住，提前交了卷子就往厕所跑。想到这，顾曼就想扇自己耳刮子，孩子如果进不了实验中学，影响今后的升学和就业，那自己这辈子就罪孽深重且毫无希望可言了。

顾曼回到办公室，听大家议论，说领导闺女订婚了，对象是实验中学校长家的儿子呢。实验中学，实验中学！顾曼一听到"实验中学"几个字，心就活了。

下班后，顾曼急吼吼地蹬着车回家，从衣柜里取出头天见齐军背的包，包里那个硬硬的小卡竟值两千元呢！齐军出手也真大方，本来顾曼是打算再见面就还给他的。可是，现在，她改主意了。

下午，顾曼早早到了单位，敲领导办公室的门。门半天才开，小李踩高跷似的踏着跟子足有半尺高的鞋子扭着腰走了出来。顾曼侧着身子让她，还是被她满身的香给熏了个喷嚏。

"中午回家商量好了？什么时候搬？"顾曼攥着卡，还没开口，领导就问话了。

"秦主任，搬家的事你容我缓缓，你知道我家……"

"不搬，你来干什么？"领导的脸立马转阴，声音随之变得冷淡而遥远了起来。

"听说琳琳订婚了，这个给琳琳，让她自己去挑双鞋吧。"顾曼上前一步，把卡往桌上一放。

"你这是做什么，收起来，收起来！"领导摇着手说。

顾曼涨红了脸，木桩般戳在那里，使劲捏着自己的手，说："秦主任，求你帮帮忙，我家……"

话没说完，传来敲门声，秦主任轻咳一声，抓起桌上的文件往那卡上一覆，道："进来。"

门被来人推开，顾曼只好告辞。

下班途中，顾曼一边骑车一边懊恼，自己连个话都不会讲，现在东西送了，人家还不知道自己的意图，真是！

"妈，爷爷又拉到身上了。"她一进院子，就见小宝拿着水管子对着地上的一摊衣物狠冲。公公穿着大裤衩踩着水，呵呵地傻笑着往大门外跑去。"小宝，跟着你爷爷！"顾曼从儿子手里接过水管说。唉，她叹了口气：谁能想到，二十年前，坐在主席台上对着上千名职工侃侃而谈的也是他。人一辈子，有很多种活法，彼刻的风光照不到此刻的黑暗。想当初，自己工作不久，就有好心的大姐介绍对象，把当时高大帅气的厂长公子带到了她的面前。公子一眼就相中了当年清秀可人的她。双方家庭也对彼此满意，于是婚姻这桩大事就这么顺风顺水地完成了。第二年，就添了小宝。那段时光是顾曼回想起来最美的一段了。可惜，之后的日子，就像抛物线似的，从顶端一直往下滑落。

　　噩运的开端是小宝周岁那天，当时有好几十人聚到家里等着看小宝的"抓周"仪式。顾曼抱着小宝，站在摆满笔墨纸砚、算盘、口红、钱币、鸡蛋等物品，铺着大红缎子被面的桌子旁边，等着老公从银行下班回来。顾曼老公在银行保卫处工作，中午十二点交班。那天他说和同事讲妥，十一点就提前交班回来，看儿子到底能抓个什么。结果，等到快十二点了，却等来了他被抓的消息，说他过失伤人，对方还是银行行长，他被判了伤害罪，进去蹲了两年牢。爱子心切的婆婆在宣判的当天夜里突发心梗走了。顾曼拖着一岁的儿子，照顾着因丧妻和儿子身陷囹圄而悲痛万分的公公，艰难地挨到了老公出狱。这时，她的父亲又患了癌症。父亲因为所在企业不景气，早已买断工龄，丢了公职的他靠给家私企打工为生。这一生病，已经没有了医保的他就背上了沉重的负担。顾曼倒是有个哥哥，可也过着捉襟见肘的小日子，兄妹俩凑来凑去也凑不齐给父亲做手术的费用。顾曼狠狠心，和老公商量，把那套单位集资房给卖了来救父亲的命。余下的钱，给出狱后成了无业游民的老公整点生意做。老公从小养尊处优，人又实诚，倒腾来倒腾去，那点钱不仅没生钱，反而还蚀了本。后来，他还是在他姐夫的建议下，去学了驾驶，开上了出租车。当日子渐渐开始好过了些，岂料公公却患了阿尔茨海默病。这还不算完，最难的是，两年前，老公又在一次车祸后下肢截瘫。好不容易等老公度过了危险期，房子又要拆迁。齐军问，这些年，她是怎么过的？就这么过的。

对哦，齐军！怎么忘了齐军那天说吴校长要请他吃饭呢，打了个岔没顾上问那个吴校长究竟是不是实验中学的校长。

顾曼想到这，就进屋拿起手机拨齐军的电话，伴着突突的心跳，耳畔传来串串忙音。

三

"顾曼，快，快，快，出事了！"邻居胖哥大汗淋漓地跑进院子冲顾曼喊。

顾曼的心猛地一沉，撂下手机就往外跑。出了巷口，她见马路上围满了人，拨开人群，公公和小宝双双躺在马路中央。顾曼身子一软就瘫倒在地。

"顾曼！""妈！"

顾曼睁开眼，齐军紧张地盯着她的脸，儿子也歪过身大声呼喊她，周围人影叠杂，急救车的鸣声渐近。

"对不起！都怪我！我今天太困了，歪在车后座睡着了，没听见手机响。手机搁在前座椅的包里头，我就让司机给我递过来，结果，一眨眼工夫，就……"在救护车上，齐军愧疚地说道。

顾曼一时堵得说不出话来。到了医院，老人和孩子进了急救室，她按着胸口坐在走廊的长椅上上气不接下气。

"是你打我电话？"齐军办好手续，拿着手机在她身边坐了下来。

"都是我在造孽！"顾曼突然掩面大哭起来。

齐军拥住她，轻轻地拍着她的背。待她的哭声渐渐止住，他才低声问："打电话是有什么事吗？"

顾曼坐直了身子，从齐军手中接过纸巾揩了揩脸道："你认识实验中学的校长吗？我家小宝考实验中学差了一分。也不知道小宝和他爷爷怎么样了，如果弄得腿瘸胳膊断的，小宝上学可怎么办？家里都有一个了，他们再不能动，我……"

"家里？怎么了？"齐军见顾曼说着说着又哭了起来，忙起身按住她的肩问道。

听完顾曼简单把家里情况说完之后，齐军沉默了。他如困兽一般在走廊上来来回回地踱着。急救室的门打开了，情况还不错。老人额头伤，无骨折；孩子前臂骨折，双腿擦伤。谢天谢地，顾曼长长地舒了口气。

"齐总，我来了，你没事吧？咦，顾曼？"

顾曼回头，看见一张清瘦的脸——朱远山！她和对方同样诧异。

齐军顾不得多说什么，从皮包里掏出一沓钞票递给因闯了祸而在一边瑟瑟发抖的小司机，吩咐道："去办住院。"回过头，他又对正和顾曼寒暄的朱远山说："你联系下吴校长，就说我明晚请他吃饭。顾曼，我现在必须得走，让远山在医院陪你。家里需要人照顾，我回头安排一个阿姨，你回去交代一下就行了，今天实在抱歉。"

"唉！"朱远山望着齐军匆匆的背影大叹了口气，说，"我真替你俩惋惜，当初，你俩在学校里郎才女貌的，谁不羡慕？怎么一个小小的误会，你们俩就都不解释，弄到最后分手了，唉！"

"嗯？"被朱远山这么一说，顾曼愈加困惑了。自从上次见到齐军，她心里就在疑惑，因为她的记忆里，关于齐军的就只有那种朦胧的美好。可是，美好究竟是因何戛然而止的呢？她怎么想都找不到源头。她甚至为了解开这谜团，还找了借口，让小宝帮她把那个装着她学生时代很多记忆的旧箱子从阁楼上抬下来。她在大太阳底下翻着那箱子，箱子里有她的少女时代的书信、奖状和毕业纪念册。她抽出毕业那年的日记，翻来翻去，也没有发现任何可解惑的信息。只是日记被撕去了几页，或许，记忆已被撕毁。现在，听朱远山的口气，他应该是知情人。只是，儿子和公公都这样了，她觉得自己再去刺探那遥远的青春记忆实在不合适。

"顾曼，你哥现在怎么样了？嘿嘿，当年，我们还打过一架！"朱远山见到阔别多年的老同学很容易就陷入了回忆。

"我哥？你们怎么会打架的？"顾曼听得一头雾水。

"那年中秋节放假，我和齐军正好在你们宿舍楼下打乒乓球，突然听有人喊你名字，还是一个帅哥。我放下球拍上前就问他他是谁，找你干吗。他很警惕，反问我是谁。我还以为他是你那个外校的老乡呢。听齐军说过，你有个老乡条件不错，在追你，所以，他一直对你不敢太主动。你知道我跟齐军是兄弟，我当时也横，就出口不逊，说：'我兄弟的女人也是你这孙子能乱叫的？'结果，我们就打起来了。后来，你们宿舍的人说，那是你哥，咳。"

"可我一点也不知道这事呀。"顾曼睁圆了双眼惊愕不已道。

"家属呢？"护士的话将顾曼从回忆里拉了出来，她慌忙应道："在呢，在呢！"

终于安顿好了这一老一小。VIP病房温馨舒适，公公歪着头，垂着涎，发着断断续续的鼾声。小宝支棱着绑了石膏的手臂也安静地睡着了。病房里安静得能听见输液管里的药液匀速滴落的声音。顾曼站在二十五楼的窗口，往下望去。无边的灯火在黑夜里蔓延，一盏灯火就是一户人家。这么长时间，家里床上躺着的那位，渴了饿了都不怕，边上就住了二三十年的老邻居，不用说也会给端点吃的喝的过去。只是，洗澡、翻身、拉撒这些事，外人怎么照应哇！

"远山，劳烦你和这位小兄弟在这里照应着，我得回家一趟，家里头我不放心。"顾曼轻轻地走出病房，对在走廊上接电话的朱远山说。

"顾曼，家里你放心，齐总刚打电话说已经派人过去了，我这就开车送你回去。"朱远山说着就走到顾曼前面，按了电梯。

车子在铺满灯火的街道上行驶着，林立的高楼和整齐的绿化带渐渐被丢在身后，越走路越黑，景也越暗。朱远山也放慢了速度，小心地避着路上的坑坑洼洼。顾曼满腹心事，一路无话，等车七拐八绕地开进了她家巷口时，她才感到诧异，朱远山居然对路这么熟悉，连问都没问就把车直接开到了她家门口。

"顾曼，当初你家条件不差呀，如今怎么还住这鬼地方？"朱远山下车时不小心被路边的碎砖头绊了一个趔趄，他站稳后忍不住抱怨道。

顾曼顾不得搭腔，快步往家走去。她推开门，院里屋里，灯都大开着，一个看上去和善麻利的中年女人正在院子里像女主人一般忙碌着。顾曼看见院角的大澡盆里堆了老公的衣服，想必他连身体都擦过了。女人见了朱远山和顾曼笑着打招呼，顾曼一阵不安，止不住连声道谢。

"爸和小宝都没事吧？我打你电话，你手机丢家里了，急得我……"顾曼一进屋，老公就伸着头念叨。

床头柜上，搁了一只崭新的保温桶。"吃过了？"顾曼问。

"吃了吃了，是这大姐带的汤，说是骨头汤呢，鲜得很。"老公调皮地冲她眨了眨眼睛，孩子一般讨好地压低了声音说，"我还给你留了一口，你也尝尝！"

顾曼早就尝过这汤，上次在齐军的酒店里。

"顾曼，这是你老公？"朱远山在院子里和阿姨说了几句话后也进了里屋，冲顾曼老公伸出了他长长的手臂，"你好，我是朱远山，和顾曼、齐军是老同学。齐总的车居然碰了你家老头和儿子，真是对不住。刚才齐总打电话交代我一

定替他向你赔罪，他今晚有要事，实在脱不开身，不然一定
会登门谢罪的。"

"顾曼回来了？老厂长和小宝没事吧？"隔壁胖哥穿着
浑身是灰的老头衫走了进来，面带羞色道，"我们今晚搬了，
唉，拗也拗不过去，还是走吧！你们要准备准备，听说这里
明天就断电了。"

邻居走后，顾曼两口子默默叹气。也难怪，整个家属区，
就剩他们两家了。今晚邻居再搬走，与他们为伴的就只有这
废墟里的虫蝇鼠蛇了。

"不如，你们也搬吧，我看这大热天，兄弟躺这里，也
不是事。这老房子又热又潮湿，人躺着容易生褥疮不说，这
离顾曼单位也太远了吧！而且人都搬走了，一个女人来来回
回也不安全。"朱远山说道，"我看，就趁今晚也搬了吧。老
人小孩都不在，你们俩也好搬，我来叫个搬家公司，将东西
拾掇拾掇。我还有一套房子空着没住人，你们就去我那住着，
先走再说！"

"那怎么行！"顾曼嗫嚅着，"这房子可是老爷子的，我
们没法做主。"

"我看行，搬吧，就听老哥的。我看这房子风水也不好，
这一二十年家里就没太平过，早搬走，老头和小宝也不会挨
车撞。曼曼，咱搬，老爷子的房子也就是我们的，你跟我这
些年也受苦了。搬，就按他们给的条件，得一套房子，我们
一家人敞敞亮亮地住也就行了。姐那边，你甭管，我跟他们
说。"顾曼见老公这么说，虽有犹疑也只得答应了。她也知

道，这里终是要搬的，这里就是城市光洁肌肤上的一颗脓疮，最终，会被清理。只是，她一个妇道人家，没有能力搬走一个家呀！况且她也怕，无论新旧，这好歹是自己一大家子安身的地方。可是拆了它，那一笔补偿款，还有姑姐一家觊觎着，如今房价这么高，她指望什么再重新安起一个家呢？

四

第二天，搬家拾掇到后半夜的顾曼被电话吵醒，她拿起电话，一骨碌坐起身来："秦主任，对不起，我昨晚搬家睡过头了……哦，好，嗯，谢谢秦主任，您都知道了呀？托您的福，没什么，谢谢您的关心！"

顾曼诺诺连声地挂了电话，环顾这个垂着淡绿提花窗帘的新屋，有点怀疑身在梦里的恍惚。秦主任怎么突然态度这么好？居然还说搬家乱，就多休息几天，顺便照顾家里的病人。就因为那张购物卡吗？

顾曼拢了拢头发，下床。她得去医院，总不能老让外人在那熬着。打开房门，呦，一股热浪直扑过来。她扭头看看，墙上的空调送风口还在上下移动，不停地送着凉风。她赶紧抓起遥控器把它关了，这一夜，得费多少度电呀！她推开对面的门，见老公还在酣睡着，他倒好，不用动弹也不用操心，养得白白胖胖的，比二十多岁刚认识他那会儿还显得年轻。顾曼轻轻带上门，走进卫生间。这楼上的光线好，盥洗池上的镜子又大，却照得她更加黄瘦憔悴了。唉，人哪！她避着

镜子中的自己的眼睛，四处打量着这卫生间，这房子得多少
租金哪？看上去什么都像是新的，甚至台子上的洗漱用品都
跟宾馆似的一式两份，归置得好好的。不管了，也许这辈子
就是考虑太多才会累成这样。顾曼带着几分愤懑，用力地刷
着牙。刚洗漱好出来，客厅的防盗门咔嚓咔嚓响动了几下，
她的恐慌还没完全升起来，昨晚一直帮她收拾东西忙到半夜
的阿姨推门进来了。顾曼不习惯像朱远山那样顺溜地喊她阿
姨，自己也是劳碌人，还不一定有人家过得安逸呢，有什么
资格像个阔太太似的称人家"阿姨"。顾曼谦卑地喊她大姐，
仿佛自己就是和她一起打工的姐妹。

"大姐，你这么早就来了，没休息好吧？"顾曼快步上前
接过阿姨手里拎着的保温桶和一袋重重的蔬菜。

"没事，没事！朱总在楼下，你要是好了就下去。他说送
你去医院。"阿姨满脸堆笑，手脚麻利地把东西拿到厨房摆放
好。

顾曼千恩万谢地出了门。也不用爬楼梯，电梯嗖嗖地就
将人从十楼送到了一楼。顾曼刚出玻璃门厅，就听到汽车的
喇叭声。前面合欢树下的停车位里，朱远山放下车窗，冲她
挥了挥手。

"怎么样？睡得还好吧？这房子还满意吧？"朱远山边开
车边笑着问。

"都好都好，就是……房租……"顾曼使劲扭着手指，有
点吞吞吐吐地说。

"要什么房租，你只管住，也许这房子以后就是你的了。"

朱远山哈哈笑道。

"那怎么行，我可买不起！"顾曼挺直了身子认真地说。

"你呀，我真不知道该说什么好！你怎么后来弄成这样了？十年河东，十年河西，当初齐军家是农村的，穷。你是城里姑娘，爸妈和哥哥都有工作。你去食堂打的是两块钱的菜，我们吃的是五毛的。我们之间有着天壤之别。当初我们班，就三个城里人，你们仨是我们这些农村孩子羡慕嫉妒的对象。"朱远山说到这里，顿了顿，把车窗开了一条缝，点上一根烟，用力地抽了一口。然后，他继续说："齐军那时对你真是上心，为了陪你一起吃饭，吃两块的菜，他星期天就去工地当小工，晚上回来累得跟狗似的。唉，那次你哥来学校找你，怪我多事，惹得你哥抓住他就盘问，盘问后把他骂得狗血喷头，让癞蛤蟆别想着吃天鹅肉，说你家里都给你相好人了，这次放假他来找你就是带你回家相亲的。齐军也是有血性的……"

朱远山后面又说了些什么，顾曼完全听不见了。她终于把那段失去的记忆找了回来。她想起来了，那次放假，她和同学去城隍庙买彩纸。快毕业了，女生们流行折纸鹤。折一千只纸鹤，用线串在一起，代表恒久不变的爱。那天她翻日记，日记本里还掉出几只彩色的纸鹤来。她从城隍庙回来，正好在学校门口遇到哥哥，哥哥神神秘秘地拉着她就往外走，说赶紧回家。当时她还吓得要命，以为家里爸妈出什么事了。结果，什么事都没。倒是几天后回学校，齐军好好地就不理她了。平时一到吃饭时间，齐军就会在食堂门口的大树底下等她，然后两人一起去打饭，一起端到食堂外面的小石桌上边吃边聊。那天，等到食堂的菜都快被人打光了，也没见齐军来。总算遇到来打水的朱远山，告诉她齐军都吃好回宿舍了。好像从那以后，两人就没再说过话。顾曼更是连毕业典礼都没参加就坐他哥单位的车回家去了。从此，她和齐军便再无交集。

到了医院，小宝和公公正吃着早饭。边上那个闯了祸的司机在照顾着他们。顾曼走过去抚了下儿子的头发，心疼地问："手可疼？"

小宝抬头灿烂地笑着："不疼，没事的妈，就是疼，住这里也值了。"

顾曼听得心酸，赶忙背过身，匆促地揩了把脸。

一上午，顾曼在病房里陪着公公、儿子。虽然公公她时时需要看着，让他别乱动弄掉了输液针头，但她依然感觉这是她许久没有体会过的安逸了。忙惯了的人闲不住，她一会儿起身给小司机倒水，一会儿又削水果递来递去。实在没事了，她居然拿起一张纸巾慢慢地折了起来。

"妈，你还会折千纸鹤呀！"

"什么千纸鹤，我叠的是鹅。"听小宝这么一说，顾曼才反应过来，一只软塌塌的纸鹤已经在她手里成了形。她突然害羞似的脸上一热，忙把纸鹤给揉成了一团。

在医院照顾他们爷孙俩吃好午饭，顾曼有点坐不住了。她跟小伙子打听这病房得多少钱一天，一听，她吓了一跳。天哪，都赶上他们一家四口一个月的伙食费了！她忙跑到护士台去询问，他们这种情况，什么时候能出院。护士说："怕什么，反正遇上了有钱人，只管住呗！人同命不同呀，你们有福，撞上有钱人的车了。"

小护士絮絮叨叨，顾曼心里直想笑，唉，都被撞了，还能被她说成是命好。不过也还真是，幸亏遇到了齐军。对了，齐军说晚上请吴校长吃饭，顾曼想，这是她自己的事，可不能让人家花钱。她得回家一趟，家里的户口本里夹着一张存折，上面有她每月从牙缝里抠出来存下的钱，一笔一笔累积着，都快两万块了呢！这钱就是存给小宝上学的，今天取它一笔，也算用在了刀刃上。

下午五点钟，毒辣辣的太阳底下，背着一只半新皮包的顾曼微眯着眼走在街道上。她一手紧紧护着包口，一手抓着手机贴近耳朵："喂，齐军，你在哪呢？唔，你现在方不方便？嗯，好的。"

顾曼挂了电话，迈着轻快的步子，哼道："是天意吧，好多话说不出去，就是怕你负担不起……"呵呵，情歌还是老的美，她无比欢快地想。能不开心吗？纠结懊悔了一个月的事，今晚就能解决啦！只要小宝能顺利进入实验中学，将来再苦再累都不算什么，大不了，大不了将来像那位大姐一样，去做钟点工。天下父母心，为了孩子，做什么都是值得的。

再次走进齐军这家富丽堂皇的大酒店，顾曼已经没有第一次进来时的惶恐了。许是包里装着厚厚的钞票的缘故吧，她把腰挺得直直的，当旗袍美女们躬身问候时，她也报以淡然的微笑。她径直朝那天齐军带她来的包间走，走着走着，突然想到不知跑了半天，头发乱了没有。哦，拐角就有洗手间，她一直随身带着一把小木梳，二十年了。她走进洗手间，对着镜子，仔细地看自己的脸。然后，她把长发散开，轻轻地梳。她对着镜子，仿佛看见了二十年前的那个长发披肩的自己，她对着那个她甜甜地笑了。

"齐总这招真狠！不费吹灰之力就把这钉子户给铲了，让人不得不佩服呀！朱总，今晚请这校长算怎么回事？齐总不是都不爱搭理他的吗？"

"你懂什么，齐总这是在做善事。不过，他做善事也是一石三鸟哇！吴校长的儿媳这不是刚考到报社记者部了吗？钉子户正为儿子差一分不能进实验中学来求齐总帮忙。齐总就跟吴校长说捐赠一笔钱，算助学基金，资助一些贫困生，那孩子就也算一个。前提是，这事得上报宣传。"

"那昨晚，真照钉子户家隔壁胖子说的那样，从墙里取出那疯老头子藏的画了吗？"

"顾曼！"朱远山和撞倒小宝的司机从男洗手间一出门，看见站在门口披头散发的顾曼，如同见了女鬼一般惊得大呼。

顾曼木着脸，拖着步子缓缓地走在铺着厚厚的如落满松针般松软的地毯的走廊上，不知从哪里传来张学友的那首歌："是天意吧，让我爱上你，才又让你离我而去。"顾曼庆幸地想，幸亏，没人说出过，你爱我，我爱你……

（2014 年 11 月作，刊于《银河》）

后 记

　　这部短篇小说集，是一本节气书，也是一部寿州记事。它是我从模糊的记忆库中，努力打捞、拼命搜集并竭力布局重组的小城故事。故事的背景是"寿州"古城，故事多以女性视角打开。

　　收录此书的节气小说，共十六篇。原本，我计划写二十四篇节气小说，将它们结集出一本叫《节气书》的集子。三年来，我以缓慢的节奏持续地写。每逢节气日，我便坐到电脑前，在 word 文档里打出两个字。那两个字对我而言，不仅是节气的名字与小说的题目，还是祭坛与丰碑。

　　它们是我缅怀与膜拜的个人的记忆与古人的智慧。

　　我的家乡在安徽省寿县。我和许多人一样，向外人提及自己的家乡时，总有如数家珍的自豪感：国家级历史文化名城、地下博物馆、淝水之战古战场、楚国故都……家乡对于每个人而言，就像母亲一样。我们总觉得，一切都好；但对外人而言，那份好是没有说服力的，是不能引发共情的。但，我想到了二十四节气。淮南王刘安编纂的《淮南子·天文训》第一次完整、科学地记载了二十四节气的运行体系。那时，刘安潜入山林，与八公修仙、炼丹，发明了豆腐，编纂了《淮南子》。那山，后人称之为八公山，位于寿县城北。

此刻，距西汉淮南王刘安的时代，已经过去了两千多年。两千多年，人们的生活发生了巨大变化。但是二十四节气却依然发挥着重要作用。它的重要性，体现在准确地反映了季节变化，科学地揭示了天文学和气象学的变化规律，巧妙地将天文、农业、物候和民俗结合起来，产生了大量相关的季节文化，成为中华民族传统文化的重要组成部分。无论社会如何变迁，自然的法则始终如一。那么，在同一自然法则下，这些变化体现在何处？变化的意义是什么？这些由人促生的变化，又在改变着人的现实生活与精神状态。作为一名小说写作者，我的目光自然会在关注当下、观望未来与观照人性上聚焦、游移。我的笔及时地记录下了我的所见、所思。于是，有了这样一部小说集。

此小说集由十九篇短篇小说组成。除十六篇节气小说外，还有三篇，它们虽然未以节气命名，但它们与节气小说的题材是统一的。十九篇小说都是在书写大时代背景下，"寿州"这座小城的发展与变迁，引发人们物质生活和精神生活的震荡，以及小城女性的爱之变奏。在对女性命运进行书写时，我不断地打开自己，又封闭自己，努力避开自己个人的女性经验，理性地透过时代的价值纷争、意义危机，去探究女性永恒的精神与情怀。此外，我还有一份小小的私心，将这部小说集作为我对家乡的礼赞。

黄丹丹

2020 年 7 月 15 日于寿州